Schwerter des Königs
Dungeon Siege

Severin Rast

Autor: Severin Rast
Lektorat: Thomas Russow
Korrektorat: Angela Voelkel
Art Director, Satz und Layout: Oliver Graute

ISBN 978-3-86762-025-3
1. Auflage 2008.
Gedruckt in Deutschland, C. H. Beck, Nördlingen

Feder&Schwert im Internet:
www.feder-und-schwert.com

Schwerter des Königs

Dungeon Siege

Prolog

Mit einem ohrenbetäubenden Knall barst der schwere Eisenriegel des Haupttores. In einem gewaltigen Schwall ungewaschener Leiber drängten die kreischenden, grunzenden Krugs in den ersten Hof des Schlosses von Ehb. Mit messerscharfen Klauen und weit aufgerissenen Mäulern stürzten sich die ausgehungerten Bestien auf die Verteidiger. Ihr saurer Gestank drang durch die Ritzen der Stalltür, und der Junge mußte sein Gesicht von dem Spalt abwenden, durch den er die Krieger des Königs im Hof beobachtet hatte. Brechreiz schnürte ihm die Kehle zu. Die Pferde der Königin hatten die Krugs ebenfalls gewittert und warfen sich wiehernd vor Angst gegen die Wände ihrer Pferche. Der weißblonde Stallbursche biß sich im Halbdunkel des Stalls auf die Unterlippe. Die Krugs waren Bestien, gefräßige Kreaturen, deren Geruch die Pferde in Panik versetzte. Noch nie zuvor waren Horden von Krugs wie Heuschrecken über das Land hergefallen, und noch nie waren sie in die Häuser der Menschen eingedrungen – und schon gar nicht in das mächtige Schloß des Königs von Ehb.

Jetzt mußte er schnell handeln. Er war mit den beiden Braunen aufgewachsen und liebte sie über alles, und der Gedanke, daß die Krugs die wehrlos im Stall eingepferchten Tiere einfach zerfleischen würden, war ihm unerträglich. Jenseits der Stalltür war jetzt Kampfeslärm zu hören. Krugs brüllten, Offiziere bellten ihren Soldaten Befehle zu, und dazwischen erklangen immer wieder gellende Todesschreie, bei denen er nicht sicher war, ob sie aus menschlichen Kehlen oder denen der Krugs stammten. Mit einem Sprung war er bei der hinteren Stalltür und riß sie weit auf. Die Koppel im zweiten Hof lag friedlich im Mondschein – wie lange noch, wußten nur die Götter. Aber immer noch besser als der sichere Tod im Stall, dachte er und hetzte zurück zu den Pferchen.

„Ho, ruhig, ganz leise." Die Pferde waren außer sich, mit weit aufgerissenen Augen und schäumenden Nüstern warfen sie die Köpfe zurück und stampften mit den Hufen. Er entriegelte mit schnellen Handgriffen die beiden Pferche und drückte sich hinter einen Pfosten an die Stallwand. Einen Moment lang stand er mit pochendem Herzen da und fürchtete, die Stute und der Wallach würden in ihrer Angst den Weg nach draußen nicht mehr finden. Konnte er ihnen vielleicht leere Säcke über die Köpfe ziehen und sie nach draußen führen? Wo sollte er jetzt Säcke herbekommen? Doch dann knallten Hufe gegen Holz, und die schweißnassen Tiere stürmten mit gebleckten Gebiß an ihm vorbei auf die nächtliche Koppel.

Wohin jetzt? überlegte er bebend und löste sich von der Wand, um den Pferden zu folgen. Im selben Moment öffnete sich die niedrige Tür in der Stallwand, hinter der sich die Treppe zum Dienstbotengang und seiner Kammer befand, und eine in einen alten Mantel gehüllte Gestalt trat zu ihm in den Stall.

„Schnell, wir haben nicht viel Zeit", flüsterte die Frau ängstlich. Er sah, daß sie ein Bündel in den Armen hielt. Vorsichtig trat er näher heran, und sie streckte ihm das Bündel entgegen.

„Er ist hier nicht mehr sicher. Nur durch Verrat konnten die Krugs ins Schloß eindringen. Wenn diese Scheusale ihn nicht töten, werden es die Verräter versuchen. Bring ihn weg. Versteck ihn!" Die letzten Worte hatte sie mit so flehender Stimme hervorgepreßt, daß er nicht anders konnte, als das Bündel vorsichtig in die Arme zu nehmen. Ungläubig starrte er in das rosige Antlitz des Säuglings zwischen den Leintüchern.

„Geh jetzt", schluchzte die Frau und stieß ihn von sich. Er taumelte in Richtung Tür. Die Pferde waren vergessen, er mußte jetzt ein wertvolleres Leben retten – er mußte dieses Kind retten. Hilflos warf er einen letzten Blick zurück und sah, wie die Königin wieder im Dienstbotengang verschwand.

Eins

Wie ein Monument aus längst vergangener Zeit thronten die mächtigen Mauern des königlichen Schlosses von Ehb in den südlichen Bergen über den Seen. Ein kalter Wind aus dem Norden brach sich an den Zinnen und ließ die Wachen auf den unteren Wehrgängen erschauern. Vor dem Spitzbogen von Muriellas Turmfenster schoben sich bleischwere Wolkengebirge vorbei. Das Nachmittagslicht, das zwischen den aufgezogenen Samtvorhängen ihres geschnitzten Himmelbettes hindurch auf die prächtig schimmernden Seidenkissen fiel, wurde von Minute zu Minute grauer. Aber sie bemerkte nichts von dem heraufziehenden Sturm über den Tälern des Königreichs oder von der Kälte, die aus dem Norden kam, sie konnte den Blick nicht von seinen schillernden Augen abwenden.

„Ich wußte, Ihr würdet kommen."

„Ich habe es Euch versprochen", entgegnete Gallian flüsternd, fuhr mit der Hand durch ihr honigfarbenes Haar und küßte sie.

„Nein, ich meine, ich habe es gespürt", flüsterte sie. „Ich habe Euch gespürt, ehe Ihr hier wart."

„Das ist gut. Ihr entwickelt Eure Kräfte. Unsere gemeinsame Zeit macht sich bezahlt." Abermals küßte er sie, länger und heftiger diesmal, und drückte sie in die Kissen zurück. Eine Woge der Ermüdung durchströmte ihren Leib, und plötzlich brannte jede Berührung seiner Hände wie Feuer.

„Hört auf!" stöhnte sie. „Hört auf. Ihr solltet gehen."

„Ist das wirklich Euer Wunsch?" Gallian sah ihr tief in die Augen. Sein Blick ließ sie keinen klaren Gedanken fassen.

„Nach jedem Eurer Besuche fühle ich mich so schwach", flüsterte sie und wandte den Kopf ab, „wie ausgelaugt."

„Vielleicht ist das die Wirkung der Liebe bei einer Frau?“ fragte er mit einem Anflug von Spöttelei in der Stimme und lehnte sich zurück.

Muriella spürte, wie ihre Kraft zurückkehrte und stützte sich auf die Ellbogen. „Was wißt Ihr denn von Liebe?“ fragte sie herausfordernd.

„Ich weiß, daß Poeten behaupten, sie würden für sie sterben“, entgegnete er und glitt wieder näher. Um seinen Mund spielte jenes reptilienhafte Lächeln, das sie von Anfang an in seinen Bann gezogen hatte; seine grünen Augen blitzten.

„Würdet Ihr für sie sterben?“ fragte sie leise. Ihre Augen erforschten wieder die seinen.

„Möglicherweise.“ Das Lächeln wurde breiter, und er zog sie an sich. „In einer Ballade.“

Er lachte sanft, und sie konnte nicht anders, als in sein Gelächter einzufallen, bis sein Kuß ihr den Atem raubte und sie spürte, wie eine neue Welle der Ermüdung ihr in die Glieder fuhr. Warum versuchte sie, sich dagegen zu wehren? Sie erwiderte seinen Kuß, und engumschlungen sanken sie in die Kissen. Nichts wollte sie sehnlicher, als sich ganz der Macht seiner Berührung hinzugeben, wie sie es schon so oft getan hatte. Doch jedes Mal hatte sie sich danach kraftloser gefühlt, irgendwie leer und ausgebrannt. Zuerst hatte sie es kaum bemerkt, dann hatte sie es auf den Wein geschoben oder auf zu wenig Schlaf, aber es war etwas anderes. Mit letzter Kraft legte sie Gallian die Hand auf die Brust und schob ihn eine Handbreit von sich.

„Was würde mein Vater dazu sagen?“

„Es gibt so vieles auf der Welt, von dem Euer Vater nichts weiß“, antwortete Gallian flüsternd, „laßt dieses hier dazugehören.“

∴

Die Sonne stand hoch über dem kleinen Rübenacker, und nur ein paar vereinzelte Wolken zogen über den blauen Himmel. Auf dem verwitterten, bemoosten Holzzaun am Waldrand saßen ein paar Krähen und beobachteten krächzend und aufmerksam die Steckrübenernte. Die Vögel waren aus dem Wald herübergeflattert und hatten sich im Schatten der Bäume niedergelassen, wohl in der Hoffnung, daß die Nachmittagshitze die Menschen bald vom Feld vertreiben würde und sie sich über die restlichen Rüben hermachen könnten, die rot und weiß in der Erde schimmerten.

Farmer wischte sich mit einer schmutzigen Hand den Schweiß von der Stirn und sah zu Zeph hinüber, der schnaufend versuchte, mit beiden Händen eine besonders große Steckrübe aus der trockenen Erde zu ziehen. Wie sein Vater trug der Knabe das ärmellose, grob gewebte Wams der Bauern, aus dem seine mageren Arme herausragten und vor Anstrengung zitterten. Die Jahre harter Feldarbeit, die die muskulösen Arme seines Vaters geformt hatten, standen ihm noch bevor.

„Nicht aufgeben, Zeph“, ermunterte Farmer ihn heiter, klopfte die Erde von der nächsten Rübe und warf sie in den Korb. „Zieh aus den Knien.“

„Die will einfach nicht raus“, stöhnte Zeph und stellte sich breitbeinig über die renitente Rübe.

„Die Dicken gehen immer am schwersten.“

Mit einem letzten Ruck gab die dicke Rübe nach, und Zeph ließ sie fast fallen, als er taumelnd zum Stehen kam. Er strahlte.

„Siehst du, die Mühe hat sich gelohnt.“ Sie lachten. Zeph warf die Rübe zu den anderen in den Korb und packte die nächste am krautigen Schopf.

„Hab’ dich.“

Weitere Krähen hatten sich auf dem Zaun niedergelassen, und das Gekreisch der Vögel wurde immer lauter. Farmer zog sein Wurfholz aus dem Gürtel und warf es mit ruhiger Hand nach den Vögeln, die unter lautem Schimpfen vor dem heransausenden Geschoß die Flucht ergriffen. Nachdem das Wurfholz in weitem

Bogen über den Zaun geflogen war, kehrte es sicher in Farmers Hand zurück.

„Daneben", stellte Zeph fest.

„Ich will sie ja nicht umbringen. Sie sollen uns nur die Rüben nicht wegfressen."

Die nächsten Steckrüben waren schnell aus der Erde gezogen, und schon bald war wieder ein Korb voll. Mehr als genug für den Winter, dachte Farmer zufrieden. Gut, daß Solana morgen nach Stonebridge fährt, sie kann gleich ein paar Körbe Rüben verkaufen.

Das Quieken eines Ferkels unterbrach Farmers Gedanken, und er sah gerade rechtzeitig von den Rüben auf, um einen hochgewachsenen Mann mit kurzgeschorenem weißen Haar den Weg zu ihrem Acker heraufkommen zu sehen. An einem kurzen Seil führte er das quiekende Ferkel und hatte alle Mühe, nicht über es zu stolpern, da ihm das kleine Schwein immer wieder zwischen den Beinen hindurchgaloppierte.

„Hier kommt das Tier", rief Norick ihnen zwischen halb unterdrückten Flüchen zu. Er hatte immer noch Schwierigkeiten, das Tier zu bändigen. „Der gleiche Handel wie letztes Jahr? Wintersaat für das Ferkel?"

„Der gleiche Handel wie jedes Jahr", bestätigte Farmer und griff nach der nächsten Rübe. „Immer der gleiche Handel."

Norick war inzwischen bei ihnen angekommen und sah blinzelnd zur Sonne hinauf.

„War ein recht trockener Sommer diesmal", sagte er und zog kurz an der Leine, als das quiekende Ferkel den Körben mit den Steckrüben zu nahe kam.

„Hab' schon schlimmere erlebt", entgegnete Farmer, ohne von der Arbeit aufzusehen.

„Der König hebt Truppen aus", fuhr Norick hartnäckig fort. „Seine Soldaten verdienen gutes Geld."

„Ich hab' dieses Land", antwortete Farmer und inspizierte eine Rübe mit prüfendem Blick. „Reicht das nicht?"

Norick ließ den Blick über den halb abgeernteten Acker schweifen. „Wenn du älter wirst, reicht es vielleicht nicht mehr, nur zu überleben. Hast du nie daran gedacht, deinen Mut zu beweisen? Zum Überleben allein braucht's keinen Mut."

Farmer zuckte die Achseln.

„Verdammt, Farmer! Würde es dich umbringen, mal ein bißchen zu schwatzen? Wir sind keine Tiere, sondern Menschen, und Menschen haben die fabelhafte Gabe, miteinander zu reden."

„Norick." Zum ersten Mal sah Farmer den Neuankömmling direkt an und hielt ihm eine Rübe entgegen. „Wenn ich diese Steckrüben überreden könnte, von selbst in den Korb zu springen, ich würd's tun. Aber wenn der Regen kommt, wird der Boden zu Lehm, und dann wird selbst dein Gerede sie da nicht mehr rausholen."

Einen Augenblick lang starrten die beiden Männer einander an, dann wandte Norick sich kopfschüttelnd an den Jungen: „Das macht deinen alten Herrn so liebenswert, Zeph. Er ist immer heiter und guter Dinge."

Farmer brummte eine Verwünschung und warf die Rübe in einen neuen Korb. Norick und er waren Freunde, seit er denken konnte. Tatsächlich war der ältere Mann für ihn so etwas wie ein Ersatz für den Vater, den er nie gekannt hatte. Aber manchmal hatte er einfach so eine Art – er wußte doch genau, daß Farmer für Geschwafel nicht viel übrig hatte.

„Zeig Norick, wo er seine Saat findet, Zeph."

„Gern, Vater", sagte Zeph und rieb sich die trockene Erde von den Händen.

„Hier, Zeph, da hast du das Schwein." Lächelnd warf Norick dem Jungen die Leine zu, und als hätte es darauf gewartet, machte das kleine Ferkel einen Satz und rannte über den Acker davon. Zeph stolperte lachend hinterher.

„Ich nehme an, du bleibst zum Abendbrot“, stellte Farmer in Noricks Richtung fest.

„Wenn du schon fragst“, nickte Norick und folgte Zeph und dem Schweinchen zu Farmers Hof.

∴

Am Abend waren alle Rüben geerntet, und die Körbe standen zum Schutz vor Ratten und anderem Ungeziefer auf hohen Borden im Schuppen. Farmer machte einen letzten Rundgang über sein kleines Anwesen und ließ den Blick noch einmal über die friedlich in der Abendsonne liegenden Äcker schweifen, bevor er zu den anderen ins Haus ging. Zeph hatte das Schweinchen gefüttert und in den Stall hinter dem Wohnhaus gebracht. Im gemauerten Herd in der Stube flackerte ein fröhliches Feuer, und aus dem dampfenden Topf, den Solana zwischen die Kerzen auf den Tisch stellte, duftete es vorzüglich. Er holte einen Laib Brot aus dem Kasten und nahm auf dem letzten freien Schemel Platz. Seine Frau setzte sich ihm gegenüber an den alten Holztisch, strich sich das lange nußbraune Haar aus dem Gesicht und begann, ihrem Gast die Schale mit Eintopf zu füllen.

„Laß' es dir schmecken, Norick“, sagte sie, während Norick ihr einen Becher Wein eingoß. „Du solltest häufiger zu Besuch kommen.“

„Weißt du, ich denke, Farmer hat als Kind schon genug von mir gesehen. Jetzt hat er seine eigene Familie und braucht etwas Abstand.“

„Norick hat gesagt, Vater soll den Hof aufgeben und zur Armee des Königs gehen“, platzte Zeph heraus, als seine Mutter nach seiner Schale griff. „Er sagt, die Soldaten des Königs verdienen einen Haufen Geld.“

Solana hielt in der Bewegung inne und warf ihrem Ehemann einen besorgten Blick zu.

„Das hast du nicht ernsthaft vor, oder, Farmer?“

„Ihr seid meine Familie, ich gehe nirgendwohin. Reicht das als Antwort?“ Farmer warf seiner Gemahlin einen beruhigenden Blick zu und rollte in Noricks Richtung mit den Augen.

Dieser hob in einer abwehrenden Geste den Löffel. „Ich wollte nur ein bißchen schwatzen.“

Farmer schmunzelte. „Jeder hat ein besonderes Talent. Schwatzen scheint deins zu sein.“

„Ja, und einen alten Freund zu verpetzen deins, junger Mann!“ In gespieltem Groll wies Norick mit dem Löffel auf Zeph. „Gib mir zum Ausgleich dein Hühnchen!“

Solana lachte und fuhr Zeph durchs blonde Haar. „Gib es ihm bloß nicht!“

„Gib mir dein Hühnchen“, wiederholte Norick mit Grabesstimme. „Harr, harr, harr!“

Nach dem Essen saßen sie noch eine Weile vor dem Feuer beisammen. Solana ließ sich von Norick Neuigkeiten berichten, die er bei den anderen Bauern aufgeschnappt hatte, und Zeph war noch einmal in den Stall hinübergegangen, um dem Ferkel gute Nacht zu sagen und zu sehen, ob es sich schon eingelebt hatte. Farmer lehnte sich mit dem Rücken an den Tisch, auf dem nur noch der säuberlich mit Brot ausgewischte Kochtopf und die abgenagten Knochen des Hühnchens von ihrem köstlichen Abendessen zeugten. Er legte die Füße auf Zephs Schemel und goß sich ein zweites Mal von dem bitteren Rübenschnaps ein, den Solana nach dem Essen auf den Tisch gestellt hatte. Lächelnd sah er auf die knackenden Holzscheite, führte den kleinen Zinnbecher zum Mund und nippte an dem brennenden Getränk. Warum sollte er diese Idylle gegen irgend etwas anderes eintauschen?

∴

Als Norick sich auf den Heimweg gemacht hatte und Zeph zu Bett gegangen war, konnten er und Solana sich endlich in ihre Kammer zurückziehen. Draußen war es dunkel und mucksmäuschenstill, und im schwachen Licht der Kerzen kämmte Solana ihr Haar aus, das ihr lang und seidig auf die Schultern fiel. Erschöpft ließ Farmer sich auf der Bettstatt nieder und löste die Lederriemen seiner Stiefel. Solana legte den Kamm aus der Hand und kroch zu Farmer aufs Bett.

„Sag mir etwas Liebes. Sag mir, wie sehr du mich liebst", flüsterte sie sanft in sein Ohr.

„Das weißt du", entgegnete Farmer leise und zog sie auf seinen Schoß, den Blick auf ihre dunklen Augen gerichtet.

„Ich weiß nur, was du mir sagst", seufzte sie mißbilligend und warf den Kopf in den Nacken, „und du sagst mir nie etwas."

Farmer legte ihr einen Arm um die schmale Taille und hielt seine andere Hand auf. „Sieh dir meine Hände an. Hart und schwielig von der Arbeit auf dem Feld, damit wir immer etwas auf dem Tisch haben. Diese Hände sprechen lauter als Worte."

„Wieso kannst du es nicht einmal sagen?" antwortete sie sanft und ließ die Fingerspitzen zärtlich über die Schwielen und tiefen Rillen seiner Handfläche gleiten.

Farmer legte auch den anderen Arm um sie und sah sie wieder an. „Was willst du nur von mir?"

„Was jede Frau will", lachte sie und wand sich spielerisch aus seiner Umarmung. „Ein wenig Leidenschaft."

„Ein wenig Leidenschaft?"

„Mhm", nickte sie, und ihre Augen leuchteten im Kerzenschein.

„Dann wollen wir doch mal sehen, was sich da machen läßt", sagte Farmer verschmitzt, zog sie enger an sich und küßte sie. Engumschlungen ließen sie sich aufs Bett sinken.

Zwei

Die Morgensonne stieg gemächlich über die Baumwipfel und vertrieb die letzten Nebelschwaden aus den dunklen Zweigen. Farmer hatte bereits mit Zeph das Gespann beladen. Körbe mit Steckrüben und anderem Gemüse standen zwischen Getreidesäkken und einem Ballen Tücher, die Solana gewebt hatte, auf der hölzernen Ladefläche. Danach waren sie hinter dem Haus Holz hacken gegangen. Er grinste, als er bemerkte, wie die Bewunderung in Zephs Augen mit jedem Scheit, den er präzise mit einem Hieb spaltete, größer wurde.

„Woah, wie machst du das nur?“ fragte Zeph und strahlte ihn an.

„Du weißt doch, jeder kann irgend etwas besonders gut“, entgegnete Farmer und stellte den nächsten Holzscheit auf den Hackklotz.

„Aber was kann ich besonders gut?“ Die Bewunderung des Jungen war einer unsicheren Miene gewichen.

„Du“, sagte er und ließ die Axt auf den Holzscheit herabsausen, „bist besonders gut mein Sohn!“

Zeph schüttelte den Kopf, unzufrieden mit dieser Antwort. „Aber das muß ich doch nicht können!“

Farmer hieb die Axt in den Klotz, wandte sich seinem Sohn zu, hob ihn mit beiden Armen hoch und sah ihn ernst an. „Oh doch! Bis du ein Mann bist, ist es deine Aufgabe, mein Sohn zu sein, und das machst du sehr gut!“ Er schmunzelte, und auch Zeph mußte grinsen.

„Wir müssen los“, rief Solana. Sie war gerade aus dem Haus gekommen und verstaute ein Bündel mit ein paar persönlichen Habseligkeiten unter der Sitzbank des Wagens. Solana würde mit

Zeph nach dem Markttag bei ihren Eltern in Stonebridge übernachten. Farmer stellte seinen Sohn auf dem Boden ab und ging mit ihm zum Wagen hinüber.

„Kannst du nicht mitkommen, Vater?" fragte der Junge, als er auf den Kutschbock kletterte.

„Wer holt denn dann die Ernte ein? Du weißt doch: Wer auf guter Scholle das Leben zu voller Pracht entfaltet …"

„… dem bleibt sein Mut allzeit treu", führte Zeph den Satz mit rollenden Augen zu Ende.

„Ja", lachte Farmer und klopfte seinem Sohn auf die Schulter, „ganz recht." Er drehte sich zu Solana um und faßte sie um die Taille.

„Es ist so schrecklich, ohne dich einzuschlafen", sagte sie, legte die Arme um seinen Hals und küßte ihn.

„Paßt gut auf euch auf", ermahnte er sie und strich über das Medaillon, das sie um den schlanken Hals trug. Es war ihr einziges Schmuckstück, er hatte es ihr zur Hochzeit geschenkt.

„Wir fahren doch nur nach Stonebridge, Liebster. Was soll da schon groß passieren?"

∴

Farmer sah dem Wagen nach, der hinter dem gemächlich dahintrottenden Pferd den ausgefahrenen Pfad hinunterschaukelte, bevor er auf den Hof zurückkehrte. Das restliche Feuerholz konnte warten, und das Ferkel hatte Zeph vor der Abreise gefüttert. Die Sonne stand schon ein gutes Stück über den Baumwipfeln, und es würde erneut ein heißer Tag werden. Inzwischen sollte der Morgentau getrocknet sein, so daß er das Feld oben am Hang mähen konnte. Er prüfte mit dem Daumen die Schneide seines Erntemessers und ging um das Haus zu dem kleinen Pfad, der sich zwischen den Bäumen hangaufwärts wand.

∴

Solana und Zeph hatten den Fahrweg nach Stonebridge erreicht, und der Wagen schwankte auf dem ebeneren Boden nicht mehr so sehr. Solana konnte die Zügel etwas lockerer fassen und das alte Pferd sich seinen Weg selbst suchen lassen. Zeph lehnte sich an seine Mutter und ließ den Blick über die grünen Hügel streifen. Er freute sich sehr auf Stonebridge und auf seine Großeltern.

„Warum nennen alle Vater nur ‚Farmer'?" fragte er übergangslos. „Hat er keinen richtigen Namen?"

„Dein Vater glaubt, man werde zu dem, was man tut."

„Er hat gesagt, es sei meine Aufgabe, sein Sohn zu sein", entgegnete Zeph nachdenklich. „Müßte er mich dann nicht ‚Sohn' nennen?"

„Aber das tut er doch ab und zu, Sohn", sagte Solana mit gespielt strenger Stimme, doch dann schüttelte sie lachend den Kopf. „Für uns bist und bleibst du Zeph. Aber wer weiß, wenn du erwachsen wirst, stellst du vielleicht auch fest, daß dir das nicht mehr genügt."

Zeph dachte eine Weile schweigend über die Worte seiner Mutter nach, bevor er wieder sprach. „Was war Vater denn, als er noch klein war?"

„Norick brachte ihn mit nach Stonebridge."

„Dann ist Norick sein Vater?" fragte er ungläubig.

„Nein." Abermals schüttelte Solana den Kopf. „Das gesamte Dorf hat sich um ihn gekümmert. Er hat damals bei vielen verschiedenen Familien gelebt. Aber Norick hat immer besonders auf ihn aufgepaßt, weißt du."

Darauf versank Zeph wieder in Gedanken, bis er schließlich feststellte: „Hm – und jetzt hat er eine eigene Familie. Ich bin froh, daß wir das sind."

„Das bin ich auch", stimmte Solana ihm lächelnd zu und küßte ihn auf das strubbelige Haar.

∴

Ein letztes Mal gab der Bote seinem Pferd die Sporen, als endlich die Mauern Schloß Ehbs vor ihm in der Morgensonne aufleuchteten. Er war hungrig und durstig, sein gesamter Körper schmerzte von den Strapazen des Rittes und den Schrammen und Schwellungen aus dem Kampf. Blut, Schweiß und Staub klebten in seinem dunklen Haar und seinem Gesicht. Aber immerhin war er am Leben und mußte dem Monarchen so schnell wie möglich Bericht erstatten. In gestrecktem Galopp ritt er den sanft ansteigenden Pfad durch die grasbewachsene Ebene auf das wuchtige Haupttor der alten Festung zu, den Kopf tief über den schaumbefleckten Hals des erschöpften Pferdes gesenkt.

Die Wachen am Tor bemerkten ihn schon von weitem, und einer der Männer trat ihm entgegen. Als er endlich das Tor erreichte, ließ der Bote sich dankbar aus dem Sattel gleiten und gab der Wache die Zügel des zitternden Tieres.

„Was ist geschehen?“ fragte die zweite Torwache. „Bist du verletzt?“

Der Bote schüttelte keuchend den Kopf. „Ich bringe eine Botschaft für den König“, stieß er hervor, „von General Hallet aus dem Norden.“

∴

König Konreid saß am Kopfende der langen Holztafel im Speisesaal und wohnte dem Morgenmahl bei. Seine zahlreichen Gefolgsleute saßen ihrem Rang entsprechend näher oder weiter entfernt zu ihm. Er ließ den Blick über sie schweifen und blieb unfreiwillig an seinem Neffen, Herzog Fallow, hängen. Angewidert beobachtete Konreid, wie Fallow die Zähne einer Hyäne gleich in das Fleisch der gebratenen Lammkeule schlug und ihm der Fleischsaft über das Kinn rann. Fast schon erleichtert wandte er sich zur Tür, als die hochgewachsene, dunkle Gestalt General Tarishs eintrat und an der Schwelle stehenblieb. Hinter der polierten Rüstung seines

Heerführers konnte der König einen schmutzigen, erschöpften Soldaten erkennen.

„Majestät“, sagte Tarish und senkte ehrerbietig den Kopf mit dem kurzgeschorenen, schwarzglänzenden Haar, „wir haben Nachricht aus dem Norden. General Hallet hat einen Boten geschickt, um Euch Bericht zu erstatten.“ Zackig nahm er Haltung an und wartete auf Konreids Zeichen.

Der König hob die Hand und winkte seinen treuen Truppenführer zu sich. Mit schnellen Schritten folgte Tarish der Aufforderung und bedeutete dem Boten mit einem Nicken, ihm seinerseits zu folgen. „Berichte!“

„Majestät“, stieß der Soldat ängstlich hervor und kniete mit schreckgeweiteten Augen vor Konreid nieder, mühsam um Beherrschung ringend. „Die Krugs! Eine wilde Armee von Krugs hat uns überfallen – und sie kämpfen mit Schwertern!“

Konreid zog überrascht eine Braue hoch, und auch das kontrollierte Gesicht General Tarishs zeigte für einen kurzen Moment Erstaunen. Fallow, der gelangweilt zugehört hatte, spuckte höhnisch lachend seinen letzten Bissen wieder aus und ließ den abgenagten Knochen scheppernd in seinen Teller fallen. „Das ist doch lächerlich“, schmatzte er, „als nächstes wirst du uns erzählen, Hunde wären auf zwei Beinen gelaufen und hätten euch mit Schwertern angegriffen.“ Konreid brachte seinen Neffen mit einem erbosten Blick zum Schweigen und wandte sich wieder dem Boten zu.

„Sie kämpfen wie Menschen, mein König“, bestätigte dieser eindringlich, „sie haben unseren ganzen Spähtrupp massakriert. Wer weiß, hätte der General mich nicht mit dieser Nachricht zu Euch gesandt, wäre ich jetzt vielleicht auch tot.“

Fallow lachte leise, aber Konreid hatte jetzt für seinen ungehobelten Neffen keine Aufmerksamkeit mehr übrig. „Dahinter steckt Hexerei“, murmelte er, die Stirn unter der schmalen Krone in tiefe Sorgenfalten gelegt.

„Ruft meinen Großmagier!“

∴

Muriellas Lieblingsplatz im Schloßgarten war die moosbewachsene Marmorbank neben dem kleinen Wasserfall. Ein längst vergessener Baumeister hatte hier wahre Wunder vollbracht und das winzige Rinnsal, das durch den Garten floß, so angelegt, daß eine Miniaturausgabe der Seen von Ehb entstanden war. Wie so oft in letzter Zeit hatte sie sich hierher zurückgezogen, um zu lesen, dem murmelnden Wasser zu lauschen und ihren Gedanken nachzuhängen, während sie die herumschwirrenden Insekten und die Farbenpracht der Blumen betrachtete. Eine leichte Sommerbrise strich durch ihr blondes Haar, das in der Sonne rötlich schimmerte, und bauschte die zarten Ärmel ihres reichbestickten grünen Samtkleides. An diesem Tag fiel es ihr schwer, sich auf ihr Buch zu konzentrieren.

„Muriella", riß sie der warme Klang einer bekannten Stimme aus ihrer Versunkenheit, und als sie aufblickte, sah sie ihren Vater in seiner dunklen Reiserobe zwischen den kunstvoll gestutzten Zypressen hervortreten.

„Vater", entgegnete sie freudig und sprang auf, um ihn zu umarmen.

Schmunzelnd und mit ausgestreckten Armen kam er auf sie zu. Seine aufrichtige Freude machte sein Gesicht weich und ließ Muriella ganz warm ums Herz werden, doch zugleich sah sie erschrokken, wie tief seine Augen unter den buschigen Brauen in die Höhlen gesunken waren. Tiefe Furchen hatten sich seit ihrem letzten Treffen in sein Gesicht eingegraben, und sein volles dunkles Haar war nun deutlich silbergrau durchwoben. Er nahm sie in die Arme und drückte sie an sich. Muriella schloß für einen Moment die Augen und trat dann etwas zurück, um ihren Vater anzusehen. Dieser ergriff ihre Hände und musterte sie stolz von Kopf bis Fuß.

„Wie schön du bist", sagte er lächelnd. „Komm, setz dich ein Weilchen zu mir."

Merick ließ sich auf die alte Steinbank sinken, und Muriella setzte sich zu ihm.

„Du siehst todmüde aus, und ausgehungert." Fürsorglich sah sie ihn mit großen Augen an. „Du mußt besser auf dich aufpassen, versprich mir das."

„Ach weißt du", seufzte er und senkte den Kopf. Jetzt konnte Muriella noch deutlicher das Netz von Sorgenfalten in seinem Gesicht erkennen, das sein Lächeln zuvor gemildert hatte. „Dieses Königreich verschlingt Männer wie eine heißhungrige Bestie." Er zog die Brauen zusammen, und sein umwölkter Blick glitt in die Ferne. „Ich habe keine Zeit, mich um mich selbst zu kümmern. Es gibt Wichtigeres."

„Dann laß mich für dich dasein, Vater." Auch Muriella hatte die Brauen sorgenvoll zusammengezogen, ihr Blick hing an seinem Gesicht. Wie sollte sie sich nur um ihn kümmern, wenn er nie da war? Angespannt preßte sie die Lippen zusammen.

Merick schüttelte den massigen Kopf, wie um sich von einer Last zu befreien und sah seine erwachsene Tochter wieder an. Erst jetzt sah er den Folianten auf der Marmorbank.

„Genug davon", sagte er mit betont lehbafter Stimme, „was liest du da?" Merick griff nach dem schmutzigen braunen Ledereinband, und sie überließ ihm zögernd das Buch.

„Aha – ‚Die Gefahren der Magie'!" Er lachte. „Mein altes Buch."

„Es handelt von vielen Dingen, die ich nicht verstehe." Muriella schaute auf ihre Hände, die ruhelos mit dem Saum ihrer Ärmel spielten und nahm allen Mut zusammen. „Dinge draußen im Königreich." Hoffnungsvoll richtete sie die blauen Augen wieder auf ihn.

Ihr Vater nickte, jetzt wieder sehr unwirsch, und wandte den Blick ab, ohne zu antworten.

Muriella wagte noch einen Versuch. „Vater, ich will das Königreich sehen. Ich will noch mehr lernen."

„Ja." Er nickte wieder, runzelte die Stirn und seufzte. „Das wollte auch deine Mutter, und du weißt, was es ihr gebracht hat."

Muriella öffnete den Mund, um zu widersprechen, aber ihr Vater schnitt ihr das Wort ab. „Sie, die Königin, der Prinz – alle tot. Dieses Schicksal will ich dir ersparen. Verstehst du das nicht?" Seine durchdringenden Augen suchten die ihren, und sie konnte für einen Moment seine Vaterliebe und die Sorge um sie darin lesen. Aber sie mußte der Sehnsucht in ihrem Herzen einfach Luft machen und es ihm erklären, jetzt und hier.

„Merick, der König will Euch sehen", erklang die Stimme eines Dieners hinter den Bäumen. Der Magus erhob sich und wandte sich zum Gehen. Nur einen Moment verharrte er und legte seiner Tochter mit einem warmen Blick die Hand auf die Schulter, ehe er mit raschen Schritten den Weg zum Schloß betrat.

Muriella blieb allein zurück und senkte ihren Blick auf das Buch in ihrem Schoß.

∴

Das kleine Feld war schnell gemäht, und kurz bevor die Sonne am höchsten stand, war Farmer schon wieder auf dem Weg zurück zum Hof. Die gebündelten, goldgelben Garben hatte er in der Sonne stehenlassen. Er würde sie am Abend holen, wenn es wieder kühler wurde, und sie in den Schober bringen. Er erreichte sein kleines Anwesen und ging zum Trog hinter dem Haus, um sich Gesicht und Hände zu waschen. Das klare Wasser spülte nicht nur den Getreidestaub weg, sondern war herrlich erfrischend, und Farmer ließ es sich über den kahlgeschorenen Kopf rinnen. Er holte sich einen Zipfel Wurst und den Rest Brot vom Abendessen aus der Küche, ehe er es sich für eine kurze Mittagspause im Schatten des Apfelbaums bequem machte. Durch die grünen Blätter strich kein Lüftchen, und ohne die Gesellschaft Zephs und Solanas aß Farmer schnell und mechanisch, im Geiste schon bei seinem weiteren Tagesablauf. Er verwarf den Gedanken an eine Mittagsruhe und wollte sich seiner nächsten Aufgabe zuwenden, als ihm eine Idee kam. Er ging zum Koben, holte das Ferkel heraus und band es mit einer langen Schnur am Baum fest. „Sollst nicht den ganzen Tag im dunklen Stall verbringen, das würde Zeph nicht gefallen", brummte er dem Borstentier zu, das nicht weiter auf ihn achtete und anfing, im Boden zu wühlen.

Hinter dem Haus zog Farmer die Axt aus dem Hackklotz und stellte einen neuen Holzscheit auf. Mit gezielten Schlägen spaltete er ein Stück Holz nach dem anderen, bestimmt und mit gleichbleibendem Rhythmus. Die Muskeln an seinen Armen zeichneten sich deutlich ab, und in der flirrenden Mittagssonne klebte ihm der Schweiß das Wams am Rücken fest. Es war ein ruhiger Tag, die Krähen waren bisher nicht aufgetaucht, und außer dem gelegentlichen Schnaufen des Ferkels, das unter dem schattigen Apfelbaum nach Fallobst suchte, war zwischen seinen Axthieben kein Laut zu hören.

Doch was war das gewesen? Das letzte Grunzen hatte nicht nach dem Ferkel geklungen. Farmer ließ die Axt sinken und horchte. Da war es wieder, ein tiefes, kehliges Grunzen, das Farmer die Nackenhaare aufstellte. Es schien aus dem nahen Gehölz zu kommen. Vorsichtig lehnte er die Axt an den Hackklotz und huschte zum Zaun am Waldrand hinüber. Dort horchte er mit wachsender Anspannung noch einmal. Da war es wieder – kam es von hinter dem Heuschober auf der nächsten Weide? Mit einem kraftvollen Sprung setzte Farmer über den Zaun und schlich um den Heuschober, aber auch zwischen den alten knorrigen Stämmen der Bäume hinter dem Zaun war alles still und friedlich. Immer noch argwöhnisch lief Farmer zum Waldrand auf der anderen Seite seines Grundstücks hinüber und blieb auch hier aufmerksam lauschend stehen, doch es war nichts mehr zu hören. Er wartete einen Moment, ehe er sich umdrehte und kopfschüttelnd wieder zu den Gebäuden zurückging. Was mochte das nur gewesen sein? Oder stieg ihm die Mittagssonne zu Kopf?

Nach ein paar Schritten traf ihn ein Keulenschlag im Rücken und schleuderte ihn zu Boden. Trotz des Schmerzes, der wie Feuer in seiner Schulter aufloderte, rollte Farmer sich sofort beiseite, so daß der zweite, wuchtigere Hieb neben ihm in den Boden einschlug und Erde und Grasbüschel aufspritzen ließ. Ungläubig sprang er auf, drehte sich blitzschnell um und starrte seinen Angreifer an. Vor ihm stand ein knurrender Krug in verbeultem Helm, farblosen Lumpen, die vielleicht einmal Kleidung gewesen waren, und zusammengesuchten Rüstungsteilen. Mit einem kehligen Tierschrei holte er mit seiner gewaltigen Keule zum nächsten Hieb aus. Farmer rammte der Kreatur ohne nachzudenken die unverletzte Schulter in den Bauch, so daß der Krug das Gleichgewicht verlor und mit einem wütenden Grunzen hintenüberkippte. Für einen Moment rollten sie ineinander verkeilt durch das Gras, und der Krug verlor seine Keule, dann war Farmer über ihm und rammte seinem zappelnden Gegner mit seinem ganzen Gewicht den Ellbogen in den Magen. Der Krug schnaufte heiser und erschlaffte. Farmer konnte sich gerade rechtzeitig von ihm losreißen und aufspringen, um die anderen vier Bestien zu sehen, die auf ihn zustürmten. Auch sie waren bewaffnet.

Instinktiv nutzte Farmer den Schwung des ersten Angreifers, um ihn sich über die Schulter zu werfen, und zog in einer fließenden Bewegung sein langes Erntemesser aus dem Gürtel. Er parierte den Schwerthieb des zweiten Krugs und trieb ihn mit einer Folge schneller Streiche zurück, bis er ihm die breite Klinge mit ganzer Kraft in die Kehle stoßen konnte. Doch er hatte keine Zeit, sich über diesen Sieg zu freuen, die nächsten beiden Kreaturen drangen bereits wieder auf ihn ein. Er blockte ihre Hiebe abwechselnd ab, wich einem nachlässig geführten Streich zum Kopf aus und riß den Ellbogen hoch, so daß er einen der Krugs mitten ins entstellte Gesicht traf. Jetzt konnte er sich für einen Augenblick dem anderen zuwenden und ihm mit einem zweihändig geführten Hieb den Schädel spalten. Ohne innezuhalten wirbelte er herum und riß dem ersten Gegner den Bauch auf, ehe dieser sich von dem Stoß ins Gesicht erholt hatte. Beide Krugs sanken in einem Schwall stinkenden braunen Blutes und Gedärms zu Boden und blieben regungslos liegen.

Farmers Gedanken rasten. Was geschah hier? Wo kamen die Krugs her? Wieso trugen sie Waffen und warum schien sein Körper so genau zu wissen, wie er sich zur Wehr zu setzen hatte? Hatte er gerade mehrere Krugs getötet? Schnaufend sah Farmer sich um. Zwei der Krugs waren nicht ernsthaft verwundet, und der erste Angreifer kam schon wieder auf die Beine und griff nach seiner Keule. Mit einem Hechtsprung stürzte Farmer sich auf ihn und riß ihn wieder um, bevor er die riesige Waffe aufheben konnte. Er kauerte auf dem Rücken der Bestie und konnte ihr sein Messer mit einem gezielten Stich in den Nacken treiben. Die letzte Kreatur war immer noch nicht wieder ganz bei sich, und Farmer rannte zu ihr hinüber und trennte ihr mit einem sauberen Schlag den Kopf von den Schultern.

Erschöpft, aber immer noch angespannt richtete sich Farmer auf und sah sich um. Die erschlagenen Krugs lagen im Gras verstreut, und zähes, braunes Blut sickerte aus ihren Wunden. In der Luft lag ein beißender, metallischer Gestank, und die Stille des Mittags wurde jetzt von ein paar summenden Fliegen unterbrochen, die ihr Festmahl bereits gefunden hatten. Wie auch immer ihm das gelungen war – er war mehr als dankbar für sein neu entdecktes Talent! Der Schmerz in seiner Schulter hatte sich zu einem dumpfen Pochen gewandelt, aber er schien nicht ernsthaft verletzt zu sein. Der kurze Kampf hatte ein paar Sträucher und das kleine Kräuterbeet vor dem Haus zerdrückt und er entdeckte, daß das kleine Ferkel reglos und mit zerschmettertem Schädel unter dem Apfelbaum lag, die kleine rosa Schnauze blutverschmiert. Einer der Krugs mußte es erwischt haben, bevor er den fünf Angreifern den Garaus gemacht hatte. Farmer wandte den Blick von dem getöteten Tier ab, und lauschte angestrengt nach weiteren Gegnern, aber der

Wald um den Hof blieb still. Er trat ein paar Schritte zurück und entdeckte eine schwarze Rauchsäule hinter den Baumreihen, genau aus der Richtung von Noricks Hof. Farmer fluchte lautlos und lief ohne Zögern los.

∴

Im hellen Licht der Morgensonne erreichten Solana und Zeph Stonebridge. Es war Markttag in dem kleinen Dorf auf der Steilküste, und zwischen den hellen Häusern tummelten sich Männer in Lederwämsern mit schweren Säcken über der Schulter, Frauen in Leinenkleidern in warmen Erdtönen mit lebenden Hühnern in kleinen Holzkäfigen oder großen Körben unter dem Arm und kleine Gruppen von lärmenden Kindern, die eine Ziege oder ein Schwein vor sich hertrieben. Die Luft roch nach frischem Brot und gebratenem Fleisch, und von irgendwo waren die hellen Hammerschläge eines Schmiedes zu hören. Langsam steuerte Solana das Fuhrwerk durch das bunte Treiben und nickte hin und wieder einem bekannten Gesicht zu, während Zeph nach einem Platz Ausschau hielt, an dem sie abladen und ihre Waren verkaufen konnten.

Um die Mittagszeit waren Steckrüben, Getreide und Tuch fast vollständig verkauft, und zufrieden und hungrig machten sie sich auf den Weg hinauf zum Haus von Solanas Eltern. Es war eines der ältesten Häuser in Stonebridge und stand auf der anderen Seite des Dorfes auf den Klippen, die in den See hinausragten. Von dort hatte man einen wunderbaren Blick über die weite, saphirblaue Wasserfläche auf der einen Seite und das Dorf mit der uralten steinernen Brücke über den Fluß auf der anderen. Wie auch das Haus, in dem Zeph mit seinen Eltern lebte, hatte es ein hohes Fundament aus grobem Bruchstein und war darüber aus Holz mit lehmverputzten Wänden gebaut. Die reetgedeckten Giebel ragten an beiden Enden geschwungen in den blauen Himmel.

„Großmutter, Großmutter", rief Zeph freudig und sprang der älteren Frau in der groben Schürze in die Arme.

„Da bist du ja!" Sie beugte sich zu ihm hinunter und hob ihn schwungvoll in die Höhe. „Hab' dich! Ab mit dir in den Ofen!"

„Nicht in den Ofen!" Zeph wand sich lachend in ihren Armen.

„Nein?" Die Augen der alten Frau funkelten zwischen tausend kleinen Lachfältchen. „Im Ofen ist es warm und trocken." Sie küßte ihn auf die Stirn. „Oder sollen wir dich etwa roh essen?"

„Warum müßt ihr mich denn essen?" keuchte Zeph und ließ sich wieder von ihr absetzen.

„Weil ich deinem Großvater das zum Abendessen versprochen habe, was er am liebsten hat." Die Großmutter strich ihm liebevoll übers blonde Haar und führte ihn ins Haus.

Drinnen roch es nach frischen Kräutern, und das einfache Mittagessen stand schon auf dem Tisch. Es gab frisches Brot, gedünstetes Gemüse und Ziegenkäse. Zephs Onkel Bastien hatte schon Platz genommen und winkte ihnen zur Begrüßung zu. Seine Augen leuchteten vor Wiedersehensfreude. Solana umarmte ihren Bruder und küßte ihn auf die Wange. Im Gegensatz zu ihrem eigenen war Bastiens langes Haar blond wie das seines Neffen, der neben ihm auf die Eckbank kletterte.

„Wie liefen die Geschäfte auf dem Markt?" fragte Bastien neugierig.

„Sehr gut. Natürlich haben ein paar Kerle versucht, mich über's Ohr zu hauen, weil ich eine Frau bin." Solana schüttelte spöttisch den Kopf und warf Bastien einen stolzen Blick aus ihren braunen Augen zu. „Also habe ich sie mehr bezahlen lassen – weil ich eine Frau bin!"

Er schmunzelte wissend. „So ist's recht. Laß dir bloß nicht die Butter vom Brot nehmen! Du allein hast das Sagen."

„Ich weiß, was ich will, und das habe ich auch immer bekommen."

Bastien stieß Zeph mit dem Ellbogen an und beugte sich zu ihm hinüber. „Bis sie deinen Vater kennengelernt hat. Der läßt sich von niemandem etwas vorschreiben.“

Die Großmutter hatte ihre fleckige Schürze an einen Haken neben dem Kamin gehängt und kam mit einer Kanne frisch aufgebrühten Tees zu ihnen an den Tisch. Sie füllte vorsichtig ihre Becher, bevor auch sie sich setzte. Hungrig begannen sie zu essen.

„Wo ist denn Großvater?“ fragte Zeph und reckte den Hals, um seinen Blick durch den gemütlichen Raum schweifen zu lassen.

„Er hat Dienst am Glockenturm“, antwortete seine Großmutter und schnitt ihm eine dicke Scheibe Käse ab.

„Können wir ihn besuchen?“

„Nach dem Essen.“ Solana nickte ihrem Sohn zu.

„Aber ihr müßt vorsichtig sein“, mahnte die Großmutter augenzwinkernd, „der Glockenturm wurde damals für Kriegszeiten gebaut. Du willst doch nicht am falschen Seil ziehen und einen Krieg anzetteln, oder?“

Drei

Als Farmer aus dem Wald trat, zog sich ihm vor Schreck der Magen zusammen. Noricks Haus brannte lichterloh und überall wimmelte es von Krugs. Das Feuer war auf das Dach des kleinen reetgedeckten Stalls übergesprungen und fraß sich rasend schnell durch das trokkene Schilf. Farmer war erleichtert, als er die wütende Stimme seines Freundes von dort rufen hörte. Norick war also noch am Leben. In diesem Moment öffnete sich die Stalltür, und Noricks Pferde stoben zwischen den kreischenden Krugs hindurch ins Freie. Mit einem überraschten Grunzen sprangen die Angreifer beiseite und drängten dann mit gezogenen Waffen in den Stall hinein.

Farmer griff nach dem Wurfholz, das in einem Futteral an seinem Gürtel steckte, und schleuderte es nach dem ersten Krug. Dann, ohne abzuwarten ob das Wurfgeschoß sein Ziel gefunden hatte, zog er sein Erntemesser und rannte los. Die Wurfwaffe traf die Kreatur mit einem dumpfen Knall am Hinterkopf und der Krug kippte wie ein gefällter Baum vornüber. Die nächsten beiden Angreifer bemerkten den Sturz und drehten sich um, doch da war Farmer bereits zwischen ihnen. Den ersten schickte er mit einem wuchtigen Fußtritt gegen den klobigen Schild zu Boden, dem zweiten durchschnitt er mit einem schnellen Streich die runzelige Kehle. Einen Augenblick später stand er bei seinem Freund im brennenden Stall.

„Wo warst du so lange?" Norick schwang eine Hacke mit kurzem Stiel und breitem Blatt und ließ sie auf den Helm eines angreifenden Krugs niederkrachen. Doch sie hatten keine Zeit für lange Reden, die Kreaturen drangen jetzt von zwei Seiten auf sie ein. Norick parierte fluchend einen Schwerthieb mit der Hacke und stieß den Angreifer mit aller Kraft rücklings in die Fässer, die sich vor der Wand des Stalls stapelten und krachend über diesem zusammenbrachen.

Mit einer Finte setzte Farmer geschickt einen Hebelgriff am Schwertarm des nächsten Angreifers an und entwaffnete ihn. Dann packte er ihn an der Schulter und schleuderte ihn durch die brennende Bretterwand. Aus dem Augenwinkel sah er eine Bewegung über sich auf dem Heuboden und wich in letzter Sekunde der Heugabel aus, die ein Krug von oben auf ihn schleuderte. Farmer griff nach dem Seil des Flaschenzugs, der in der Mitte der Stallung von der Decke herunterbaumelte, und schwang sich mit einem großen Sprung dem Krug entgegen, der gerade in der Stalltür auftauchte. Er spürte wie unter der Sohle seines Stiefels die stumpfe Schnauze der Kreatur knirschend brach. Mit dem nächsten Schwung erreichte er den Heuboden und klammerte sich mit der freien Hand und einem Fuß an der Kante fest. Sofort stürmte der Krug durch die immer dichter werdenden Rauchschwaden auf ihn zu. Doch die Kreatur hatte keine Zeit mehr, ihre Waffe zu heben. In einer fließenden Bewegung zog Farmer sich über die Kante, federte kurz in die Hocke und ließ dem Krug mit einem schnellen Sprung den Stiefel vor die Brust krachen. Mit drei weiteren schnellen Tritten trieb er das Wesen zurück, bis es mit einem heiseren Schrei vom Heuboden stürzte.

„Die sind ziemlich hartnäckig, was?“ rief Norick grimmig, der unten seine Hacke in hohem Bogen über dem Kopf führte und den Schild eines Krugs zerschmetterte. Bevor der Angreifer wieder auf die Füße kam, sauste die Hacke zum zweiten Mal herab und drang krachend in seine ungeschützte Brust ein. Norick löste seine Waffe mit einem Ruck aus dem zuckenden Krug und spähte zu Farmer auf den Heuboden hinauf.

„Vorsicht, hinter dir!“ stieß er erschrocken hervor.

Gerade noch rechtzeitig wirbelte Farmer herum und entdeckte den nächsten Krug, der hinter ihm am Flaschenzug hinaufkletterte. Bevor der neue Angreifer auf dem Heuboden richtig Fuß fassen konnte, ergriff Farmer ihn, schlang ihm das Seil um den Hals und sprang, das andere Ende des Flaschenzugs fest in der Hand, auf den Stallboden hinab. Wie ein Sack Getreide wurde der zappelnde Krug in die Höhe gezogen und blieb röchelnd unter dem rußgeschwärzten Stalldach hängen. Farmer schlang das Seil zwei-, dreimal um einen Pfosten und schaute sich um. Sie hatten alle Krugs niedergestreckt oder vertrieben, aber die Flammen schlugen mittlerweile an vielen Stellen durch das Dach des Stalls und auch zwei der Wände brannten schon lichterloh. Gleich würde hier alles zusammenbrechen. Er drängte den schnaufenden Norick ins Freie hinaus.

„Das darf doch nicht wahr sein!" Norick schaute sich ungläubig auf seinem verwüsteten Hof um. „Die Krugs sind wilde Tiere. Die haben keine Waffen und Rüstungen!"

Farmer starrte nur schweigend auf die toten Krugs, die vor dem brennenden Stall im Gras lagen. Diese hier trugen Waffen und Rüstungen, häßlich und grob geschmiedet zwar, aber dennoch ohne Zweifel richtige Waffen und Rüstungen. Und sie kämpften nicht wie Tiere.

„Ich brauche ein Pferd, Norick." Zielstrebig marschierte er auf einen Holzbock zu, auf dem Norick Sättel und Zaumzeug hängen hatte. Dabei versuchte er die Schmerzen zu ignorieren, die sich jetzt überall in seinem Körper bemerkbar machten.

„Wo willst du denn hin?" fragte Norick und lief ihm hinterher.

„Stonebridge. Solana und Zeph sind dort."

„Ich begleite dich." Norick schulterte den zweiten Sattel, griff zwei Trensen und sah in die Richtung, in die seine Pferde gestürmt waren.

Farmer blickte seinen Freund mit zusammengezogenen Augenbrauen an und schüttelte den Kopf. „Zu Hause bist du sicherer."

Norick grinste humorlos. „Sieh dich um, Farmer. Mein Zuhause steht in Flammen."

∴

„Großvater!" Zeph kletterte flink durch die kleine Luke auf die Aussichtsplattform des Glockenturms und musterte neugierig den grauhaarigen Mann, der neben dem Seil stand. „Was machst du hier?"

„Unten auf der großen Klippe über dem See wird Hochzeit gefeiert, und ich muß zur richtigen Zeit die große Glocke läuten."

Trumaine lächelte Zeph freundlich an, streckte Solana seine kräftige, runzelige Hand entgegen und half auch ihr auf die Plattform. „Und was macht ihr hier, wenn ich fragen darf?"

„Großmutter hat uns beim Mittagessen erzählt, daß du hier bist." Zeph spähte über das hölzerne Geländer nach unten und blickte über den See.

„Und da wollte Zeph unbedingt zu dir auf den Turm." Solana umarmte ihren Vater und drückte ihn herzlich, ihr Lächeln ein Spiegelbild des seinen.

„Farmer ist nicht mitgekommen?"

„Nein, er schickt mich lieber allein auf den Markt und kümmert sich währenddessen um die Felder." Sie stellte sich neben Zeph an die Brüstung und spähte hinunter, dann fuhr sie Zeph übers Haar und drehte sich um. Trumaine trat neben die beiden, legte ihr seine Hand auf die Schulter und musterte seine Tochter stolz. „Du hast einen guten Mann gefunden. Er liebt dich sehr."

„Ja. Ja, das glaube ich auch." Solana blickte wieder suchend zur Klippe und strich sich ihr langes braunes Haar aus der Stirn. Sie kniff die Augen zusammen und ihr Vater reichte ihr ein Fernrohr.

„Dort drüben." Er zeigte mit ausgestrecktem Arm auf eine bunte Menschenansammlung, genau dort, wo die Steilküste als kleine Halbinsel in den See Ehb hinausragte. „Wenn das Brautpaar sich küßt, läutest du die Glocke fünfmal, damit das ganze Dorf von der Hochzeit erfährt."

Leiser Jubel wehte von der Gesellschaft herüber. Solana lehnte sich mit der Hüfte ans Geländer und stellte das Fernrohr auf das Brautpaar scharf, dem der Priester gerade Kränze aus geflochtenen Blumen umlegte. Die Gäste klatschten und warfen rote Blütenblätter in die Luft, das strahlende Paar blickte sich verliebt an. Solana lächelte vor sich hin. Neugierig ließ sie den fernrohrverstärkten Blick schweifen. Halt – was war das? Da hatte sich doch etwas Großes in den trockenen Büschen landeinwärts bewegt. Ein wildes Tier vielleicht? Langsam suchte sie mit dem Fernrohr den schmalen

Streifen Buschwerk ab, der sich vor dem Waldrand erstreckte und erstarrte erschrocken, als sie eine häßliche Gestalt mit Schwert und Schild erkannte, die hinter einem der Büsche kauerte. Im selben Moment sprang die Gestalt auf und rannte schreiend auf die Hochzeitsgesellschaft zu. Jetzt entdeckte sie, wie weitere Angreifer zwischen den Büschen und am Waldrand erschienen, außerdem häßliche Reiter auf gepanzerten Pferden. Solana lief es kalt den Rücken herunter, sie konnte nicht glauben, was sie da sah, doch bevor sie etwas sagen konnte, drang ein gellender Schrei zu ihnen herauf. Sie setzte das Fernrohr ab und sah ihren Vater erschrocken an. Er war bleich geworden und seine Hand krallte sich in Zephs Schulter, der fragend zwischen ihnen hin und her blickte.

„Geh! Sofort!" flehte sie Trumaine an, „bring Zeph nach Hause!" Sie stemmte sich mit ihrem ganzen Gewicht gegen den Hebel, der die große Glocke in Bewegung setzte und begann Alarm zu geben.

„Geht bitte schnell", rief sie ihnen zwischen den anschwellenden tiefen Glockenschlägen zu, „und paß' auf ihn auf, Vater. Bitte sei vorsichtig!" Trumaine nickte entschlossen und zog den verwirrten Jungen hinter sich her.

∴

Muriella hatte ihr prächtiges grünes Samtkleid gegen eine schlichte bodenlange Tunika aus festem Leinen und ein gepolstertes, knielanges Gambeson getauscht und sich auf den Weg zu ihrem Fechtunterricht mit General Tarish gemacht. Sie liebte die anstrengenden Trainingsstunden und hatte den General gebeten, sie zu unterrichten, wann immer er im Schloß war und etwas Zeit erübrigen konnte. Tarish hatte dieser Bitte gern entsprochen und kam ihr regelmäßig und gewissenhaft nach. Der Anblick seines Boten löste in Muriella immer eine kribbelnde Vorfreude aus, denn selten fühlte sie sich so frei und so lebendig, wie wenn sie mit ihm die Klingen kreuzen konnte.

Das von einem säuberlich gestutzten Vollbart eingerahmte Gesicht des Generals strahlte sie an, als er seine Klinge zum Gruß hob.

„Seid Ihr bereit, Herrin?"

„Ich bin immer bereit." Auch Muriella nickte lächelnd und hob kurz ihr Schwert, bevor sie mit einem schnellen Ausfall unvermittelt auf Tarish eindrang. Er ließ sich von ihr zurücktreiben und parierte ihre Schwertstreiche mit der Ruhe und den schnellen, sicheren Bewegungen eines Kriegers, der nicht nur eine hervorragende Ausbildung erhalten hatte, sondern sich auch schon mehrfach im Kampf beweisen mußte.

„Wartet!" Tarish hob die Hand und sie hielt schwer atmend aber widerwillig inne. Mit stolzer Befriedigung sah sie, daß auch er ein wenig außer Atem geraten war.

„So schnell gebt Ihr auf?"

Tarish lachte. „Eure Fortschritte sind wirklich bemerkenswert." Er begann sie langsam zu umkreisen und Muriella folgte ihm, die Spitze ihres Schwertes immer unbeirrt auf seine Kehle gerichtet. „Ehbs Armee könnte mehr Soldaten Eures Kalibers gebrauchen."

Muriella lachte und ging wieder zum Angriff über. „Dann sollte sie mich aufnehmen."

Auch der General lachte und wehrte ihre Hiebe geschickt ab, bis er ihre Klinge mit seiner Parierstange fangen konnte. Auf Armeslänge standen sie einander nun gegenüber, die Waffen ineinander verkeilt.

„Ich bin mir nicht sicher, ob die Truppen von Ehb schon für Kriegerinnen bereit sind." Mit funkelnden Augen hielt Tarish ihrem herausfordernden Blick stand. „Abgesehen davon – was würde Euer Vater dazu sagen?"

Muriella ließ ihre Klinge sinken und wandte sich ab. „Mein Vater verbietet mir doch sowieso alles." Sie wirbelte herum und führte ihr Schwert in einem wütenden Hieb über den Kopf. Tarish parierte auch diesen Überraschungsangriff im letzten Augenblick. Doch bevor er sie zu mehr Selbstbeherrschung ermahnen konnte, wie sie es erwartete, trat Herzog Fallow zu ihnen auf die Wiese.

„Tarish?“ näselte er und beschattete sein Gesicht mit einem bunten Spitzenfächer. „Hier steckt ihr also.“ Er musterte Muriella abfällig, die fühlte wie ihr die ersten Schweißtropfen über die Schläfen rannen. In der zweiten Hand hielt er nachlässig einen silbernen Kelch aus dem roter Wein schwappte. „Ich will, daß Ihr Eure Truppen marschbereit macht. Krug-Horden verwüsten das Reich.“ Er sah mit zusammengekniffenen Augen zu ihnen herüber und nippte an dem Wein. „Diese verdammte Sonne.“

„Was redet Ihr da?“ fragte Tarish den Herzog kalt und ließ sein Schwert sinken. Enttäuscht tat Muriella es ihm gleich. Sie ahnte, daß das Training vorbei war.

„Folgt einfach Euren Befehlen.“ Fallow fuchtelte mit seinem Fächer, baute sich dicht vor dem General auf und sah diesen herablassend an.

„Ich befolge sie, wenn sie vom König kommen“, widersprach Tarish und wirbelte seine Klinge in einer kreisenden Bewegung dicht an Fallows Gesicht vorbei und ließ sie in die Scheide gleiten.

Fallow jedoch zuckte mit keiner Wimper. „Es könnte irgendwann notwendig werden“, antwortete er blasiert und nahm erneut einen Schluck aus dem Kelch, „daß ihr lernt, etwas mehr Respekt zu zeigen.“

„Respekt muß man sich verdienen.“ Tarish ließ den Herzog stehen und verabschiedete sich mit einem kurzen Nicken von Muriella, bevor er davoneilte.

„Ich fürchte Ihr irrt Euch“, schrie Fallow ihm nach und lachte schrill. „Respekt ist mein Geburtsrecht!“

Er wedelte wieder mit seinem Spitzenfächer und wandte sich zum Gehen, hielt dann aber inne und ließ den Blick seiner wässrigen Augen für einen Moment über Muriella gleiten.

„Zieh das Zeug aus. Du siehst ja aus wie ein Kerl.“ Er spuckte das letzte Wort förmlich aus und starrte unverhohlen auf die Rundung ihrer Hüfte, die unter der engen Tunika deutlich zu sehen war. „Jedenfalls fast.“ Damit riß er seinen Blick los und ließ sie stehen.

∴

Der schwer gerüstete Reiter hatte kein Gesicht. Hinter den schmalen Spalten seines Helms, die bei einem menschlichen Krieger Augen, Mund und Kinn freigegeben hätten, gähnte bei ihm nur schwarze Leere. Dennoch wandte er den Kopf, als ließe er seinen Blick über das ihn umgebende Chaos schweifen. Wie geplant hatte der Angriff der Krugs das Dorf vollkommen unvorbereitet getroffen. Die ahnungslosen Bauern waren mitten im alltäglichen Geschäft ihres nutzlosen Lebens überrascht worden, und jetzt rannten sie wie eine Herde verängstigter Schafe schreiend durcheinander. Die Krugs hatten sich in der Nacht zuvor rund um das Dorf in Stellung gebracht und waren dann mitten am Tag von allen Seiten gleichzeitig über die Menschen hergefallen. Innerhalb weniger Augenblicke hatten sie ein Massaker unter den Bauern angerichtet und jeden Widerstand im Keim erstickt. Ungehindert plünderten die Krugs die Marktstände und Kornspeicher, erschlugen jeden, der sich versteckt hatte oder doch noch die Kraft zur Gegenwehr aufbrachte, und trieben alle die es nicht wagten zusammen, um sie als Sklaven nach Crystwind zu bringen.

Der Reiter lehnte sich im Sattel vor, um besser sehen zu können. Seine gepanzerte Hand ruhte auf dem Sattelknauf. Sein gepanzertes Streitroß blieb regungslos stehen, eine Einheit mit seinem Herrn. Begierig sog sein Blick auf, wie ein Junge seiner schreienden Mutter entrissen und verschleppt wurde, wie ein fetter Mann versuchte, sich und seinen Marktstand unter einer Zeltplane zu verbergen und von einem Krug rücklings aufgespießt wurde, und wie eine kleine Gruppe von Krugs die Hochzeitsgesellschaft auf der Klippe auseinandertrieb. Der junge Bräutigam, der sich schützend vor seine entsetzte Braut stellte, wurde kurzerhand von der Klippe geworfen und die Braut an den Haaren zu den Sklavenkäfigen gezerrt.

Weit im Norden, in seinem Palast unter den Bergen, sah Gallian all das und lachte zufrieden.

Vier

Tief über die Hälse ihrer Pferde gebeugt, ritten Farmer und Norick im scharfen Galopp die schmale Straße am Seeufer entlang. Den erschöpften Tieren stob der Schaum vom Maul und befleckte die schweißnassen Hälse. In der letzten Kurve vor dem Anstieg, der sie nach Stonebridge hineinführen sollte, gab die Steilküste für einen kurzen Moment den Blick auf den Strand unter dem Dorf frei, und sie konnten beobachten, wie einige der Bewohner panisch die kleinen Fischerboote ins Wasser schoben und über den See die Flucht ergriffen. Der Wind trug ihnen den Klang der Alarmglocke entgegen. Norick fluchte und Farmer trieb sein Pferd verbissen zu einer letzten Anstrengung an.

Auf dem Marktplatz bot sich ihnen im strahlenden Licht des Nachmittags ein Bild des Schreckens. Es wimmelte von Krugs, die zwischen den Trümmern der Marktstände und verstreut herumliegenden Leichen Jagd auf verängstigte Frauen und Kinder machten. Farmer sog scharf die Luft ein und versuchte, in dem Durcheinander seine Familie zu entdecken. Er hatte Mühe, sein scheuendes Pferd zu beruhigen, als neben ihnen mehrere Krugs hinter einem verlassenen Marktstand hervorbrachen und sich auf Norick stürzten. Sein alter Freund wurde von den drei Kreaturen vollkommen überrascht, verlor sein Gleichgewicht und rutschte rückwärts von seinem tänzelnden Pferd, das mit ängstlichem Wiehern und schleifenden Zügeln davonpreschte.

Farmer riß sein Reittier herum, bevor es sich der panischen Flucht seines Artgenossen anschließen konnte, zog seine Waffe und schwang sich aus den Steigbügeln, um sich auf den nächsten Krug zu stürzen. Norick lag am Boden, hatte aber zum Glück seine

Hacke beim Sturz vom Pferd nicht verloren und wehrte verzweifelt die Angriffe der stinkenden, grauhäutigen Kreaturen ab.

Den ungelenken Schwerthieb des ersten Angreifers blockte Farmer über dem Kopf mit seinem Erntemesser ab und schleuderte den Krug rücklings mit einem Tritt in den nächsten Marktstand, wo ein Stapel Apfelkisten auf ihn niederkrachte. Den zweiten Angreifer streckte er mit einem Hieb in den Rücken nieder, noch bevor der Krug Norick erreichte, der mittlerweile mit dem dritten Angreifer am Boden rang. Ein weiterer Hieb mit dem Erntemesser ließ Noricks Gegner zur Seite taumeln und Farmer konnte seinem Freund schnell auf die Füße helfen. Der erste Krug jedoch hatte sich von seinem Sturz in die Obstkisten erholt und stürmte brüllend auf Farmer zu, der sich im letzten Moment umdrehte, geschickt auswich und gleichzeitig den Krug packte. Mit dem Schwung des Ansturms warf er die Kreatur über die Schulter zu Boden und stieß ihr die eigene Klinge tief in die Brust.

Schwer atmend standen Farmer und Norick für einen Augenblick Rücken an Rücken da und sahen sich um. Staub und Rauchschwaden brannten ihnen in den Augen und machten es schwer, einen Überblick zu bekommen. Von allen Seiten hörten sie Geschrei und Kampfeslärm. Die Alarmglocke läutete noch immer. Doch unter die Geräuschkulisse mischten sich jetzt Hufschläge, als eine Gruppe gepanzerter Reiter zwischen den Häusern auftauchte. Die berittenen Krieger waren größer als die Kreaturen, die das Dorf überfallen hatten. Ihre wuchtigen Rüstungen wirkten weniger zusammengestückelt, und sie trugen hohe Helme mit vier gekrümmten Hörnern oder Dornen. Die Augenschlitze und Atemlöcher wirkten hohl und leer. Die Reiter waren mit langen, gekrümmten Schwertern und schweren Lanzen mit breitem Stichblatt und Widerhaken bewaffnet. Sie lenkten ihre Pferde in die Mitte des Dorfplatzes, wo weitere Grüppchen von zwei bis drei Reitern eintrafen, und blieben dort mit erhobenen Waffen regungslos stehen.

Farmer fixierte die unheimlichen Reiter mit zusammengekniffenen Augenbrauen und zog Norick hinter einen Marktstand. „Jetzt haben die Krugs auch noch eine Reiterei", preßte Norick zwischen den Zähnen hervor. „Als wäre alles nicht schon schlimm genug!" Sie duckten sich hinter einen Stapel Kisten und beobachteten die stille Versammlung inmitten des Chaos.

Ein weiterer Reiter ritt zwischen den Rauchschwaden auf den Platz. Er lenkte sein schwarzes, staubiges Pferd auf das Dach eines Hauses, das schräg in einen Abhang hineingebaut war und blickte auf das Dorf und die Kämpfenden herab. In gespenstischem Schweigen stieß er sein gezacktes schwarzes Schwert in die Höhe und die gesichtslosen Krieger auf dem Dorfplatz schwärmten aus.

„Komm Norick, wir müssen Zeph und Solana finden", stieß Farmer entschlossen hervor, tauchte unter einem zerfetzten Zeltdach hindurch und lief geduckt hinter einer Reihe verwüsteter Marktstände entlang. Norick folgte ihm und blickte sich dabei wachsam um. Hakenschlagend versuchten sie den Platz zu überqueren und dabei größeren Gruppen von Krugs und vor allem den unheimlichen Reitern auszuweichen. Die Reiter hatten sich in Zweiergruppen im ganzen Dorf verteilt, griffen aber nicht in die Kämpfe und Plünderungen ein. Farmer sah sie nur hin und wieder kurz ihre Waffen heben und in diese oder jene Richtung deuten, und die grunzenden Krugs reagierten dem Anschein nach auch ohne direkten Blickkontakt auf diese Zeichen und ließen sich wie willenlose Puppen von den Reitern lenken. Doch Farmer hatte wenig Zeit sich über diese Beobachtung den Kopf zu zerbrechen oder sie Norick mitzuteilen. Sie hatten mehr als genug damit zu tun, vereinzelte Krugs abzuwehren, die sich ihnen ein ums andere Mal in den Weg stellten und dabei immer wieder ihre Richtung zu ändern, um möglichst gut in Deckung zu bleiben.

∴

Unermüdlich stieß Solana die Glocke an und beobachtete mit wachsendem Schrecken das um sie herum ausbrechende Chaos. Aus dem Wald stürmten immer mehr Krugs auf das Dorf zu und auch aus der Richtung des Marktplatzes konnte sie jetzt lautes Geschrei und Getöse vernehmen. Sie hoffte, daß es ihrem Vater gelungen war, Zeph rechtzeitig nach Hause zu bringen, denn wenn ihre Familie sich zu Hause eingeschlossen hatte, konnten sie hoffentlich so lange durchhalten, bis Hilfe kam. Die Burg von Ehb war nicht sehr weit entfernt und es gab weitere Wachtürme, auf denen man ihre Glocke hören und Boten zum König schicken würde. Sie mußten nur durchhalten.

Jetzt tauchten die ersten Krugs auf der Klippe unter ihr auf und rannten kreischend auf den Glockenturm zu. Verzweifelt verstärkte Solana ihre Anstrengungen und versetzte die Glocke in schnellere Bewegung. Unten erreichte einer der Krugs die Leiter des Holzturmes und verschwand aus ihrem Blickfeld. Ängstlich starrte sie auf die enge Luke im Boden der Plattform und verwünschte, daß man sie nicht verschließen konnte. Wie lange würde sie die Krugs ohne Waffen abwehren können?

Doch sie hatte keine Zeit, sich einen Plan zurechtzulegen. Der erste Krug streckte bereits seinen grotesken Kopf durch das Loch zwischen den Holzdielen. Mit einem verzweifelten Schrei sprang sie auf ihn zu und trat mit aller Kraft in sein Gesicht. Mit einem dumpfen Heulen rutschte der Angreifer ein paar Sprossen hinunter, schien sich aber schnell zu fangen und begann die Leiter wieder hinaufzuklettern, diesmal stocherte er zuerst mit seinem rostigen Schwert durch die Öffnung.

Solana versuchte den ungeschickten Hieben der Kreatur auszuweichen und noch einmal nach ihrem Kopf zu treten, der sich diesmal sehr vorsichtig durch die Luke schob. Sie konnte hören, wie unten weitere Krugs den Glockenturm erreichten und sah sich fieberhaft nach einer Waffe um. Ihre Gedanken rasten, was sollte sie jetzt tun? Ihr blieb nichts übrig, als inständig zu hoffen, daß der Alarm gehört worden und Hilfe auf dem Weg war.

∴

Mit Ruß und Dreck beschmiert erreichten Farmer und Norick keuchend das Haus von Solanas Eltern. Noch war dieses Ende des Dorfes von den Krugs weitgehend verschont geblieben. Die Bewohner hatten sich in ihren Häusern eingeschlossen und verbarrikadiert und hofften auf einen baldigen Abzug der Krugs. Nur ein paar junge Männer hatten sich mit Äxten und Heugabeln bewaffnet und warteten entschlossen darauf, der drohenden Gefahr zu begegnen.

Farmer hämmerte gegen die Tür des Hauses, „Solana! Ich bin es!" Nach einem kurzen Moment öffnete sich die Tür einen Spalt breit und Bastien steckte vorsichtig den Kopf heraus. Als er sah, daß keine Krugs in der Nähe waren, trat er zu ihnen hinaus.

„Vater!" Zeph drängte sich an ihm vorbei und wollte sich in Farmers Arme stürzen, aber Bastien hielt ihn an der Schulter zurück.

„Solana – sie ist oben im Glockenturm." Bastien warf einen besorgten Blick zum Turm auf den Klippen hinüber. Erst jetzt bemerkte Farmer, daß das Läuten verstummt war, und sah in die angegebene Richtung. Rauch stieg von dem hölzernen Bauwerk auf und er konnte auch ein paar Flammen aufleuchten sehen. Er blickte Bastien in die Augen, in denen wenig Hoffnung zu lesen war und traf einen schnellen Entschluß.

„Keine Sorge, Zeph." Hastig drückte er seinen Sohn an sich, dessen schreckgeweitete Augen noch größer als sonst wirkten. „Ich werde sie finden."

„Vater!" rief Zeph verzweifelt und klammerte sich an ihn. Die Angst in seiner Stimme ließ Farmer für einen Moment den Schrekken und die Gefahr ihrer Situation in ganzem Ausmaß spüren, aber er schüttelte das Gefühl ab und schob Zeph sanft zu seinem Großvater hinüber. Der alte Mann war ebenfalls aus der Tür getreten und hielt Bastien ein altes, aber kunstvoll geschmiedetes Schwert entgegen.

„Nimm mein Schwert und hilf Farmer, deine Schwester zu finden."

„Das werde ich. Danke, Vater." Bastien nickte und schlang sich den ledernen Schwertgurt um die Hüften. Liebevoll fuhr er dem niedergeschlagenen Zeph über den Kopf und stellte sich dann entschlossen neben seinen Schwager.

„Zieht euch ins Haus zurück und verriegelt die Tür." Norick blickte wachsam in Richtung des Dorfplatzes und schulterte seine Hacke.

„Geht jetzt", nickte der Großvater noch einmal in Bastiens und Farmers Richtung und zog seinen Enkel an sich. „Komm schnell, Zeph!" Rückwärts trat er durch die Tür und zog sie mit besorgtem Gesichtsausdruck zu. Zeph warf noch einen letzten flehentlichen Blick in Richtung seines Vaters, dann hörten sie, wie von innen die Riegel vorgeschoben wurden.

Farmer drehte sich um und lief mit gezücktem Erntemesser in die Richtung des Glockenturms. Norick und Bastien folgten ihm dicht auf den Fersen. Norick hatte die Hacke gegen seinen Jagdbogen getauscht, den er vorher auf dem Rücken getragen hatte und Bastien hatte das Schwert seines Vaters gezogen. Bereits an der nächsten Abzweigung kam ihnen der erste Krug entgegen, doch Norick schoß einen Pfeil durch seine Kehle, noch bevor Farmer in Reichweite kam. Gurgelnd taumelte der Krug nach hinten und sackte zu Boden.

Norick trat der Kreatur verächtlich in die Seite. „Wir suchen sie im Dorf", rief er Farmer zu, „lauf du zum Turm hinauf!"

„Na los doch, Beeilung!" stimmte Bastien ihm drängend zu und die beiden schlugen den Weg hinunter zum Dorfplatz ein. Farmer atmete noch einmal tief durch und griff das Erntemesser fester.

∴

Gallian sah mit dem Blick des gesichtslosen Reiters vom Dach des Hauses herab und beobachtete den Überfall und die angerichtete Verwüstung. Seine Krugs hatten mittlerweile das ganze Dorf unter ihre Kontrolle gebracht und würden reiche Beute machen. Mit einer kurzen Handbewegung riß er den Arm des Reiters mit dem gezackten Schwert herum, und eine Gruppe der Kreaturen, die zuvor noch planlos zwischen den Häusern gewütet hatte, rottete sich zusammen und stürmte auf eine der verbarrikadierten Haustüren zu. Gallian lächelte zufrieden.

Am Rand seines wirbelnden, magischen Gesichtsfeldes tauchte plötzlich eine seltsame Gestalt auf. Statt der menschlichen Form aus Gedanken und Gefühlen war sie nur ein leerer Fleck. Gallian heftete den Blick seines berittenen Dieners auf die Gestalt, die allein die Küste entlanglief, doch der Fleck blieb leer. Nein, nicht ganz – da war etwas: einer der Bauern.

Der Reiter lenkte auf Geheiß seines Meisters das mächtige Streitroß zurück auf den Hang und Gallian ließ ihn auf die Gestalt zu galoppieren. Tatsächlich, es war nur ein einfacher Bauer. In grobe Stoffe gekleidet und mit einem großen Messer bewaffnet, kaum besser als die Waffen der Krugs, lief er genauso kopflos wie die anderen Dorfbewohner herum. Nun, er sollte das Schicksal der anderen Unvorsichtigen teilen. Mit erhobener Klinge ließ Gallian den gesichtslosen Krieger dem Bauern den Weg abschneiden und führte mit dem Arm seiner magischen Marionette einen wuchtigen Hieb von oben auf den Laufenden herab. Doch der Bauer war zu schnell. Er parierte den Hieb im letzten Moment, auch wenn er von der Wucht zu Boden geworfen wurde. Sofort rollte er sich ab und war mit einem Sprung auf der anderen Seite des Pferdes und damit außer Reichweite der Klinge.

Gallian ließ den Gesichtslosen sein Pferd auf der Stelle wenden und konzentrierte sich auf den Unbekannten, der dem Reiter jetzt furchtlos mit gezogener Waffe entgegentrat. Ganz schwach konnte er erkennen, daß der Mann seine Familie suchte, nein, seine Frau

– Solana. Gallians schmale Lippen kräuselten sich zu einem kalten Lächeln und er schickte seine Stimme durch die magische Verbindung.

„Ich höre die ängstliche Stimme deiner Frau. Sie schreit deinen Namen!“ Gallian konnte ein Flackern in den Augen des Mannes erkennen und ließ lachend den Reiter seinem Pferd die Sporen geben. Er würde diesen Wurm einfach niederreiten.

Doch er hatte den Menschen unterschätzt. Im letzten Moment sprang der Bauer auf einen kleinen Felsen neben dem Weg und kaum hatte der Reiter ihn passiert, stürzte der Mann sich auf ihn und riß ihn vom Pferd. Gallian blieb keine Zeit, seine Überraschung abzuschütteln. Er spürte nur noch, wie eine Klinge seinem gesichtslosen Diener die Kehle aufschlitzte und dampfendes, klebriges Blut hervorschoß, dann riß die magische Verbindung ab.

Ungläubig hielt sich Gallian in Crystwind den Hals und befühlte seine unverletzte Haut. Dann fing er an zu lachen.

„Ein Mann mit Kampfgeist!“

∴

Farmer stieß den getöteten Reiter mit angewidertem Blick von sich herunter. Schwarzes Blut war aus seiner Kehle wie Nebel aufgestiegen und hatte sich vor seinen Augen in einer zuckenden Wolke aufgelöst. Beinahe so, als hätte er mit seinem Schnitt die dunkle Seele der grausamen Kreatur befreit. Offensichtlich unterschieden sich die Reiter nicht nur äußerlich von den Krugs. Doch er hatte jetzt keine Zeit für weitere Überlegungen. Strauchelnd kam er auf die Beine und lief so schnell er konnte auf den Glockenturm zu. Die Schreie aus dem Dorf waren lauter geworden und die Worte, die der Gesichtslose mit kalter Stimme in seinem Kopf hatte erklingen lassen, hatten ihn in tiefe Sorge gestürzt.

Der erneute Klang von Hufschlag ließ ihn innehalten und zurückblicken. Ein weiterer Reiter war hinter ihm aufgetaucht und schien ihm für einen Moment einen abschätzenden Blick zuzuwerfen, dann wendete er sein Pferd und ritt in die Richtung davon, aus der Farmer gekommen war. Zeph! Seine Schwiegereltern! Vielleicht kannten die Reiter ihr Versteck, wenn sie schon wußten, daß er auf der Suche nach seiner Frau war. Aus der Richtung des Glockenturms erklang ein lautes Krachen und mit Entsetzen mußte Farmer mit ansehen, wie das lodernde Gebälk in sich zusammenstürzte und einen Strom rotglühender Funken in den Himmel schickte. Seine Kehle schnürte sich zusammen und er schluckte trocken. Wenn Solana tatsächlich noch im Turm gewesen war, konnte er ihr nicht mehr helfen. Für Zeph aber war es vielleicht noch nicht zu spät. Er riß sich vom Anblick des Feuers vor ihm auf den Klippen los und rannte zum Haus der Großeltern zurück.

Dort angekommen sah er seine Befürchtung bestätigt. Die Tür stand halb offen, der Riegel war geborsten und aus dem Inneren des Hauses drang das kehlige Grunzen von Krugs. Mit einem Sprung war er über die Schwelle und trat die Tür weit auf. Mehrere Krugs wühlten in den Vorräten und plünderten das Haus und mitten im Raum stand der gesichtslose Krieger als hätte er auf Farmer gewartet. Seine gewaltigen Pranken hatten sich um die Hälse der Großeltern geschlossen, hilflos röchelnd zappelten sie in seinem Griff. Zeph war nirgendwo zu sehen.

„Laß sie sofort los!"

Du hast mich heute schon einmal getötet, erklang wieder die kalte, unwirkliche Stimme in Farmers Kopf. *Und dennoch stehen wir uns wieder gegenüber.* Ein schreckliches Lachen folgte den Worten, und bevor Farmer etwas unternehmen konnte, drückte der Gesichtslose seinen beiden Opfern die Kehlen zusammen. Mit einem fürchterlichen Knacken brach ihr Genick. Im selben Moment stürzten sich die fünf anderen Krugs im Raum auf Farmer, und er mußte um sein eigenes Leben kämpfen. Mit verzweifelten Faustschlägen, Hieben und Tritten wehrte er die Angreifer ab, drängte sie zurück oder schleuderte sie über die Küchenmöbel. Jeden Moment fürchtete er, der Krieger würde den Krugs zu Hilfe eilen, doch als er in einer kurzen Atempause zu ihm hinüberspähte, sah es eher so aus, als ob er in der engen Stube etwas suchen würde. Farmer streckte einen der Krugs mit seinem Erntemesser nieder und drängte sich in Richtung des Gesichtslosen, der jetzt vor dem großen Hochzeitsschrank der Großeltern stand. Mit einer schnellen Bewegung riß der Krieger die Schranktür auf und Farmer konnte Zephs erschrokkenen Schrei hören.

„Vater!“

Er verdoppelte seine Anstrengungen und drängte sich zwischen seinen Sohn, der sich ängstlich in eine Ecke des Schranks preßte und den gesichtslosen Krieger. Schützend riß er seine Klinge hoch und schlug mit der freien Faust den Arm beiseite, der Zeph gerade ergreifen wollte. Wütend packte der Krieger statt dessen ihn an der Kehle, aber er hatte seine Waffe nicht gezogen und Farmer stemmte sich mit aller Kraft gegen den eisernen Griff. Neben sich hörte er den Jungen wieder schreien.

„Lauf, Zeph!“ stieß er gurgelnd hervor und trat nach den Beinen seines Gegners. Aus dem Augenwinkel konnte er sehen, wie Zeph einem der Krugs auswich und aus dem Haus stürmte. Er bekam kaum noch Luft und versuchte mit beiden Händen die klauenartigen Finger um seinen Hals zu lösen, als der Gesichtslose ihn plötzlich fallen ließ, nach seinem riesigen Schwert griff und aus dem Haus stürmte.

Farmer konnte das Blut in seinen Ohren rauschen hören, stützte sich einen Moment an der Wand ab und rang nach Luft, dann setzte er dem finsteren Krieger nach. Doch die anderen Krugs stellten sich ihm schon wieder brüllend in den Weg. Mit einem wütenden Aufschrei hieb er auf den ersten Krug ein und spaltete ihm den Schädel, klebriges Blut spritzte auf sein Wams. Gleichzeitig duckte er sich vor einer Attacke des zweiten Angreifers, der den anderen zum Glück im Weg stand. In der Enge der Stube wurde der Kampf zu einem tödlichen Reigen aus Ringen, Boxen und Messerhieben, aber Farmer kämpfte mit dem Mut der Verzweiflung und taumelte schließlich aus der Tür des Hauses ins Freie.

Draußen konnte er weder Zeph noch den gesichtslosen Krieger entdecken, auch Norick oder Bastien waren nirgends zu sehen. Er rannte die Wege entlang und spähte in alle Richtungen. Rauchfahnen hingen über den Häusern und wurden vom Wind zerblasen. Der Angriff der Krugs schien in seine letzte Phase übergegangen zu sein. Farmer konnte andere Reiter entdecken, die den Krugs mit herrischen Bewegungen ihrer großen Waffen Anweisungen gaben, und die meisten der Angreifer waren jetzt nur noch damit beschäftigt, Beute zu machen, Gefangene zusammenzutreiben oder Feuer zu legen. Ziellos irrte Farmer über das Schlachtfeld, das einmal ein malerisches Dorf gewesen war und rief verzweifelt nach seiner Frau und seinem Sohn.

∴

Die heiße Furcht des Jungen brannte wie ein leuchtend rotes Irrlicht, das ihm den Weg durch das Kampfgetümmel und Staub und Rauch wies. Der Krieger mußte nicht laufen, denn er brauchte sich nicht zu beeilen. Mit gleichmäßigen schweren Schritten folgte er der Angst des Jungen zwischen brennenden Marktständen und geplünderten Häusern hindurch bis an den Rand des Dorfes und dann einen Pfad entlang, der sich zwischen dem trockenen Buschwerk hindurch wand.

Du wirst dich auch im Wald nicht vor mir verstecken können, Kind. Gallian wandte seine Aufmerksamkeit kurz seinen anderen Dienern zu und gab den Krugs durch sie letzte Anweisungen. Stonebridge war erledigt und sie konnten sich zurückziehen, bevor die Soldaten des Königs auftauchten. Dann konzentrierte er sich wieder auf den Jungen, der wie ein kleines Wiesel ins Unterholz kroch. Diese Jagd würde Spaß machen, auch wenn sie fast schon zu leicht war.

Die Büsche zu beiden Seiten des Weges wurden immer höher und begannen knorrigen Bäumen zu weichen, aber immer noch konnte er den roten Lichtpunkt vor sich erkennen. Der magische Blick durch die Augen seines Dieners durchdrang die Schatten des Waldes mühelos und langsam begann er aufzuholen. Der Junge bewegte sich nicht mehr. Er schien sich wie erwartet irgendwo abseits des Weges im Gebüsch versteckt zu haben. Gallian ließ seinen Diener anhalten und orientierte sich kurz, dann verließ der Krieger den Weg und brach unbeeindruckt von Blattwerk und Zweigen zielstrebig durch das dichte Gehölz. Jetzt kauerte der Junge direkt vor ihm, voller Angst drängte er sich zwischen die Wurzeln eines großen Baumes. Gallian konnte ihn schreien hören, als er den Gesichtslosen lachend mit dem Schwert ausholen ließ.

Fünf

Die Ruhe nach dem Abzug der Krugs war fast noch unerträglicher als der Lärm und die Schreie des Kampfes. Unter der Führung der gesichtslosen Reiter waren die Krugs so plötzlich aus Stonebridge verschwunden, wie sie aufgetaucht waren, aber das blühende Dorf mit seinem bunten Markttreiben war einem traurigen Schlachtfeld gewichen. Männer in zerfetzter Bauerntracht lagen mit klaffenden Wunden im Staub zwischen den Marktständen, alte Frauen taumelten auf der Suche nach Verwandten weinend umher, die Kleider und Schürzen blutverschmiert, ein paar vereinzelte Kinder kauerten sich stumm und mit angsterfüllten Augen in die Winkel zwischen den Häusern, die Augen starr vor Entsetzen. Der saure Gestank der wenigen toten Krugs mischte sich mit dem beißenden Rauch, der aus den brennenden Häusern aufstieg, und außer dem Kreischen der Möwen waren nur gelegentlich die Rufe derer zu hören, die nach ihren Liebsten suchten.

Bastien saß auf der Schwelle seines Elternhauses, den Kopf schwer in die schmutzigen Hände gestützt. Sein blondes Haar war blutverkrustet und klebte an seinem Schädel, dennoch war er am Leben und bis auf ein paar Schrammen und Platzwunden unverletzt. Er konnte nicht begreifen, was an diesem Tag geschehen war. Für seine Eltern war das Haus zur Todesfalle geworden. Die Übermacht der Krugs war zu stark gewesen, und Farmer hatte das Haús nicht rechtzeitig genug erreicht, um sie retten zu können.

Allein Zeph hatte Farmer zur Flucht vor den Angreifern verhelfen können, und jetzt suchte er in immer größerem Umkreis um das Haus nach seinem Sohn. Bastien schüttelte energisch den Kopf und kämpfte mit den Tränen. Für Solana und Zeph gab es noch Hoffnung. Darauf mußten sie sich jetzt konzentrieren.

Noricks ausgetretene Stiefel tauchten in seinem Blickfeld auf. Seine große, kräftige Gestalt schien sich unter einer unerträglichen Last zu krümmen. Ohne ein Wort und wie unter größter Anstrengung, hob er zwei Schaufeln von der Schulter und stützte sie vor Bastien im staubigen Gras ab. Langsam hob dieser den Blick, ließ ihn über die rostigen Schaufelblätter, Noricks faltige Stiefelschäfte und die vom langjährigen Gebrauch glattpolierten Stiele der Schaufeln gleiten. Die knorrigen Hände, die sie hielten, waren kalkweiß und Noricks Hemd und seine lange Lederweste waren zerrissen und blutbefleckt. Der Blick aus seinen graugrünen Augen war unendlich sanft und traurig. Bastien begriff was er vorhatte. Er erhob sich und nahm eine der Schaufeln.

„Begraben wir sie."

∴

Fallow hetzte im blakenden Schein seiner Fackel die feuchte Kellertreppe im Westturm hinunter. Burg Ehb war eine gigantische Anlage, so weitläufig wie eine kleine Stadt. Selbst wenn drei Legionen der königlichen Armee in ihren Mauern einquartiert waren, wurden lange nicht alle Gebäude genutzt, und seit er sich erinnern konnte, gab es Bereiche, die nie ein Mensch betrat. Die unteren Stockwerke des alten Westturms waren so ein Bereich. Offiziell galten die verschachtelten Gänge und steilen Treppen als einsturzgefährdet, aber Fallow hatte sich vor einiger Zeit nach einem nächtlichen Gelage dorthinein verirrt und festgestellt, daß sich das massive Mauerwerk des Turms so unverwüstlich wie eh und je an die Mauern der Burg schmiegte. Nur aus einer Laune heraus hatte er damals niemandem davon erzählt, doch jetzt kam ihm diese Laune zugute. Sollten nur alle den alten Turm für gefährlich halten und ihm fernbleiben!

Die glatten Sohlen seiner feinen Stiefel fanden auf dem glitschigen Boden keinen Halt und er schlitterte die letzten Stufen der Wendeltreppe hinab. Fluchend fing er sich an der schimmelüberzogenen Wand ab und richtete sich wieder auf. Der Nachteil verlassener Gänge und Treppen war, daß niemand sie sauberhielt und für eine ausreichende Beleuchtung sorgte.

Unter der eisenbeschlagenen Tür vor ihm war ein schmaler Lichtstreif zu sehen. Fallow steckte die Fackel in einen rostigen Wandhalter und stemmte die Tür einen Spalt weit auf.

„Gallian?“ zischte er leise und steckte den Kopf durch den Spalt. „Wo habt Ihr gesteckt? Ich habe Euch viel früher erwartet!“

Gallian, wie üblich in eine seiner langen Samtwesten gekleidet, schritt ungeduldig in dem alten Gemäuer auf und ab, die Hände hinter seinem Rücken verschränkt. Fallows Frage ließ ihn innehalten, und der Blick seiner kalten, grünen Augen verengte sich.

„Ich war beschäftigt!“ antwortete er verärgert. „Überaus beschäftigt!“ Fallow konnte die mühsam unterdrückte Verärgerung in der Stimme des Magiers vernehmen, wischte sie aber mit einer hektischen Handbewegung beiseite.

„Wir hatten eine Abmachung! Wir wollten zusammenarbeiten“, brauste er auf. „Dafür habe ich Euch Zutritt zu meiner Burg gewährt.“

„Ich halte mich an die Abmachung.“ Gallians Stimme war ganz ruhig, aber das Funkeln in seinen Augen ließ Fallow zusammensacken. „Die jüngsten Ereignisse sind mehr als genug Beweis, wie beschäftigt ich gewesen bin, Herzog.“

Das letzte Wort bekam in Gallians Mund einen spöttischen Beiklang, aber Fallow wagte es nicht ihn zurechtzuweisen. „Ja doch“, beschwichtigte er, „es ist Euch in der Tat gelungen, etwas Staub aufzuwirbeln.“

„Staub aufzuwirbeln?“ fragte Gallian zornig. Fallow schluckte und nickte eifrig mit weit aufgerissenen Augen, aber der Magier war mit seinen Gedanken bereits wieder ganz woanders.

„Sagt mir, Herzog, was wißt Ihr über einen Mann namens Farmer?“

∴

Mit versteinerter Miene zog Farmer den letzten Knoten an dem Bündel aus weißen Tüchern fest, in dem er Zephs leblosen Körper eingeschlagen hatte. Immer wieder zuckten seine Augen unkontrolliert und er mußte sie schließen, um nicht gänzlich die Fassung zu verlieren. Wie hatte das geschehen können? Zeph sollte nicht vor ihm gehen. Mit Freude würde er sich an seines Sohnes Stelle in das flache, frisch ausgehobene Grab auf den Klippen legen, wenn er dadurch seinen Sohn wieder lachen hören könnte. Würde jede Schaufel Erde, jeden Stein, auf seinem Körper willkommen heißen, wenn er damit Zeph das Leben wieder schenken könnte, das für ihn viel zu kurz gewesen war und noch so viel für ihn bereitgehalten hätte. Aber diese Wahl gab es nicht. Die Götter hatten ihm ein anderes Schicksal zugedacht. Er war allein, ohne Zeph und auch ohne Solana, deren Leichnam er nicht einmal betrauern konnte, und mußte mit seinem Schmerz weiterleben. Und mit der bohrenden Frage, ob es seine Schuld gewesen war, daß Zeph und dessen Großeltern von dem gesichtslosen Krieger ermordet worden waren, ob er sie in seinen Gedanken verraten hatte, ob er die Kreaturen auf das alte Haus auf der Steilküste aufmerksam gemacht hatte.

Nach einem letzten langen Blick richtete er sich auf und griff nach der Schaufel, die in dem Haufen schwarzer Erde neben dem Grab steckte. Neben der Grube, in die er Zephs Leichnam gebettet hatte, erhoben sich bereits zwei Steinhügel, die sie über den Gräbern von Bastiens Eltern errichtet hatten. Tiefe Gräber konnten sie hier auf der Steilküste nicht ausheben, bereits nach einer Armeslänge lockeren Humus‘ trafen sie überall auf blanken Fels. Bastien hatte aus knochenbleichem Treibholz einfache Stelen gehauen und setzte sie soeben am Kopfende in die Gräber ein. Sein Gesicht spiegelte Farmers eigene Verzweiflung wider.

Mit einem energischen Ruck stieß Farmer die Schaufel in den Erdhaufen und ließ die erste Ladung Erde in die Grube fallen. Die Krumen fielen mit einem dumpfen, trockenen Geräusch, das Farmer einen Schauer den Rücken hinunter jagte, auf das weiße

Leinen, und er umklammerte den Griff der Schaufel so fest, daß seine Knöchel weiß hervortraten. Er konnte einfach nicht hinsehen, sondern arbeitete verbissen weiter, jede winzige Bewegung war ein Kampf. Unter Aufbietung seiner ganzen Willenskraft warf er Schaufel um Schaufel der dunklen Erde auf das leblose Bündel, das einmal sein Sohn gewesen war. Er blickte nicht auf, als Bastien zu ihm trat, nach der zweiten Schaufel griff und wortlos begann, es ihm gleichzutun. Die Hilfe seines Schwagers machte es ihm etwas leichter und er begann, schneller zu schaufeln. Auch Bastiens Schaufelstiche wurden schneller und schneller, bis sie schließlich wie in schweigender Raserei das Grab zuschaufelten und den entstandenen Erdhügel dicht mit großen Steinbrocken abdeckten.

Für einen Moment sah Bastien Farmer an, bevor er sich erschöpft neben das fertige Grab auf einen Felsen sinken ließ. Farmer bohrte die dritte Stele zwischen die Steine auf Zephs Grab und schlug sie mit drei Schaufelhieben fest.

„Ich brauche eine vierte für Solana“, murmelte er heiser und starrte verbissen auf seine schwieligen Hände.

„Niemand hat sie gesehen“, antwortete Norick sanft und trat neben Farmer an das Grab. Er hatte den anderen beiden zuerst geholfen die Gruben auszuheben und danach unermüdlich Steine für die Grabhügel herbeigeschafft.

„Niemand weiß, wo sie ist“, wiederholte er. „Wir haben keine Leiche gefunden. Sie könnte entkommen sein.“ Seine Stimme war ganz ruhig und ernst, und sein Blick suchte den von Farmer, der nun erst wieder, mit einem Funken Hoffnung in den Augen, von seinen Händen aufsah.

„Er hat recht, Farmer“, stimmte Bastien zu. „Es besteht noch Hoffnung.“

∴

Die Brände im Dorf waren noch nicht zur Gänze gelöscht und der Schrecken des Überfalls saß noch tief, als der König mit seiner

Eskorte in Stonebridge eintraf. Wer nicht verletzt war oder unter Schock stand, suchte noch immer nach Verwandten, begrub die Toten oder pflegte die Verwundeten. An Aufräumarbeiten oder Reparaturen war noch nicht zu denken. Nachdenklich ritt der Hofmagier Merick neben seinem König über die schmale staubige Straße und blickte in die Gesichter der Menschen, die ihnen vom Straßenrand stumm und anklagend entgegenblickten. Das hier war eine Katastrophe! Wie hatte es nur soweit kommen können.

Mit einem Seitenblick stellte er fest, daß König Konreid dem Ernst der Lage auf seine Art begegnete. Hochaufgerichtet saß er im Sattel, die Eisenschuppen seiner Rüstung glitzerten in der Sonne und sein Mantel leuchtete in prächtigem Rot. Der Helm mit dem königlichen Löwenkopf über der Stirn verdeckte das weiße Haar vollständig, und nur der graue Schimmer in seinem kurz gestutzten Vollbart deutete auf sein wahres Alter hin. Seine Entschlossenheit und kerzengerade Haltung waren jedoch die eines jüngeren Mannes.

General Tarish führte den Trupp Reiter auf den Dorfplatz und ließ die Garde in einer dichten Reihe Aufstellung nehmen. Der König, die Offiziere und Merick brachten ihre Pferde vor den Soldaten zum Stehen und wandten sich den wenigen verbliebenen Bewohnern von Stonebridge zu, die begonnen hatten, sich zwischen den zerstörten Marktständen zu versammeln.

„Bewohner von Stonebridge“, erhob der König seine Stimme und brachte das Getuschel der Versammelten zum Schweigen. „Die Soldaten von Ehb sehen euer Leid. Dieser schändliche Überfall wird gesühnt werden!“

An einer Stelle wurde es unruhig zwischen den Zuhörern und Merick richtete seinen Blick auf einen der Bauern, der sich durch die anderen nach vorne drängte. Der Mann trug ein einfaches, ärmelloses Wams aus brauner Wolle, sein kahlgeschorener Kopf und die muskulösen Arme waren mit Schrammen und blutigen Striemen übersät.

„Wo waren die Soldaten, als die Krugs hier gemordet haben?" Herausfordernd sah er den König an und Merick konnte nicht anders, als seine Direktheit zu bewundern. Einer der Männer hinter dem Bauern legte diesem beruhigend die Hand auf die Schulter. Sein kurzes Haar war schon ergraut und in seinem Gesicht hatten sich viele Falten eingegraben, aber seine Gestalt wirkte kräftig. Merick war sich sicher, daß er ihn schon einmal gesehen hatte.

„Bauer!" General Tarish trieb sein Pferd ein paar Schritte auf den Sprecher zu. „Vergiß nicht, mit wem du sprichst! Beuge dein Haupt vor deinem König!"

„Ich beuge mein Haupt nur vor einem König, der seine Armee zum Schutz seines Volkes einsetzt", erwiderte der Bauer unbeirrt, „und nicht nur dazu, die Wälle seiner Burg zu besetzen." Seine ruhig und laut gesprochenen Worte waren auf dem ganzen Platz zu hören. Unruhe breitete sich in der Menge aus, und die Dorfbewohner begannen leise durcheinanderzureden.

„Was ist mit denen, die von den Krugs verschleppt wurden?" fragte ein alter Mann neben einem zerstörten Marktstand lauter.

„Es gibt Gefangene?" Der Bauer wandte sich aufgeregt an den alten Mann. Sein ergrauter Begleiter blieb jedoch reglos stehen und erwiderte Mericks Blick direkt und voller Mißtrauen. Der Magier war sich jetzt sicher, daß er ihn kannte.

„Ruhe!" erhob der dunkelhäutige General erneut seine Stimme. „Falls die Krugs tatsächlich Gefangene gemacht haben, wissen wir noch nicht, was sie mit ihnen vorhaben."

„Die königliche Armee braucht jetzt jeden waffenfähigen Mann", rief ein zweiter Offizier. „Also, wer stößt zu uns? Tretet vor!" Wieder kam Bewegung in die Menge. Die wenigen jüngeren Männer, die den Angriff überlebt hatten, schienen mehr oder weniger widerwillig bereit zu sein, dem Aufruf der Generäle zu folgen. Der trotzige Bauer jedoch wandte sich zum Gehen, ein weiterer folgte ihm.

„Der König hat schon genug Soldaten zu seinem Schutz", sagte er, gerade laut genug, daß Merick ihn noch verstehen konnte – und er war sich sicher, daß auch der König und die Offiziere ihn gehört hatten. „Die Verschleppten haben nur uns."

„Du wagst es, dich dem Befehl deines Königs zu widersetzen?" bellte Tarish. „Wachen, haltet ihn auf!"

Bevor die Soldaten Tarishs Befehl nachkommen konnten, hob der König die Hand.

„Laßt ihn ziehen!" sagte er mit ruhiger Stimme. „Das Reich Ehb zwingt niemanden in seinen Dienst."

Der ältere Bauer, der beruhigend auf seinen jungen Freund eingewirkt hatte, warf Merick noch einen langen nachdenklichen Blick zu, bevor er sich ebenfalls umdrehte und mit den anderen verschwand.

∴

Mit wenigen Schritten holte Bastien Farmer ein, der wütend voranstürmte. Hinter ihnen sammelten sich die Freiwilligen, um der Armee des Königs beizutreten. „Ich komme mit dir, Farmer!"

„Ziemlich riskant von dir, dem König den Rücken zuzukehren", brummte Farmer und beschleunigte seine Schritte ohne ihn anzusehen.

„Nicht mehr als von dir", antwortete Bastien und paßte sein Tempo mit etwas Mühe an.

„Ich hatte keine Wahl. Solana ist meine Frau."

„Und sie ist meine Schwester."

Bevor Farmer darauf etwas erwidern konnte, drängte sich Norick im Laufschritt zwischen sie und klopfte ihm auf den Rücken.

„Worauf wartet ihr noch? Also los, brechen wir auf!"

Farmer blieb stehen und ließ seinen Blick von Bastien zu Norick wandern. Bastien sah ihn entschlossen an.

„Bleib hier! Zieh mit den Truppen von Ehb." Kopfschüttelnd legte Farmer Norick die Hand auf die Schulter. „Du wolltest doch ein Soldatenleben, oder?"

„Ach nein, mir gefallen die Uniformen nicht“, winkte Norick ab und legte verschmitzt den Kopf schief.

Farmer seufzte innerlich und sah zu Bastien hinüber. Er wußte, daß er Solanas Bruder genausowenig überzeugen konnte hierzubleiben wie Norick.

„Hast du ein Pferd?“

Bastien nickte. „Ein Stute. Sie ist zwar alt, aber noch stark.“

„Wie ich, ... alt, aber noch stark.“ Norick schlug sich mit einem herausfordernden Blick die Faust auf die Brust. „Ich suche die Pferde.“ Damit wandte er sich ab und verschwand zwischen den Häusern.

Ein grimmiges Lächeln stahl sich für einen Moment in Farmers Gesicht. „Komm, Bastien, laß uns sehen, was wir bei dir an Ausrüstung finden.“

∴

Fluchend schaute sich Norick zwischen den Häusern von Stonebridge um. Hoffentlich waren ihre Pferde nicht zu seinem Hof zurückgelaufen. Er wurde jäh aus seinen Gedanken gerissen, als ihm eine Gestalt in langer, dunkler Robe in den Weg trat. Er erkannte den Mann sofort. Es war Merick, der Hofzauberer des Königs. Norick blieb schweigend mit gesenktem Kopf stehen, ohne den Magier anzusehen, doch dieser machte keine Anstalten den Weg freizugeben.

„Ihr steht mir im Weg“, stieß Norick mit leiser Stimme hervor und machte einen Schritt zur Seite. Sein Gegenüber folgte der Bewegung und blockierte noch immer seinen Weg. Norick hob den Kopf und sah den scharfen Blick des Magiers auf sich gerichtet.

„Wir sind uns schon einmal begegnet, nicht wahr?“ fragte er und Norick wußte, daß es keinen Sinn machte, es abzustreiten. Aber er war nicht bereit, hier und jetzt mit Merick zu sprechen.

„Ihr steht mir im Weg“, wiederholte Norick und hielt dem Blick des Zauberers entschlossen stand. Die Männer starrten sich einige

Augenblicke lang an, dann trat Merick beiseite und ließ ihn passieren. Mit bewußt ruhigem Schritt ging Norick weiter, aber er konnte spüren, wie der Hofmagier ihm nachsah und in seinem Nacken stellten sich die Haare auf. Wo steckten bloß diese elenden Mähren?

∴

Die verkohlten Trümmer des Glockenturms erhoben sich wie ein schwarzes Gerippe gegen den blauen Himmel. Der schale Geruch kalten Rauchs lag in der Luft und nur noch wenige dünne Rauchfäden stiegen zwischen dem Holz auf. Farmer war nach dem Angriff bereits einmal hiergewesen, um nach Spuren von Solana zu suchen, aber die unerträgliche Hitze, die die schwelenden Balken und die massive, geborstene Glocke ausstrahlten, hatte ihn seine Suche bald wieder aufgeben lassen. Inzwischen war nicht nur die Glut fast verloschen, sondern auch die rußgeschwärzte Messingglocke war auf ein erträgliches Maß abgekühlt. Doch auch jetzt konnte er zwischen Asche und Holzstücken keine Hinweise auf eine Leiche entdecken.

Er begann die Umgebung des Turms in immer weiteren Kreisen abzusuchen. Wenn er doch nur eine Spur, einen Hinweis auf Solanas Flucht entdecken würde! Aber das vergilbte Gras um den zusammengestürzten Turm war zuerst von den Füßen der Krugs und dann von den Stiefeln der Helfer vollständig niedergetrampelt worden. Es war hoffnungslos.

Ein metallisches Glitzern zwischen ein paar Grasbüscheln ließ ihn stutzen. Vorsichtig kniete er sich hin und entdeckte das kleine Medaillon, das er Solana geschenkt hatte. Die dünne Kette war zerrissen, aber es wies keine Brandspuren auf. Solana liebte das Schmuckstück, sie hätte es niemals freiwillig zurückgelassen. Sie mußte es auf der Flucht verloren haben, oder als die Krugs sie gefangengenommen hatten. Er schloß die Hand um das Medaillon und preßte es an die Lippen. Sie könnte, nein, sie mußte noch am

Leben sein. Sein Herz schien zum ersten Mal seit dem Überfall wieder einen kräftigen Schlag zu tun, und er schloß die Augen.

Sag mir etwas Liebes. Sag mir, wie sehr du mich liebst. Immer wieder drängten sich Solanas Worte vom letzten Abend in Farmers Gedanken. Das weißt du. Warum hatte er ihr nicht gesagt, wie sehr er sie liebte? Warum hatte er nicht gesagt, daß sein Leben ohne sie sinnlos war, daß er sich bei niemandem auf der Welt so zu Hause fühlte wie bei ihr? Warum hatte er ihr nicht erklärt, welches unermeßliche Glück es für ihn bedeutete, jeden Tag mit ihr zu verbringen, und daß er sich ohne sie keinen weiteren Tag, geschweige denn eine Zukunft vorstellen konnte.

Das Geräusch nahender Schritte riß Farmer aus seinen Gedanken. Ein Mann in dunkelgrüner Reisekleidung und einer schwarzen Robe kam den Pfad herauf und trat neben ihn.

„Ich bin Merick, der Großmagier des Königs", stellte er sich ohne Umschweife vor und musterte Farmer neugierig. Sein Blick war forschend, aber nicht unsympathisch.

„Ich habe von Euch gehört", antwortete Farmer und richtete sich auf. Er ließ Solanas Halskette in einen kleinen Lederbeutel an seinem Gürtel gleiten und sah Merick offen ins Gesicht. „In den Märchen über Zauberei."

Merick nickte kurz. „Dein König braucht dich", stellte er fest, ohne auf die abfällige Bemerkung einzugehen.

„Auch mein Sohn hat mich gebraucht", antwortete Farmer, den Blick finster auf die verkohlten Trümmer gerichtet. „Aber ich konnte ihm nicht helfen. Jetzt braucht mich meine Frau, wenn sie noch am Leben ist."

„Ist dir schon einmal der Gedanke gekommen", fragte der Magier ruhig, „daß in dieser Welt Dinge geschehen, die wichtiger sind als das Glück und Leid im Leben eines Einzelnen?"

„Nein", erwiderte Farmer verärgert und wandte sich von der Ruine ab, „dieser Gedanke ist mir noch nicht gekommen." Ohne einen weiteren Blick betrat er entschlossen den Weg zurück ins Dorf.

„Versuch am Leben zu bleiben, Farmer! Dein König braucht dich!“ rief Merick ihm nach. „Weit mehr als er selbst ahnt“, fügte er mit leiserer Stimme hinzu und blickte nachdenklich auf den See.

∴

Muriella hatte sich in ihre Gemächer zurückgezogen und die Trainingskleidung wieder gegen das grüne Samtkleid eingetauscht. Obwohl die Nacht noch ein paar Stunden entfernt war, prasselte bereits ein frisch angefachtes Feuer in dem großen, mit prächtigem Marmor eingefaßten Kamin in ihrem Schlafzimmer. Die alten Mauern kühlten leicht aus, doch dazu ließ es die Dienerschaft nicht kommen, die ihr auf Geheiß des Königs zugeteilt war. Selten war sie allein, und sie mußte sich immer etwas einfallen lassen, wenn sie einmal ungestört sein wollte. Heute hatte sie ihren Zofen den Nachmittag freigegeben und mußte die Diener natürlich hinausschicken, um sich zu waschen und umzukleiden.

Der heutige Tag hatte sie in tiefe Verwirrung gestürzt. Die Stimmung in der Burg war so plötzlich umgeschlagen. Erst das seltsame Gespräch mit ihrem Vater, dann standen Tarish und Fallow kurz davor, sich gegenseitig an die Kehle zu gehen, und jetzt war ihr Vater mit Tarish, dem König und seiner Garde ausgerückt, um die Verwüstungen zu inspizieren, die die Krugs im Land hinterlassen hatten. Und alle taten so, als würde sie dies nichts angehen.

Von einem Moment zum anderen spürte sie, daß sie nicht mehr allein war. Verärgert drehte sie sich um. Welcher Diener wagte es, ohne zu klopfen einzutreten? Doch zu ihrer freudigen Überraschung stand Gallian vor ihr. Er trug eine lange Samtjacke, passend zu ihrem Kleid und zu der Farbe seiner Augen, die aufmerksam ihren Bewegungen folgten.

„Stimmt etwas nicht?“ fragte Muriella und fiel ihm lächelnd in die Arme.

„Ich mache mir Sorgen", antwortete Gallian sanft und sein schmaler Mund kräuselte sich zu einem Lächeln. „Wie Ihr spüre ich, daß in der Burg nicht alles in Ordnung ist. Ich bin hier, weil ich mich um Eure Sicherheit sorge."

„Ich bin hier sicher. Mein Vater sorgt sich schon mehr als genug um meine Sicherheit." Schwermut schwang in ihrer Stimme mit. „Und der König tut es auch."

Gallian preßte sie eng an sich und küßte sie leidenschaftlich. Muriella schloß die Augen und genoß für ein paar süße Momente seine starke Umarmung und die Gefühle, die er in ihr auslöste. Doch dann blickte sie auf.

„Ihr habt mich überrascht ...", flüsterte sie außer Atem und versuchte, sich aus seiner Umarmung zu winden. „Ich kann nicht immer nur an mein Vergnügen denken."

„Dann denkt an mich", antwortete Gallian eindringlich und zog sie zu dem großen Himmelbett hinüber. Sein charmantes Lächeln und sein intensiver Blick trieben ihr die Röte auf die Wangen und ließen ihr Herz schneller schlagen. „Zerstreut meine Sorge um Euch und denkt nicht an Euer Vergnügen."

∴

„Die Freiwilligen sind zum Abmarsch bereit, Eure Majestät." Respektvoll näherte sich General Tarish mit unter den Arm geklemmtem Helm und salutierte.

„Dann können wir hier nichts mehr tun", antwortete der König ruhig, und ließ den Blick über die Gruppe junger Männer wandern, die sich aufgeregt zwischen den Soldaten versammelt hatten, die kleinen Bündel mit ihren wenigen Habseligkeiten über die Schultern geworfen. „Gebt das Signal zum Aufbruch, General. Wir kehren nach Burg Ehb zurück."

„Mein König", wandte sich Merick mit gesenkter Stimme an ihn und trat respektvoll einen Schritt zurück. Konreid verstand den Hinweis und entließ den General mit einer Handbewegung.

Tarish zog sich schweigend zurück, aber er konnte dem Offizier die Mißbilligung ansehen. Generäle und Magier vertrugen sich nicht gut — das war schon immer so gewesen.

„Ich werde Euch leider nicht begleiten können, Eure Majestät", sagte Merick mit ernstem Blick, als Tarish außer Hörweite war. „Es gibt Angelegenheiten, um die ich mich vor meiner Rückkehr nach Burg Ehb kümmern muß. Wichtige Angelegenheiten, die keinen Aufschub dulden."

Der alte König schaute dem Magier fragend in die dunklen Augen und nickte dann unmerklich. Merick würde einen guten Grund haben, wenn er von seiner Seite wich. Dennoch, gerade jetzt, in diesen schwierigen Zeiten, gab sein langjähriger Berater ihm eine Sicherheit, auf die er nur ungern verzichtete. Konreid wandte seinen sorgenvollen Blick von seinem Hofmagier ab und sah über die Steilküste auf den glitzernden See hinaus. Er spürte nur zu gut, daß die Ruhe und Schönheit der Landschaft trügerisch waren.

„Mein alter Freund", sagte er schließlich, „ist die ganze Welt verrückt geworden?"

„Nicht verrückt", antwortete Merick bedächtig, „nur finsterer."

Sechs

Nach einer kurzen Nachtruhe, in der keiner von ihnen viel Schlaf gefunden hatte, und einem schnellen, schweigsamen Frühstück sattelten Farmer, Bastien und Norick ihre Pferde. Farmer hatte eigentlich noch am Abend aufbrechen wollen, aber die anderen beiden hatten ihn mühsam davon überzeugen können, daß sie ausgeruht bessere Chancen hatten, die Krugs einzuholen und Solana zu helfen. Er hatte sich eingestehen müssen, daß auch er sich nach dem langen Tag, der so ruhig begonnen und dann zu soviel Leid und Schmerz geführt hatte, kaum noch auf den Beinen halten konnte, wobei der Tod seines geliebten Sohnes am meisten an seinen Kräften gezehrt hatte.

Trotz aller Erschöpfung hatten ihn in der Nacht immer wieder Alpträume aus dem Schlaf gerissen und in kalten Schweiß gebadet aufschrecken lassen. Entweder lief er als gesichtsloser Krieger hinter Zeph durch den Wald und konnte nicht verhindern, daß er seinen Sohn mit einem furchtbaren Schwerthieb niederstreckte, oder er mußte hilflos und schweigend mit ansehen, wie Solana von einer Horde Krugs fortgetragen wurde und ihn dabei immer wieder um Hilfe anflehte. Als das Morgengrauen endlich einsetzte, war er dankbar, daß er endlich aufstehen konnte.

Bastien schwang sich in den Sattel und lenkte die braunweiß gescheckte Stute zu seiner Nachbarin Shallot hinüber, um ihr Anweisungen zu geben, die Vorräte aus dem Haus seiner Eltern, das jetzt das seine war, an die Bedürftigen zu verteilen. Norick hatte Farmer wieder seinen drahtigen Schimmel überlassen und am Sattelknauf seines Braunen, neben einem Köcher neuer Pfeile für seinen Bogen, auch die alte Hacke befestigt, die ihm bisher nicht nur bei der Feldarbeit gute Dienste geleistet hatte.

Sie reisten mit leichtem Gepäck. Frische Kleider hatten sie angezogen, und außer ihren Waffen hatten sie nur ein paar Decken für die Nacht und so viele Vorräte, wie sie auch ohne Pferde tragen konnten, eingepackt. Farmer hoffte, die Krugs so schnell wie möglich einzuholen, und daß sie nicht lange unterwegs sein würden. Was danach kam, konnte er jetzt sowieso nicht planen.

„Seid ihr bereit?“ fragte er und lenkte sein Pferd auf die Straße nach Norden. Bastien und Norick nickten.

„Dann laßt uns aufbrechen!“

∴

Im warmen Licht der frühen Abendsonne erreichten sie den dichten Nadelwald, der sich wie eine schwarzgrüne Decke unter den schneebedeckten Gipfeln um die Berge legte. Seit sie Stonebridge verlassen hatten, waren sie stetig bergauf geritten, zuerst auf der Straße nach Burg Ehb, dann in den Spuren der Krugs, die sich offenbar mit Pferden, Fußvolk und schweren Karren rücksichtslos einen Weg durch die Wildnis gebahnt hatten. Schließlich hatte Farmer sie über einen schmalen Pfad wieder von der Spur weg in die Berge geführt.

„Bist du dir sicher, daß es klug war, ihre Spur zu verlassen?“ fragte Bastien, als sie den Waldrand erreichten. Der steinige Pfad vor ihnen verschwand direkt in den dichten Schatten.

„Wir müssen nur noch ein kleines Stück durch den Wald“, erwiderte Farmer, „dann erreichen wir die alte Brücke. Auf der anderen Seite der Schlucht führt ein bewaldeter Paß über die Berge, das ist der einzige Weg den sie genommen haben können. Wenn wir den Spuren der Krugs um die Schlucht herum folgen, verlieren wir noch einen Tag.“ Damit lenkte er sein Pferd vorsichtig in das Halbdunkel zwischen den Bäumen. Norick brummte Bastien eine unverständliche Bemerkung zu und die beiden folgten ihm.

„Woher kennst du die Brücke?“ Norick sah sich mißtrauisch zwischen den hohen Bäumen um. Er selbst war hier noch nie gewesen.

„Als Kind bin ich häufig tagelang hier herumgestreunt", erklärte Farmer und grinste seinen alten Freund an. „Weißt du das nicht?"

Norick zuckte die Achseln. „Du warst ein seltsames Kind."

Nachdem sie dem Pfad einige Minuten gefolgt waren, wurden die Bäume wieder lichter und immer mehr Sonnenstrahlen fielen durch das Nadeldach. Schließlich erreichten sie die Schlucht, an deren Rand sich der schmale Weg auf die Überreste eines steinernen Bauwerks zuwand, das gefährlich über den Abgrund ragte. Von einer Brücke jedoch war nichts zu sehen.

Vorsichtig lenkte Farmer sein Pferd an die Ruine heran und spähte zwischen den Mauerresten zur anderen Seite hinüber. Die Brücke war zusammengebrochen und in die Tiefe gestürzt, wie es aussah schon vor langer Zeit. Aber irgendjemand, vielleicht ein Jäger aus der Gegend, hatte ein Seil zwischen den Ruinen über die Schlucht gespannt.

„Sieht so aus, als müßten wir umkehren und doch den Krugs folgen", bemerkte Bastien nicht ohne eine gewisse Hoffnung in der Stimme. Farmer ignorierte ihn, stieg von seinem Pferd ab und trat an den Abgrund. In schwindelerregender Tiefe rauschte ein weißschäumender Gebirgsbach durch die Schlucht. Prüfend zog er ein paarmal an dem straff gespannten Seil. Es war aus dünnen, glatten Fasern auf eine Art geflochten, die Farmer nicht kannte, aber es wirkte sehr stabil und war zur anderen Seite etwas abschüssig befestigt.

„Das Seil wird halten", stellte Farmer fest. „Laßt uns die Pferde abladen."

„Was?" prustete Bastien ungläubig. „Und dann lassen wir sie hier stehen?"

Norick seufzte und schwang sich vom Pferd. „Hast du etwa Angst, daß sie uns das übelnehmen?"

Kopfschüttelnd gab Bastien sich geschlagen und stieg ebenfalls ab. Sie lösten ihre Bündel von den Sattelknäufen und schickten die Pferde mit ein paar Klapsen auf die Hinterteile und aufmunternden Rufen zurück den Pfad hinunter.

Farmer holte für jeden von ihnen einen Sattelgurt aus seinem Rucksack, bevor er diesen umschnallte. Als er ihre ungläubigen Blicke sah, mußte er grinsen.

„Woher wußtest du, daß wir die brauchen?“ fragte Norick mißtrauisch.

„Ich wußte es nicht“, antwortete Farmer und warf den breiten Lederriemen über das Seil. „Ich dachte, es wäre nützlich Reparaturmaterial für die Sättel dabeizuhaben.“

„Auf geht‘s!“ Er sah sie über die Schulter aufmunternd an, nahm ein paar Schritte Anlauf und sauste am Sattelgurt hängend über die Schlucht. Sein Schwung trug ihn fast bis auf die andere Seite hinüber, doch auf den letzten Metern verlangsamte sich seine Bewegung, bis er schließlich schaukelnd über dem tosenden Wasser und den moosbewachsenen Felsen in der Tiefe hängenblieb. Die Ruine auf der anderen Seite der Brücke war noch zu weit entfernt, als daß er sie irgendwie hätte erreichen können, und er wagte ohnehin nicht, sich nur mit einer Hand am Sattelgurt festzuhalten. Verbissen schnaubend ignorierte er den Abgrund unter sich und schaukelte immer weiter hin und her, bis er zuerst ein Bein, und dann das andere über das dicke Seil schwingen konnte. Erst jetzt traute er sich umzugreifen und packte das Seil mit beiden Händen. Mit größter Anstrengung hangelte er sich auf den sicheren Boden hinüber.

Schwer atmend drehte er sich um und winkte Bastien und Norick zu.

„Na los“, rief er. „Ihr seht doch, daß es sicher ist.“

Er konnte ihre Gesichtsausdrücke von hier nicht erkennen, aber trotzdem war offensichtlich, daß sie sich nicht einigen konnten, wer sich zuerst auf das Seil hinauswagen sollte. Kopfschüttelnd ließ Farmer sich gegen einen Mauerrest sinken und beobachtete seine Freunde.

∴

Mit General Tarish an seiner Seite ritt König Konreid seiner Garde voraus auf Burg Ehb zu. Das Abendlicht tauchte das mächtige Gebäude in einen warmen, goldenen Schimmer, und ein einsamer Falke kreiste zwischen den Türmen. Obwohl Konreid das Trügerische dieser Ruhe nur zu bewußt war, genoß er das friedliche Bild und versuchte für einen Moment seine Sorgen zu vergessen.

Am Burgtor holte ihn die Wirklichkeit wieder ein. Nur ein einzelner Soldat war vor dem Tor zu sehen und lehnte zusammengesackt an der Mauer. Er konnte nicht erkennen, ob der Mann verletzt war und sah sich angespannt um.

„Auf die Beine, Soldat!" Tarish war aus dem Sattel gesprungen und hatte sein Schwert gezogen. Als der Mann sich zu rühren begann, richtete er erzürnt die Waffe auf ihn. „Beweg dich!"

Erschrocken riß der Wachposten die Augen auf und starrte zuerst den General und dann den König an. Schieres Entsetzen erschien auf seinem jungen Gesicht, aber er zog sich an seiner Hellebarde auf die Füße und bemühte sich Haltung anzunehmen. Konreid lenkte sein Pferd ein paar Schritte näher heran und beugte sich zu dem verängstigten Soldaten herunter.

„Wie viele Männer stehen hier Wache?"

„Mein König", stammelte der Mann zögernd, Schweißperlen traten ihm auf die Stirn, „ich habe Wachdienst."

„Hm." Der König sah ihn lange und ernst an. „Du hast Wachdienst."

∴

Norick warf einen letzten mißtrauischen Blick über die Schlucht und auf das Wildwasser in der Tiefe, und verfluchte Farmer im stillen.

„Also gut, ich tu's", knurrte er dann und legte den Sattelgurt über das Seil, seinen Blick entschlossen auf die Überreste der Brücke auf der anderen Seite gerichtet.

„Sehr mutig, mein Alter!" Bastien klopfte ihm auf die Schulter.

„Von wegen", antwortete Norick gereizt, „ich will nur nicht, daß du das Seil ausleierst, bevor ich drüben bin."

„Kommt schon!" rief Farmer von der anderen Seite herüber und winkte noch einmal.

„Ja, na los", pflichtete Bastien ihm bei, ohne Norick anzusehen, „mach schon!"

„Du hast dich mehr um dein Pferd gesorgt als um mich!" stieß Norick entrüstet hervor, ohne seinen Blick von der anderen Seite zu nehmen.

„Das habe ich auch gern", antwortete der jüngere Mann entschuldigend, „bei dir bin ich mir da nicht so sicher."

„Dann solltest du mich einfach besser kennenlernen", murmelte Norick, atmete noch einmal durch, nahm Anlauf und schwang sich mit einem Schrei über die Schlucht hinaus.

Wie Farmer blieb er einige Meter von der anderen Seite der Schlucht entfernt am Seil hängen. Bevor er sich jedoch Gedanken machen konnte, ob es ihm wie Farmer gelingen würde, seine Beine über das Seil zu schwingen, um sich in Sicherheit hangeln zu können, spürte er einen Ruck durch das Seil gehen. Mit einem langgezogenen Schrei, dessen Echo zwischen den schroffen Felswänden der Schlucht widerhallte, rutschte hinter ihm Bastien über das Seil heran. Alle seine Muskeln verkrampften sich in Erwartung eines Aufpralls, der nicht kam. Bastien hatte zuwenig Anlauf genommen und hing nun ein paar Meter hinter ihm an dem bedrohlich schwankenden Seil, das von seinem Gewicht nach unten gezogen wurde. Langsam aber unaufhaltsam begann Norick rückwärts zu rutschen, bis er mit dem zappelnden Bastien zusammenstieß.

Sie schrien beide auf und Bastiens schweißnasser Griff rutschte von seinem Sattelgurt ab. In einer verzweifelten weiteren Anstrengung warf er die Arme um Noricks baumelnden Körper und klammerte sich an ihm fest. Norick stöhnte auf. Seine Schultern schmerzten, als würde man ihm die Arme ausreißen. Seine Hände konnten das doppelte Gewicht nicht halten und der Ledergurt glitt ihm langsam durch die Finger. Mit einem gellenden Schrei stürzten die beiden Männer in die Tiefe.

∴

Kichernd warf Fallow den Kopf in den Nacken und ließ seine Hand unter die Bluse der Zofe auf seinem Schoß gleiten.

„Oh, Herzog Fallow, wie ungehörig von Euch", flötete er und seine verstellte Stimme hallte zwischen den Säulen des fackelerleuchteten Thronsaales wider. „Ihr kitzelt mich an der Brust."

Auch die Zofe kicherte und fuhr ihm durch das schüttere Haar, so daß ihm die schmale Krone von Ehb über ein Ohr rutschte. Er spürte ihren warmen Atem an seinem Hals. Grinsend richtete er sich mit einer übertriebenen Bewegung auf dem Thron auf, wobei er mit einer Hand den schlichten Metallreif auf seinem Kopf geraderückte und mit der anderen das Mädchen noch weiter auf seinen Schoß zog.

„Das werde ich Eurer Mama verraten", flüsterte er ihr zu und griff nach dem Weinbecher, den er auf der Armlehne abgestellt hatte. Doch plötzlich erstarrte die Zofe in seinem Arm und rutschte mit einem leisen Quieken von seinem Schoß, bevor er sie festhalten konnte.

„Warte. Wo willst du denn hin? Bleib doch!" Aber das Mädchen sah nur noch einmal scheu zur großen Eingangstür des Thronsaales hinüber und verschwand mit verschränkten Armen hastig zwischen den Säulen. Enttäuscht wandte auch Fallow seine Aufmerksamkeit der Tür zu, bereit, den Störenfried seinen Zorn spüren zu lassen, doch zu seinem Entsetzen war es der König selbst, der den Thronsaal in Begleitung des unerträglichen Stiefelleckers Tarish betreten hatte.

„Mein Neffe amüsiert sich also auf dem königlichen Thron", donnerte Konreid und kam mit schnellen Schritten auf ihn zu. „Macht Ihr es Euch darauf schon bequem?"

Fallow schluckte ernüchtert und sprang heftig den Kopf schüttelnd auf. Dann besann er sich eines besseren und griff mit beiden Händen nach der Krone auf seinem Kopf. Beinahe ehrfurchtsvoll setzte er sie ab und legte sie hinter sich auf den Thron. Verlegen trat er von einem Bein aufs andere und rang nach Worten. Sein ganzes Blut schien sich in seinem Magen in einem schmerzenden Knoten zu sammeln.

„Ihr treibt Eure Spielchen", fuhr der König ihn scharf an und erschrocken rutschte Fallow mit schützend erhobenen Händen neben dem Thron zu Boden, „während Euer König und seine Legionen dem Feind im Feld entgegentreten."

So außer sich hatte Fallow seinen Onkel schon lange nicht mehr erlebt. Sich windend zog er sich mit einer Reihe kleiner Verbeugungen aus der Reichweite des Königs zurück, und versuchte möglichst viel Abstand zwischen sich und den wütenden Monarchen zu bringen, der sich jetzt erst so richtig in Rage geredet hatte.

„Eure einzige Aufgabe war, für die Sicherheit dieser Burg zu sorgen." Konreids Augen funkelten und auf seiner Schläfe pulsierte eine Ader. Mit jedem Satz schien er zu wachsen. „Aber die Burg wird von niemandem bewacht!"

„Eure Majestät", setzte Fallow kläglich stotternd zu einer Entschuldigung an, den Blick zu Boden gesenkt. „Während Ihr im Reich unterwegs ward und unsägliche Entbehrungen auf Euch genommen habt ..."

„Genug!" wischte der König seine Worte beiseite und winkte Tarish heran, der die Szene bislang schweigend beobachtet hatte. „Schafft ihn mir aus den Augen!"

„Kommt schon", sagte Tarish kalt und zog ihn am Kragen seines golddurchwirkten Doublets auf die Füße. „Oder muß ich Euch Beine machen?"

„Nein", keuchte Fallow und versuchte sich dem festen Griff des Generals zu entwinden. „Laßt mich!"

Aber unbeirrt hielt der Soldat ihn fest und zerrte ihn aus dem Thronsaal. Erst im Gang vor der Tür lockerte er seinen Griff und Fallow schlug seine Hand angewidert beiseite.

„Nehmt die Finger von mir", zischte er, „Ihr seid nicht würdig mein Gewand zu küssen!"

„So wie Ihr der Krone Eures Königs nicht würdig seid", erwiderte Tarish abfällig.

Wie konnte dieser aufgeblasene Wachhund es wagen! Fallows Hand schoß vor und erteilte dem General eine schallende Ohrfeige.

Im nächsten Augenblick stand Fallow mit dem Rücken zur Wand, Tarishs gepanzerten Arm an der Kehle. Mühsam rang er nach Luft und versuchte erfolglos, sich aus dem brutalen Griff zu winden. Aus den Augen des Generals schlug ihm purer Haß entgegen.

„Na, na", stieß er röchelnd hervor, „ohne Befehl des Königs dürft ihr nicht Hand an mich legen." Tarish funkelte ihn noch einen Moment zornig an, hatte sich dann aber wieder unter Kontrolle und ließ ihn los.

„Das Privileg des Adels", sagte Fallow befriedigt und eine Spur sicherer, als er sich fühlte. Langsam strich er sein Doublet glatt und rang dabei nach Atem, „ein Spielzeug, das mir niemals langweilig werden wird."

Er drehte sich mit einem spöttischen Lächeln um und ließ den General ohne ein weiteres Wort stehen. Innerlich kochte er vor Wut. Wie konnten sie es wagen, ihn so zu behandeln! Er war doch im Grunde schon König! Sein Onkel war so gut wie tot, warum konnten die ganzen Narren das denn nicht einsehen? Er konnte es nicht länger ertragen! Mit hastigen Schritten stürmte er den Gang hinunter und hinaus auf den Burghof. Gallian mußte ihm helfen. Es wurde Zeit, daß der verdammte Zauberer mehr tat, als nur ein paar stinkende Krugs durch die Gegend zu scheuchen.

Fallow hoffte, daß Gallian sein Versprechen halten würde, ihn in den verlassenen Gewölben zu treffen, wann immer er sich dorthin begab. Er hatte keine Ahnung, wie der Magier es anstellte, aber was kümmerte es ihn auch! Wenn er sich schon die Mühe machte, allein mit einer Fackel in die modrigen Gänge hinabzusteigen, konnte er wohl erwarten, daß Gallian auch dort auftauchte.

Er wurde nicht enttäuscht, Gallian wartete am vereinbarten Treffpunkt. Der meergrüne Samt seiner langen Jacke glänzte im Fackelschein, als er sich umdrehte und ihm ungeduldig entgegenkam.

„Was wollt Ihr schon wieder von mir?“ fragte der Magier ohne Begrüßung und seine Stimme hallte in dem alten Gang wider. „Die Dinge entwickeln sich ganz nach Plan, und ich habe Wichtigeres zu tun, als mich hier unten mit Euch zu treffen.“

„Das nennt Ihr nach Plan?“ keuchte Fallow, die wässrigen Augen weit aufgerissen. Er hob beschwörend die Hände. „Ich halte es nicht mehr aus, von diesem senilen Bock tyrannisiert zu werden. Bringt endlich Ergebnisse!“ Bei den letzten Worten stocherte er mit erhobenem Zeigefinger vor sich in der Luft herum.

„Ihr wollt die Sache also beschleunigen?“ fragte Gallian gereizt, und Fallow nickte begierig. Ja, es war an der Zeit, daß endlich etwas passierte.

„Fein“, stieß Gallian so laut hervor, daß Fallow unwillkürlich zusammenzuckte, „dann werden wir sie beschleunigen.“ Erwartungsvoll schwieg Fallow und wartete auf weitere Erklärungen, aber sein Gegenüber wandte sich wortlos ab und stürmte davon.

„Gut“, sagte Fallow in die Dunkelheit und rieb sich die Hände. „Ich verlasse mich auf Euch.“

∴

Entsetzt sah Farmer in das brodelnde Weiß am Grund der Schlucht hinab. Noricks und Bastiens Schrei war verhallt, kurz nachdem sie in der Gischt des Bergbachs verschwunden waren.

Hastig stürzte er den schmalen Pfad hinunter, der sich an der Felswand in die Schlucht hinabschlängelte. Ohne Rücksicht auf seine eigene Haut schlitterte er Geröllhalden hinab, ließ sich an den wenigen kargen Grasbüscheln hinuntergleiten, die aus den Spalten wuchsen, und stolperte über Felsvorsprünge und Wurzeln.

Unten angekommen mußte er feststellen, daß das, was von oben wie ein kleiner Gebirgsbach ausgesehen hatte, in Wirklichkeit ein reißender Fluß voller Stromschnellen, Felsen und Strudel war. Wie sollte er seine Freunde hier wiederfinden, wenn sie denn überhaupt noch am Leben waren? Er kletterte zwischen den rundgewaschenen Findlingen hindurch und suchte das Ufer ab. Immerhin waren sie in der Mitte abgestürzt, wo das Wasser am tiefsten war.

Ein gurgelndes Prusten hinter ihm ließ ihn innehalten und sich umdrehen. Vollkommen durchnäßt, aber offenbar unverletzt zogen sich Norick und Bastien aus dem kalten Wasser auf die Steine.

„Aber immerhin kommen wir so viel schneller voran“, keuchte Norick spöttisch und sah Farmer dabei vorwurfsvoll an.

Sieben

Das heruntergebrannte Kaminfeuer und eine kleine Öllampe auf dem Nachttisch tauchten Muriellas Schlafzimmer in ein dämmriges Zwielicht. In ihrem seidenen Nachthemd lehnte sie zwischen den vielen Kissen ihres großen Himmelbettes und hatte das Buch ihres Vaters aufgeschlagen vor sich liegen. Vor lauter Konzentration hatte sich eine kleine Falte zwischen ihren Augenbrauen gebildet und nachdenklich zog sie die Unterlippe zwischen ihre Zähne. Zwischen seinen Reiseberichten hatte Merick auch viele nützliche kleine Zauber notiert, und den ganzen Abend schon hatte sie versucht, das Licht der kleinen Lampe zu beeinflussen. Ihr Vater beschrieb eine kurze Formel, die in stiller Konzentration, nur in Gedanken wiederholt, eine Flamme zu größerer Helligkeit auflodern lassen sollte. Aber so recht wollte es ihr noch nicht gelingen. Es fiel ihr schwer sich zu sammeln, immer wieder ertappte sie sich dabei, wie ihre Gedanken um die Ereignisse des Tages kreisten. Die sorgenvolle Stimmung von Tarish, dem König und nicht zuletzt ihrem Vater färbte auf sie ab, und gleichzeitig ärgerte sie sich, daß alle sie noch immer wie ein Kind behandelten, und niemand ihr erklären wollte, was vor sich ging. Sie strich sich das Haar aus dem Gesicht und warf noch einen Blick in das Buch, bevor sie sich noch einmal auf die kleine, gelbe Flamme der Lampe konzentrierte.

Diesmal flackerte das Licht, unmerklich zuerst, doch dann immer stärker, und plötzlich wuchs die Flamme wie eine goldene Pflanze in die Höhe und schwoll zu einer schmalen Feuersäule an, die den Raum züngelnd mit ihrem warmen Licht erhellte. Ein Lächeln stahl sich in Muriellas Gesicht und ihre Züge entspannten sich. Doch unvermittelt schlugen auch im Kamin die Flammen in die Höhe. Mit einem Mal war der Raum gleißend hell erleuchtet, und eine Gestalt stand neben ihrem Bett.

„Gallian!“ Erschrocken fuhr sie zurück und ließ das Buch sinken. „Müßt Ihr immer unangekündigt aus dem Nirgendwo erscheinen?“

„Das tue ich doch gar nicht“, antwortete er mit einem charmanten Lächeln und setzte sich auf die Bettkante. „Ich erscheine unangekündigt aus dem Irgendwo.“

Muriella überging seinen Spott und sah ihn zornig an. „Es ist anmaßend von Euch, ungebeten den Fuß in mein Gemach zu setzen!“ Sie setzte sich auf und zog die Decke höher um ihre Schultern. Trotz des Feuers im Kamin fröstelte sie plötzlich.

„Oh“, antwortete Gallian mit sanfter Entrüstung und rutschte näher an sie heran. „Was ist aus der Gastfreundschaft geworden, die Ihr mir bisher entgegengebracht habt?“ Er zog eine Augenbraue hoch und blickte sie an, wohl wissend, wie attraktiv sie diesen Blick fand.

„Ihr könnt nicht kommen und gehen, wie es Euch beliebt!“ Beherrscht zwang sie sich, nicht weiter von ihm abzurücken. „Wenn Ihr einfach ohne ein Wort verschwindet ...“ Ihr stockte der Atem, als sie spürte, wie er seine Hand unter der Decke auf ihren Unterschenkel legte, von dem sofort ein heftiges Kribbeln ihr Bein hinauflief. „Ich bin nicht Eure Hure“, stieß sie leise hervor.

„Wie könnt Ihr so etwas sagen?“ Gallian zog die Hand zurück und setzte sich mit sanftem, entrüsteten Blick auf. Die Flamme der Öllampe tanzte in seinen smaragdgrünen Augen. „Ihr wißt sehr gut, warum ich mich bemühe nicht aufzufallen. Ich kann wohl kaum an der Tür meiner Dame klopfen, wie es sich gehört.“

„Dennoch besucht Ihr mich immer wieder“, flüsterte Muriella fast mehr zu sich selbst, „obwohl mein Vater Euch für einen Feind des Königs hält.“ Ihr Bein fühlte sich jetzt kalt und bloß an und sie wünschte, er würde seine Hand wieder zurücklegen.

Gallian wischte ihre Bedenken mit einer kurzen Geste beiseite. „Ich habe andere Freunde."

„Wieso verachtet mein Vater Euch so sehr?" fragte Muriella jetzt herausfordernder, die Decke immer noch fest um die Schultern geschlungen. „Er verurteilt niemanden ohne Grund."

„Was sollen diese Fragen?" Gallian sprang mit einem Aufschrei vom Bett auf, der das Feuer im Kamin auflodern ließ, als hätte er im Zorn seine magischen Kräfte nicht mehr unter Kontrolle. „Ich bin sicher nicht hergekommen, um von Euch verhört zu werden!" Verärgert begann er im Zimmer auf und ab zu laufen wie ein gereiztes Tier.

„Er haßt mich", stieß er hervor, „weil ich mich vor dem allmächtigen König und seinem Magier nicht entwürdige und in den Staub werfe. Weil ich mir nehme, was mir gefällt." Er trat wieder an das Bett heran. „Und sei es die Tugendhaftigkeit seiner Tochter." Etwas Kaltes und Berechnendes war in sein Gesicht getreten. Muriellas Herz schlug ihr bis zum Hals und ihr lief ein kalter Schauer über den Rücken.

„Verlaßt mein Gemach auf der Stelle", sagte sie mit weit aufgerissenen Augen und leiser aber bestimmter Stimme. „Verschwindet aus meinem Leben!"

„Jetzt wollt Ihr mich also auch verbannen, nach allem, was wir schon erreicht haben?" Gallian starrte sie an und lachte mit verzerrtem Gesicht. „War ich es nicht, der Eure Kräfte erweckt hat? Eure Visionen?" Er machte einen drohenden Schritt auf das Bett zu und Muriella umklammerte die Decke noch fester.

„Nichts als Alpträume und billige Taschenspielertricks", flüsterte sie mit gesenktem Blick.

„Schweig, Undankbare!" grollte Gallian und auf einen Schlag verloschen Kaminfeuer und Lampe und Muriella saß allein in der Dunkelheit.

∴

Erleichtert waren sie aus dem eiskalten Fluß gestiegen, hatten sich jedoch keine Verschnaufpause gegönnt. Farmer trieb Bastien und Norick unerbittlich voran, obwohl auch er erschöpfter war, als er zugeben wollte. Seit Stunden marschierten sie jetzt schon durch den dichten Wald, die meiste Zeit in trüber Dunkelheit, da die Sonne untergegangen war, kurz nachdem sie die Schlucht und die Überreste der Brücke hinter sich gelassen hatten. Farmer ging voraus und führte sie fast schlafwandlerisch über schmale Trampelpfade, die im nächtlichen Wald kaum zu erkennen waren. Dicht hinter ihm folgte Bastien, der seit der Brücke kein Wort mehr gesprochen hatte, und Norick bildete den Abschluß. Immerhin ging es seit einiger Zeit nicht mehr bergauf und statt des dichten Nadelwaldes wuchsen hier vor allem große Laubbäume zwischen deren Stämmen mehr Platz war. Der kahle Boden zwischen den Kiefern und Fichten war einem federnden Laubwaldboden gewichen, der ihren Schritt anspornte und alle Geräusche dämpfte.

Obwohl Norick froh war, daß Farmers strammes Marschtempo bereits nach kurzer Zeit die Kälte aus seinen Gliedern vertrieben hatte, war der größte Teil seiner Kleidung noch ziemlich naß. Schmerzhaft spürte er, daß seine feuchte Hose ihn an mehreren Stellen wundgescheuert hatte, aber das war nichts im Vergleich zu der bleiernen Schwere, die sich langsam auf seine Glieder legte. Sie waren am Ende ihrer Kräfte. Er beobachtete schon eine ganze Weile, wie Bastien sich vor ihm nur durch schiere Willenskraft auf den Beinen hielt und hinter Farmer hertaumelte, der nach wie vor stetig und kraftvoll voranschritt. Der Mann schien keinen Schlaf zu brauchen.

Zum wiederholten Mal stolperte Bastien über eine Wurzel und taumelte keuchend zu Boden. Aber diesmal schaffte er es nicht, sich wieder aufzuraffen, sondern lehnte sich nur schnaufend an den nächsten Baumstamm.

„Ich bin so müde", stöhnte er und rieb sich die Augen.

Farmer war stehengeblieben und trotz des schwachen Mondlichts, das zwischen die Bäume fiel, konnte Norick die Ungeduld in seinem Gesicht erkennen, als er sich zu ihnen umdrehte.

„Wir müssen Rast machen." Norick sah Farmer ernst an und senkte dann den Blick auf den zusammengebrochenen Bastien. „Wir brauchen Schlaf."

„Wie kann ich schlafen, wenn Solana in der Gewalt der Krugs ist?" fragte Farmer mit tonloser Stimme.

„Wenn wir uns nicht bald ausruhen, werden wir ihr keine Hilfe sein, wenn wir sie finden", beharrte Norick und trat neben Bastien, der die Augen geschlossen hatte und immer noch schwer keuchend an dem Baum lehnte.

„In Ordnung", knurrte Farmer und ließ seinen Rucksack von der Schulter gleiten. „Laßt uns ein kleines Feuer machen, dann könnt ihr auch eure Sachen trocknen und bei Morgengrauen brechen wir wieder auf."

Norick nickte und Bastien lächelte dankbar mit geschlossenen Augen. Er machte einen halbherzigen Versuch aufzustehen und streifte sein nasses Hemd ab, bevor er wieder zu Boden sank und auf der Stelle einschlief. Norick sammelte schnaubend das Hemd ein und warf ihm noch eine Decke über, bevor er sich mit Farmer nach ein paar Ästen und Laub für ein kleines Feuer umsah. Sein Freund hatte recht, sie mußten irgendwie ihre Kleider trocknen, sonst würde eine Lungenentzündung sie niederstrecken, bevor die Krugs überhaupt die Gelegenheit dazu bekamen.

∴

Als Norick am nächsten Morgen erwachte, war das Feuer heruntergebrannt. Die Sonne stand noch niedrig und schickte ihre ersten Strahlen zwischen den moosbewachsenen Stämmen der großen Buchen und Ahornbäume hindurch. Morgennebel stieg vom Waldboden auf und ein frischer, erdiger Geruch lag in der Luft des neuen Tages.

Sein Körper schien eine Ansammlung von Schmerzen zu sein. Wie waren bloß so viele spitze Steine unter ihn geraten? Der Waldboden hatte sich gestern noch so weich angefühlt. Er drehte sich stöhnend auf den Rücken, streckte seine steifen Glieder und wikkelte sich langsam aus der Decke. Wenigstens waren ihre Sachen nun wieder trocken, oder zumindest nur noch klamm. Farmer trat neben ihn an die Überreste des Feuers und stocherte nach Glut in der Asche. Er wirkte angespannt und ungeduldig und hatte bereits wieder seinen Rucksack gepackt.

„Hast du überhaupt geschlafen?" Norick blinzelte und stand seufzend auf.

„Wenn ich die Augen schließe, sehe ich meinen toten Sohn", Farmer drehte sich von ihm weg und machte sich an seinem Rucksack zu schaffen.

Bastien lag noch immer genauso da, wie er am Abend zuvor eingeschlafen war. Norick ging zu ihm hinüber, warf ihm sein Hemd auf die Brust und stieß ihn mit dem Fuß an. „Hey, aufwachen! Sonst verpaßt du das Frühstück!"

Das Frühstück bestand aus harter Dauerwurst und einem kleinen Kanten Brot für jeden. Sie mußten sich Farmers Ration einteilen, denn Noricks und Bastiens Brote waren durch den Sturz in den Fluß ungenießbar geworden. Hastig aßen sie auf, löschten sorgfältig das Feuer und machten sich wieder auf den Weg.

∴

König Konreid mochte den Frühstückssaal besonders gern. Es war ein kleinerer, persönlicherer Raum als der große Speisesaal oder erst recht der Thronsaal. Die schlicht getäfelten Wände waren schmucklos und verliehen dem Raum vielleicht gerade deshalb seine Gemütlichkeit, die durch das Licht der Morgensonne, das durch die vielen kleinen Gläser der Butzenscheiben fiel, noch verstärkt wurde. Normalerweise war dies die Zeit des Tages, die er besonders genoß. Keine Bittsteller oder Hofbeamte wagten es vor dem Frühstück, um Audienzen zu bitten und sein nichtsnutziger Neffe verschlief ohnehin die meisten Vormittage.

Heute jedoch hatte er keinen Appetit und war mit seinen Gedanken bereits bei der Lagebesprechung mit den Generälen, die für den Vormittag angesetzt war. Und als hätte er nicht schon genug Sorgen, betrat jetzt auch noch Herzog Fallow mit einer übertriebenen Verbeugung den Raum.

„Mein gnädigster Herr!" begrüßte sein Neffe ihn mit unterwürfiger Stimme. „Laßt mich Euch erneut untertänigst um Verzeihung bitten, weil ich Eure Befehle mißverstanden habe."

„Ein Mißverständnis nennt Ihr das also?" fragte Konreid mit hochgezogenen Augenbrauen und spülte den letzten Bissen kalten Bratens mit einem Schluck Wasser hinunter.

„Jawohl", bestätigte Fallow mit einer weiteren, übertrieben tiefen Verbeugung und schob sich näher an den Tisch heran. „Gestattet Ihr, daß ich mich setze, Majestät?" Er legte eine blasse Hand, an deren Fingern mehrere prächtige Ringe funkelten, auf die lederbezogene Lehne des nächsten Stuhls und legte mit einem erwartungsvollen Lächeln den Kopf schief.

Der König nickte kurz und winkte einem der Diener, die an der Wand neben dem Buffet warteten. Fallow verbeugte sich ein weiteres Mal und ließ sich auf den Stuhl gleiten.

„Diener!" rief auch er noch einmal dem heraneilenden Dienstboten zu, um sich gleich darauf an Konreid zu wenden. „Ich weiß, daß ich ..." Der Diener stellte ihm Teller und Becher hin und Fallow scheuchte ihn mit einer fahrigen Handbewegung beiseite.

„Ich weiß, daß ich in der Vergangenheit Eures Vertrauens nicht würdig war", setzte er erneut an. „Vielleicht habe ich Euch und sogar dem ganzen Königreich bisher nur Enttäuschungen bereitet, aber ich werde mich ändern, das schwöre ich!" Er griff nach dem Becher und winkte ungeduldig dem Diener mit dem Weinkrug.

„Ich bin in mich gegangen und habe einen tiefgreifenden Entschluß gefaßt!" Der Herzog schien sich regelrecht in Rage zu reden und seine Augen quollen aus dem mitleidheischenden Gesicht. „Ich werde meinen jugendlichen Übermut in dieser schweren Zeit abstreifen und mich als würdiger Thronfolger erweisen." Er nahm einen schwungvollen Schluck aus seinem Becher, so daß ihm ein paar Tropfen Wein die Mundwinkel hinabrannen. Er wischte sie kurzerhand in seinen Brokatärmel und grinste den König stolz an.

Konreid warf ihm einen langen, von Zweifeln erfüllten Blick zu und seufzte. Dann schob er seinem Neffen die Platte mit dem Braten hinüber.

„Eßt!"

„Ich danke Euch, mein König", säuselte Fallow und belud seinen Teller mit deftigen Bratenscheiben. Er ließ seinen Blick über den Tisch schweifen und griff nach ein paar reifen Erdbeeren und einem saftigen Apfel, den er mit seinem Messer aufspießte.

„Mein Neffe", sprach Konreid ihn an, „Ihr zeigt zum rechten Zeitpunkt ein gewisses diplomatisches Geschick."

Fallow ließ erfreut die Bratenscheibe sinken, in die er gerade beißen wollte und richtete sich mit schwellender Brust auf.

Konreid hob beschwichtigend die Hand, lächelte dann aber. „Das ist doch ein Anfang."

Der Herzog nickte eifrig und füllte seinen Becher erneut mit Wein aus dem Krug, den der Diener inzwischen neben ihm auf den Tisch gestellt hatte. „Darf ich einen Trinkspruch ausbringen?" Er hob den gefüllten Becher und strahlte Konreid an.

„Ihr dürft", antwortete der König mit amüsiertem Blick, „aber bedenkt, daß Wein am Morgen nicht gerade von Euren guten Vorsätzen zeugt." Entsetzen sickerte in Fallows Züge und er hielt mit erhobenem Becher inne.

„In der Tat!" stieß er hervor und goß den Inhalt des Bechers mit gesenktem Blick neben dem Tisch auf den Boden. „Ja, in der Tat." Mit einem unsicheren Lachen stellte er den leeren Becher auf den

Tisch zurück und zögerte kurz, bevor er Konreid wieder ansah. „Lang lebe der König!"

Mit einem kurzen Lachen hob Konreid seinen Becher. „Vielen Dank." Er leerte den Becher und erhob sich. „Werter Herzog, Ihr müßt mich entschuldigen. Bleibt und eßt solange Ihr wollt." Der König nickte Fallow noch einmal zu, der hastig aufsprang und sich tief über seinem Teller verbeugte, und trat auf den Gang hinaus. Er hatte nicht viel Hoffnung, daß sein Neffe sich ändern würde, aber wenn Fallow es wenigstens versuchen würde, dann hätte er eine Sache weniger, um die er sich Sorgen machen müßte. Konreid seufzte und schlug den Weg zum Kartenraum im Löwenturm ein.

Die Generäle Hallet und Tarish warteten bereits vor der großen Landkarte von Ehb, die fast eine ganze Wand einnahm. Im Gegensatz zu dem jüngeren General legte Hallet weniger Wert auf ein schneidiges Auftreten, sein Kopf war kahlgeschoren und sein Gesicht bartlos und von noch dunklerer Hautfarbe als das Tarishs. Seine bullige Gestalt und sein wettergegerbtes Aussehen unterstrichen, daß er weniger ein Taktiker als ein kampferprobter Haudegen war. Vielleicht hatte er auch dadurch den ersten Überraschungsangriff der Krugs überlebt.

„Die Krugs haben zuletzt Stonebridge im Süden angegriffen", stellte Hallet grimmig fest, nachdem er Konreid zur Begrüßung respektvoll zugenickt hatte.

„So bleibt ihnen jetzt nach Norden nur der Weg um den Wald von Sedgwick", ergänzte Tarish und fuhr mit der Spitze seines Schwertes die Karte ab. „An den Sümpfen vorbei, hierher." Er hielt in der Bewegung inne und ließ die Schwertspitze auf einem Tal zwischen dem ausgedehnten Waldgebiet und den Schluchten der nördlichen Berge ruhen.

„Dort sollten wir angreifen, Majestät", sagte General Hallet. „Wenn sie erst die engen Gebirgspässe vor Crystwind erreichen, erlaubt uns das Terrain nicht mehr die Legionen effektiv in Stellung zu bringen."

Konreid nickte nachdenklich und rieb sich den Bart. „Vorausgesetzt, die Krugs verhalten sich so, wie wir es von ihnen erwarten."

∴

Ein rauher Höhenwind bauschte Mericks Roben und zerrte an seinem Haar. Unter ihm erstreckte sich ein Tal so tief, daß die Strahlen der Sonne es zu dieser frühen Morgenstunde noch nicht erreichten. Doch selbst die Mittagssonne würde die dichten schwarzen Wolken nicht durchdringen können, die Gallians dunkle Magie über Crystwind zusammengezogen hatte. Nur die rotglühenden Lavaströme, die an mehreren Stellen aus den schroffen Hängen der kahlen Berge traten und sich träge in das Tal hinabwanden, verbreiteten ein gespenstisches Licht. Wo sie auf die bleierne Oberfläche des Sees auf der Talsohle trafen, stiegen dicke Säulen aus Dampf und Rauch in den Himmel auf und verbreiteten einen beißenden Schwefelgestank.

Merick konnte mehrere Gruppen von Krugs erkennen, die schwere Karren über die lange Steinbrücke bewegten, die sich über den toten See spannte. Ihre Fackeln bewegten sich wie winzige Funken auf das schwarze Maul des Eingangs von Crystwind zu. Die gewaltigen, ehemals so ehrfurchtgebietenden Statuen der alten Magier von Ehb, die den Eingang zu der Höhlenfestung bewacht hatten, waren geborsten, und von der alten Pracht der Fassade in der Felswand war kaum noch etwas zu sehen. Was vor Generationen eine Pilgerstätte des Wissens und des Lernens gewesen war, hatte Gallian zu unheiligem Leben erweckt und eine Brutstätte des Bösen geschaffen.

„Welch Frevel", stieß Merick mit zusammengezogenen Augenbrauen hervor. „Gallian, du bist zu weit gegangen." Seine Gestalt kräuselte sich im nächsten Windstoß und zerstob zu einer Rauchwolke, die auf den wirbelnden Luftströmen ins Tal ritt und durch eine Felsspalte in die Gewölbe von Crystwind eindrang.

Als Merick auf einem Vorsprung in der Wand eines riesigen Felsendoms wieder Gestalt annahm, bot sich ihm ein noch furchtbareres Bild als draußen. Gallian schien den gesamten Berg ausgehöhlt zu haben. Im Schein unzähliger Feuer konnte er beobachten, wie die Krugs Gruppen von menschlichen Sklaven antrieben, die weitere Gänge in den Stein schlugen, Waffen oder Rüstungen schmiedeten, oder die Beute der Raubzüge in die Lagerhöhlen schleppten. Merick schüttelte ungläubig den Kopf. Er hatte Gallian unterschätzt.

„Mögen die Götter uns gnädig sein!"

∴

Farmer legte das gleiche Tempo wie gestern an den Tag und trieb sie unbarmherzig weiter. Der Wald durch den sie marschierten, hatte sich im Laufe der letzten Stunden verändert, er war irgendwie älter geworden und stiller. Die Bäume ragten noch höher in den Himmel und das Licht unter ihrem Blätterdach schimmerte silbrig und ließ weiter entfernte Konturen verschwimmen. Der Wald wirkte unwirklich und fremd, und die knorrigen, grauen Stämme der Bäume erinnerten an die Säulen einer riesigen Halle. Kein Geräusch außer dem ihrer schnellen Schritte auf dem weichen Boden war mehr zu hören. Langsam dämmerte Norick, wohin Farmer sie führte.

„Das gefällt mir nicht, Farmer", sagte er leise und blieb zögernd stehen. „Niemand betritt den Wald von Sedgwick ungestraft."

„Der Wald bedeckt die ganze Hochebene", antwortete Farmer und ging unbeirrt weiter. „Nur so können wir den Krugs den Weg abschneiden."

„In diesem Wald werden wir mehr antreffen, als Gestrüpp und Bäume." Norick beeilte sich, wieder an Farmers Seite zu kommen. „Jeder weiß, daß man ihn nicht leichtfertig betreten sollte, und niemand will hier die Nacht verbringen!"

„Wenn es Nacht wird, zünden wir Fackeln an." Farmer würdigte ihn keines Blickes.

„Fackeln ziehen nur unerwünschte Blicke auf sich", konterte Norick.

„Und wenn schon!"

„Farmer!" rief Norick so laut aus, daß er selbst erschrak und den Blick durch die Baumwipfel schweifen ließ. „Du weißt selbst, was man sagt", fuhr er leiser fort, „es heißt, daß hier im Wald gewisse ... Dinge geschehen."

Farmer blieb stehen und sah ihn mit zur Seite geneigtem Kopf an.

„Man sagt auch, die Götter wachen über die Unschuldigen."

Norick wußte nicht, was er darauf sagen sollte, ohne einen handfesten Streit zu provozieren und rieb sich ärgerlich und sprachlos sein stoppeliges Kinn. Er warf einen Blick auf Bastien, der ihnen stumm gefolgt war und schwer atmend auf den Boden blickte. Von hier konnte er keine Hilfe erwarten.

„Die Leute sagen viel, aber nichts davon hilft uns jetzt weiter." Farmer wandte sich entschlossen von ihm ab und ging wieder los. „Kommt, wir haben noch einen weiten Weg vor uns."

∴

Farmer mußte sich eingestehen, daß er Noricks Bedenken nur zu gut verstand. Er hatte seine eigene Sturheit siegen lassen, und die anderen beiden waren ihm seit dem letzten Wortwechsel schweigend gefolgt, aber ganz wohl war ihm dabei auch nicht. Auch er kannte die Geschichten über den Wald von Sedgwick und zu allem Überfluß war er sich inzwischen auch gar nicht mehr sicher, ob sie sich noch in die richtige Richtung bewegten. Zumindest jedoch war er sich ziemlich sicher, daß sie nicht im Kreis liefen. Diese Angst hatte ihn schon vor einiger Zeit beschlichen, und er hatte begonnen, sich bestimmte Bäume, auffällige Wurzeln und ähnliche Landmarken einzuprägen, aber bislang nichts wiedererkannt. Aber was machte er sich vor, der verdammte Wald sah sowieso überall gleich aus. Ohne seine Verzweiflung zu zeigen, blieb Farmer an einem kleinen Abhang stehen und versuchte sich zu orientieren.

„Ich kann keinen Pfad mehr erkennen", meldete Norick sich säuerlich zu Wort.

„Es gibt keinen Pfad", antwortete Farmer ohne seinen alten Freund anzusehen.

„Woher wissen wir dann, wohin wir gehen müssen?" bohrte dieser nach.

Wortlos lief Farmer den Abhang hinunter und marschierte in ihrer alten Richtung weiter. Er konnte nicht zugeben, daß Norick recht hatte. Er konnte nicht zugeben, daß er sich verlaufen hatte. Es kam ihm wie Verrat an Solana vor. Er schluckte seine Zweifel hinunter, wie er es in den letzten Stunden schon so oft getan hatte und beschleunigte noch einmal seinen Schritt.

Immerhin schien sich das Gelände jetzt doch ein wenig zu verändern. Der weiche Waldboden, der bisher ein bunter Teppich aus altem Laub mit kleineren Inseln aus dichten Farnbüscheln gewesen war, wurde nun von immer mehr Unterholz bedeckt. Niedriges Buschwerk und dichte Efeumatten, die sich auch um die Stämme der Bäume wanden, wechselten sich ab. Ihr zügiges Tempo wurde durch Unebenheiten im Boden und Ranken, die sich um ihre Beine zu schlingen schienen, deutlich gebremst. Farmers erste Freude über neue Orientierungsmöglichkeiten wich bald einem wachsenden Mißtrauen, das ihm kalte Schauer den Rücken hinunter jagte. Jetzt war er sich sicher, daß in diesem Wald etwas nicht stimmte und wachsam spähte er voraus, ohne jedoch die Richtung zu ändern.

Immer wilder wuchernderer Efeu und andere Schlingpflanzen rankten sich hier bis in die Kronen der Bäume hinauf und machten das Blätterdach noch dichter und das Licht deutlich trüber. Bald wanderten sie durch ein grünes Halbdunkel, durch das nur vereinzelt Sonnenstrahlen wie helle lange Finger griffen. Irgendwo dort oben mußte die Nachmittagssonne stehen. Ein plötzliches Geräusch riß Farmer aus seinen Gedanken. Es klang als wäre ein größeres Tier irgendwo hinter ihnen durch das Blattwerk gebrochen. Er mußte sofort an die Krugs denken, die ihn auf seinem Hof überrascht hatten und tastete nach seinem Messer. Aber das Geräusch schien von oben aus den Ästen der Bäume gekommen zu sein.

„Wartet", zischte er und blieb stehen, alle Sinne geschärft.

Alles blieb still, nur Norick nahm lautlos seinen Bogen von der Schulter, legte einen Pfeil auf die Sehne und sah sich hinter ihnen um. Dann ließ sie ein neuerliches Geräusch herumwirbeln. Irgend etwas huschte so schnell zwischen den Zweigen über ihnen hindurch, daß Farmer es wieder nicht erkennen konnte. Für einen Krug war es viel zu schnell und gewandt, außerdem war kaum vorstellbar, wie eine dieser Kreaturen überhaupt dort oben hinaufgelangt sein sollte. Vielleicht war es doch nur ein großer Vogel? Auch Norick hatte sich herumgedreht und ließ seinen Pfeil über Farmers Kopf hinweg von der Sehne schnellen, aber dieser traf nur einen der alten Baumstämme und blieb dort zitternd mit einem dumpfen Geräusch stecken.

Im nächsten Moment war der ganze Wald um sie herum voller raschelnder Geräusche. Farmer hörte, wie etwas von allen Seiten durch das Unterholz auf sie zuschoß und sah gleichzeitig aus dem Augenwinkel, wie sich mehrere Gestalten von oben aus dem Blätterdach herabließen. Mit einem Aufschrei warf Bastien die Arme hoch und wurde mit einem Ruck von den Füßen gerissen und an ihnen in die Höhe gezogen. Farmer wollte einen Satz auf Norick zu machen, um ihn vor dem gleichen Schicksal zu bewahren, da hatte auch ihn bereits etwas an den Stiefeln gepackt. Grünbelaubte Ranken wanden sich um seine Beine, und bevor er sein Messer ziehen konnte, baumelte er auch schon kopfüber in der Luft.

In einem Regen aus grünen Blättern wurden sie in die Höhe gezogen, bis sie ihren Angreifern Auge in Auge gegenüber hingen.

Mehrere zierliche Frauen hatten sich rings um sie herum an Ranken und Lianen aus dem Blätterdach herabgelassen. Ihre ungewöhnliche, enganliegende Kleidung aus Leder und grünem Stoff verschmolz mit den Farben des Waldes und bildete eine perfekte Tarnung. Nur ihre grimmigen Blicke und ihre hellen Haare schienen im Halbdunkel des Waldes beinahe zu leuchten.

„Du hattest recht, Norick", stöhnte Bastien in Farmers Rücken. Norick grunzte und schwang sich vorsichtig herum, um besser sehen zu können.

„Hast du das etwa auch eingeplant", stieß er hervor, aber Farmer ignorierte ihn und musterte ihre Feinde.

Eine weitere Frau glitt mit einer geschmeidigen Bewegung an einer Ranke herab, die wie von Zauberhand vor Farmers Augen aus den Baumkronen herunterschoß. Offenbar war sie die Anführerin der Gruppe, denn die anderen wichen respektvoll etwas zurück und schienen auf ein Zeichen von ihr zu warten. Die Baumfrau musterte sie unverhohlen mit spöttischem Blick. Farmer war ergriffen von ihrer stolzen Haltung und ihrer fremdartigen Schönheit. Er wich ihrem prüfenden Blick aus und ließ seine Augen über ihr Gefolge schweifen. Die anderen Frauen waren nicht weniger beeindruckend, ihr Haar, das sie fast alle kurz trugen, leuchtete in ungewöhnlichen Blond- und Rottönen wie die Morgen- und die Abendsonne. Alle hatten die Körper und Gesichter junger Frauen, doch ihre dunklen Augen, die wie unendlich tiefe Seen erschienen und funkelten wie uralte Juwelen, ließen darauf schließen, daß der erste Eindruck ein Trugschluß war. Hier und da konnte er ein Lächeln auffangen, das ihm die Nackenhaare zu Berge stehen ließ. Zumindest scheinen sie nicht vorzuhaben uns zu töten, dachte er und drehte sich mit einem kleinen Ruck der Anführerin zu. Sie trug eine Efeuranke in ihrem hellgoldenen Haar, die weniger wie ein Schmuck aussah, sondern vielmehr, als würde sie dort wachsen.

„Laßt uns herunter", forderte Farmer mit gepreßter Stimme.

„Sobald ich es für richtig halte“, antwortete die Waldbewohnerin mit klarer Stimme.

Farmer bäumte sich schnaubend auf und zog sein Wurfholz aus dem Gürtel. Mit aller Kraft schleuderte er es in einem aufwärtsgerichteten Bogen, so daß das scharfkantige Holz die Ranken durchtrennte, die ihn an den Füßen fesselten. Mit einem halben Salto und eleganter, als er es sich selbst zugetraut hätte, landete er auf den Füßen und fing das Wurfholz wieder ein.

Die Anführerin schwang sich an ihrer Liane weiter herab, bis sie kopfüber kurz über ihm hing. Ihre Augen blitzten wütend.

„Was habt ihr hier zu suchen, Menschen? Wir hassen eure Waffen und eure Mordlust.“ Sie warf einen Seitenblick auf Norick, der seinen Bogen noch immer umklammerte und keinen Mucks von sich gab.

„Wir sind nur auf der Durchreise“, gab Farmer zurück.

„Dann beeilt euch“, mit einer kurzen Handbewegung ließ sie die Ranken, die Norick und Bastien hielten, zurückschnellen und die beiden purzelten schreiend zu Farmers Füßen zu Boden. „Und kehrt nie wieder zurück!“

Farmer wollte Norick die Hand reichen, um ihm aufzuhelfen, aber der schlug sie beiseite und schüttelte verärgert seinen rotangelaufenen Kopf.

„Wir haben uns verlaufen“, keuchte er mit einem zornigen Blick auf Farmer.

„Menschen“, lachte die Frau glockenhell über ihnen. „Nicht nur nutzlos, sondern auch hilflos.“

Acht

Muriella hatte kaum geschlafen und sich die ganze Nacht unruhig hin und her gewälzt. Gallians letzter Besuch hatte sie nicht nur verärgert, sondern vor allem in tiefe Sorge gestürzt. Was hatte er vor? Nach seinem Verhalten in letzter Zeit zu urteilen, konnte es nichts Gutes sein. Und wieviel hatte sie ihm bei seinen Plänen bereits geholfen? Wie dumm und verblendet sie gewesen war, beeindruckt und leicht beeinflußbar wie ein kleines Mädchen. Wütend und mit langsam aufsteigender Verzweiflung lief sie durch die hohen Gänge der Burg und suchte nach König Konreid. Eine Wache hatte ihr gesagt, daß er bei einer Besprechung mit seinen Generälen war. Lieber hätte sie mit ihrem Vater gesprochen, aber er war nicht in der Burg und niemand wußte, wann er zurückkehren würde.

In der Halle des Löwenturms stieß sie fast mit dem alten König zusammen, als er schnellen Schrittes um eine Ecke bog, dicht gefolgt von seinen Generälen.

„Eure Majestät!“ Atemlos knickste sie und strich über ihr Kleid. „Gibt es Neuigkeiten von meinem Vater?“

„Euer Vater ist in meinem Auftrag unterwegs“, antwortete der König und hob tadelnd die Brauen.

„Ich bitte Euch“, flehte sie den Monarchen an, bevor er sich wieder abwenden konnte, „sagt mir, was vor sich geht.“

Konreid gab seinen Generälen einen Wink und sie zogen sich respektvoll zurück, dann wandte er sich an Muriella und sah sie aus seinen grauen Augen ernst an.

„Ich fürchte, daß mein Vater in Gefahr ist“, drängte sie mit gedämpfter Stimme.

„Der Großmagier des Königs trägt eine schwere Verantwortung", antwortete der König bedächtig, „und eine Tochter, die sich in die Angelegenheiten von Männern einmischt, kann er nicht gebrauchen." Er musterte sie von Kopf bis Fuß und Muriella kämpfte gegen den Drang, ihr Kleid erneut glattzustreichen.

„Mein Vater glaubt, mich in dieser Burg einzusperren, würde mich beruhigen, aber er irrt sich." Eindringlich sah sie den König an. „Ich habe diesen Hof noch nie in so bedrückter Stimmung erlebt."

Er nickte langsam und schien die richtigen Worte für seine Antwort zu suchen, als plötzlich alle Farbe aus seinem Gesicht wich. Er griff mit zitternder Hand nach ihrer Schulter.

„Die Dunkelkeit von der Ihr sprecht", stieß er leise hervor, „ich spüre sie auch." Er keuchte heiser und krallte sich in den grünen Samt ihres Kleides. Seine Augen blickten glasig ins Leere und kalter Schweiß bildete sich auf seiner Stirn.

„Diese Dunkelheit ist eine Ausgeburt schwarzer Magie!" Seine Worte waren kaum mehr als ein Flüstern, doch sie hallten in Muriellas Kopf wider wie Paukenschläge. Für einen kurzen Moment sah sie in Konreids starrem Blick die Augen ihres Vaters aufblitzen. Er hatte es auch gespürt! Sie fühlte den Wind, der an ihm zerrte, als er seinem Pferd die Sporen gab und es weiter antrieb. Mit weit aufgerissenen Augen starrte sie Konreid an.

„Euer Vater sucht nach dem Ursprung", hauchte Konreid mit letzter Anstrengung, „und nach Hilfe."

„Hilfe!" rief auch Muriella entsetzt und versuchte verzweifelt, den kraftlosen König zu stützen. Seine schlaffe Hand auf ihrer Schulter war kalt wie Eis.

„Eure Majestät!" Tarish sprang herbei und fing seinen Herrn auf, bevor er zu Boden stürzte.

∴

Zusammengekrümmt vor Schmerzen tastete sich Fallow an der rauhen Wand durch die feuchte Dunkelheit. Er hatte nicht die Kraft gehabt, oben eine Fackel zu entzünden, und war ohne Licht die schlüpfrige Treppe hinuntergestolpert. Immer wieder war er auf den ausgetretenen Steinstufen ausgerutscht und hatte sich mit verzweifelter Willensanstrengung wieder an der Wand hochgezogen. Vor seinen Augen drehten sich grelle Farbwirbel, und er hatte das Gefühl, seine Gedärme würden ihm aus dem Leib gerissen und auf jene stachelige Walze aufgewickelt, die er als Kind in der alten Folterkammer gesehen hatte.

Mit letzter Kraft ließ er sich am Fuß der Treppe in den Lichtkreis der einsamen Fackel fallen, in der Gallian auf ihn wartete. Durch die trüben Schlieren vor seinen Augen konnte er erkennen, wie der Magier ihm zulächelte.

„Gallian", kreischte Fallow und schlang sich die Arme um den schmerzenden Bauch, „ich sterbe!"

„Habt Ihr gut mit dem König gespeist?" fragte Gallian vergnügt. „Ich dachte, Ihr wärt so in Eile, wolltet die Sache beschleunigen."

Mit einem Schmerzensschrei richtete Fallow sich auf, die Augen schienen ihm aus den Höhlen springen zu wollen.

„Was habt Ihr getan?" keuchte er.

„Vielleicht", fuhr Gallian fort und schlenderte langsam auf ihn zu, „habe ich dem Mahl des Königs etwas Würze verliehen."

Fallow stöhnte laut und krümmte sich wieder. „Ihr habt mich vergiftet", heulte er, „Ihr habt mich getötet!"

„Nun werdet nicht gleich melodramatisch", spottete der Magier mit funkelndem Blick. „Als ließe sich das nicht wieder in Ordnung bringen." Eine golden schimmernde Glasphiole erschien in seiner Hand und sein Lächeln wurde noch breiter.

Mit einem gierigen Schrei grapschte Fallow nach dem Fläschchen, aber Gallian zog im letzten Moment die Hand zurück und ließ das Gegengift in unerreichbarer Höhe über ihm baumeln. Er lachte wieder mit offensichtlichem Vergnügen.

„Laßt Euch das eine Lehre sein." Mit einem Mal war seine Stimme eiskalt. „Und vergeßt niemals, in wessen Händen die wahre Macht liegt."

„Ja", keuchte Fallow flehend und wand sich unter einer erneuten Welle des Schmerzes, „ja!"

Gallian ließ das wertvolle Fläschchen los und für einen verzweifelten Moment dachte Fallow, er hätte nicht mehr die Kraft es aufzufangen und seine letzte Rettung würde auf dem kalten Steinboden des Gewölbes zerschellen. Aber dann spürte er das kühle Glas der Phiole zwischen den Fingern, und riß gierig den Stopfen heraus. Eine dicke, bittere Flüssigkeit rann durch seine ausgetrocknete Kehle, als er das Fläschchen an die Lippen setzte. Sofort wichen die reißenden Schmerzen in seinem Unterleib einem dumpfen Pochen und mit einem erleichterten Seufzer ließ er die leere Flasche sinken.

Im selben Augenblick stand Gallian über ihm und hatte ihn am Kragen gepackt. Er zog Fallows schweißüberströmtes Gesicht direkt vor seines.

„Jetzt verdankt Ihr mir Euer Leben", fuhr er Fallow an, „und ich werde Euch bald wissen lassen, wie Ihr mir dies vergelten könnt."

∴

Merick stob in gestrecktem Galopp auf die Burg von Ehb zu. Er hoffte inständig, sich geirrt zu haben, aber alle seine magischen Sinne sagten ihm, daß er zu spät kam. Ohne am Tor haltzumachen, lenkte er sein Pferd bis in den Burghof und hetzte von dort zu Fuß weiter bis zu den Räumen des Königs. Die ängstlichen Blicke der Dienstboten bestätigten seine schlimmsten Vermutungen. Ohne sich aufhalten zu lassen, stürmte er bis in die Gemächer des Königs.

Konreid lag regungslos auf seinem prächtigen Bett. General Tarish saß neben ihm auf einem Stuhl und erhob sich mit besorgtem Ausdruck, als er Merick hereinkommen sah. Ohne ein Wort trat dieser neben den General an das Bett heran und konzentrierte sich auf das bleiche Gesicht des Königs. Sein Blick forschte nicht nur nach äußerlichen Symptomen, sondern durchdrang Haut, Knochen und Muskelfasern, sah den reinen Lebensfunken des Monarchen, der nur noch schwach seinen Herzschlag antrieb.

„Der König wurde vergiftet", stellte er ruhig fest und begegnete Tarishs Blick.

„Wird er es überleben?" stieß der General zwischen den zusammengepreßten Lippen hervor.

„Vielleicht", antwortete der Magier, legte seinen Reiseumhang ab und krempelte die Ärmel seiner Robe hoch. „Wenn es noch nicht zu spät ist." Damit beugte er sich wieder über das Bett und ließ seine Hände unter gemurmelten Bannsprüchen langsam über dem geschwächten Körper des Königs kreisen.

∴

Als Merick sich schließlich erschöpft in den Stuhl fallen ließ, in dem Tarish zuvor gesessen hatte, bemerkte er, daß inzwischen auch General Hallet den Raum betreten hatte. Die beiden Offiziere waren in eine flüsternde Unterhaltung vertieft, aber auch wenn Merick kein Wort verstand, spürte er deutlich, daß Hallet keine guten Nachrichten brachte. Er konnte nur hoffen, daß sein Bann dem König genug Kraft gab, um die bevorstehende Krise zu meistern. Es war ihm nicht gelungen, das unbekannte Gift gänzlich zu neutralisieren, da die Substanz von einer mächtigen, dunklen Magie durchdrungen war. Aber fürs erste hatte er ihre Wirkung eingedämmt und dem Körper des Königs die Chance zur Erholung gegeben. Konreid schlief jetzt mit ruhigen Atemzügen und sein Gesicht hatte wieder etwas Farbe angenommen.

Tarish drehte sich zu ihm um. „Ich muß allein mit Euch sprechen", sagte er mit gesenkter Stimme und wies auf die Tür zum Balkon. Merick nickte und folgte ihm nach draußen.

„Herzog Fallow hat die Burg verlassen“, berichtete Tarish mit finsterem Blick. „Zwei Legionen sind ihm gefolgt.“

„Dann wissen wir auch, wer den König vergiftet hat.“ Merick ließ den Blick über die grünen Hügel jenseits der Burgmauern gleiten. „Aber ich spüre auch, daß Gallian seine Hand im Spiel hat.“ Er wandte sich Tarish zu. „Wie viele Truppen bleiben uns noch?“

„Ein Drittel“, sagte der General tonlos. Merick nickte grimmig.

„Nun, ich habe die Horden der Krugs gesehen“, sagte er. „Gallian stellt eine Armee auf, eine gigantische Armee.“

„Wie kann das sein?“ fragte Tarish mit einem ungläubigen Kopfschütteln. „Wie ist es möglich, daß ein einzelner Mann zu so etwas imstande ist?“

Die Erkenntnis traf Merick wie ein Blitzschlag. „Muriella!“ murmelte er und erbleichte.

∴

Auf der Hochebene unweit der Burg ritt Herzog Fallow die Reihen der angetretenen Soldaten ab. Wie gut, daß die königliche Armee zur Zeit ständige Bereitschaft hatte. Und wie gut, daß die plötzliche Krankheit des Königs in der Burg für soviel Unruhe gesorgt hatte und die Aufmerksamkeit seiner engsten Berater völlig in Anspruch nahm. Trotzdem konnte er sich nur wundern, wie es ihm gelungen war mit zwei Legionen die Burg zu verlassen, ohne von Tarish oder einem der anderen königlichen Wachhunde aufgehalten zu werden. Aber Gallian hatte recht behalten. Er mußte sich nur selbstbewußt auf sein Führungstalent verlassen, dann folgten die Männer ihm auch. Mit einem zufriedenen Lächeln hielt er sein Pferd an und wandte sich den Truppen zu.

„Wir ziehen nach Norden“, rief er, „dort warten bereits unsere neuen Verbündeten.“ Er konnte die freudige Erwartung in seiner Stimme kaum verbergen. „Für viele Generationen werden wir mit unserer vereinten Streitmacht für Ruhe und Frieden im Reich sorgen!“

Ein Reiter löste sich aus der Gruppe der Stabsoffiziere und lenkte sein Pferd neben Fallows.

„Wo ist General Tarish?“ fragte er mißtrauisch. „Warum erhalten wir unseren Marschbefehl nicht von ihm?“

Das Lachen auf Fallows Gesicht verzog sich zu einer wütenden Grimasse und mit einer hastigen Bewegung zog er seinen schmalen Dolch und stieß ihn dem Offizier zwischen den Ringen des Kettenhemdes in den Bauch. Mit einem röchelnden Gurgeln sank der Mann von seinem Pferd und Fallow wischte angewidert das Blut von seinem Dolch.

„Steht sonst noch jemandem der Sinn nach Verrat?“

∴

Entsetzen, Zorn und Angst rangen in Mericks Gedanken um die Vorherrschaft, als er mit eiligen Schritten in den sonnigen Garten der Burganlage stürmte. Wie hatte er so blind sein können? Er hoffte noch immer, daß sein Gefühl ihn trog, aber sein Verstand sagte ihm, daß er die einzige Erklärung für Gallians plötzliche Macht gefunden hatte.

„Vater!“ Muriella kam ihm bereits zwischen den ersten Baumreihen entgegengeeilt, ihre Augen waren gerötet und ihr Blick suchte angsterfüllt den seinen. Sein Herz wurde schwer.

„Meine eigene Tochter“, rief Merick mit bebender Stimme aus und blieb wie angewurzelt stehen, „hat mich an meinen Erzfeind verraten!“

Sie verlangsamte ihre Schritte bis sie vor ihm stand, die Finger in die langen Trichterärmel ihres Kleides gekrallt und den Blick auf den weißen Kiesweg gesenkt. Ihre langen Wimpern glitzerten vor Tränen.

„Wie sehr mußt du mich hassen?“ Mit größter Mühe stieß er die Worte hervor und ergriff ihren Arm. Sie zitterte noch mehr als er selbst.

„Ich dachte, ich würde ihn lieben", flüsterte sie und sah ihn mit aufgerissenen verzweifelten Augen an.

„Er ist ein Meister der Manipulation", stieß Merick kopfschüttelnd hervor und nahm ihre Hand zwischen seine Hände, „keiner beherrscht das Spiel mit Gefühlen so wie er. Hast du denn gar nichts gelernt?"

„Du hältst mich hier wie eine seltene Orchidee", schluchzte Muriella zornig und riß sich von ihm los. „Aber du lehrst mich nichts, woher soll ich die Welt kennen?"

„Die Welt ist ein gefährlicher Ort!" antwortete Merick verärgert über ihre Uneinsichtigkeit. Er begann jedoch zu spüren, daß auch er nicht ganz unschuldig an Muriellas unbedachtem Verrat war. „Du solltest hier sicher sein", fügte er hilflos hinzu.

„Er hat mir das Gefühl gegeben, etwas zu bedeuten!" schrie sie, und die Tränen schossen ihr erneut in die Augen.

„Ihr Götter", murmelte Merick entsetzt und machte einen Schritt auf sie zu.

„Er hat mir ausgemalt, wozu ich fähig sein könnte, was ich lernen könnte – du kannst dir gar nicht vorstellen, wie sehr ich mich danach gesehnt habe!" Sie wich nicht mehr zurück und ließ es zu, daß er sie an den Schultern ergriff.

„Er hat dich benutzt, um mir zu schaden." Merick schüttelte seine schluchzende Tochter kurz und schloß verzweifelt die Augen. „Du hast ihm Zugang zur Macht unserer Blutlinie gewährt", sagte er mit leiser Stimme und sah sie eindringlich an. „Das hat das Gleichgewicht der Magie zu seinen Gunsten gestört. Deinetwegen könnte das Königreich verloren sein."

„Vater!" Von Weinkrämpfen geschüttelt sank Muriella gegen seine Brust. „Es tut mir so leid!"

Neun

Mehrere Stunden waren seit ihrer ersten Begegnung mit dem Waldvolk vergangen, und obwohl sie nicht den besten Start gehabt hatten, schritt ihnen Elora, die blonde Anführerin, jetzt durch den Wald voran. Norick war sich durchaus bewußt, daß nur ein sehr unsicherer Frieden zwischen ihnen herrschte. Elora war die einzige der Frauen, die sich zu ihnen auf den Boden herabgelassen hatte. Die anderen begleiteten sie hoch oben unter dem Blätterdach, und er hatte keinen Zweifel daran, daß die Waldbewohner den Pflanzen jederzeit den Befehl erteilen konnten, sie zu fesseln und langsam zu erwürgen. Oder schlimmer noch: sie verschwanden so schnell wie sie gekommen waren und ließen ihn und seine Freunde orientierungslos zurück. Nein, sie waren auf diese seltsamen Frauen angewiesen, und es war besser, sie nicht mehr zu verärgern, als sie es mit ihrer Anwesenheit in diesem Wald ohnedies schon getan hatten. Das lange Schweigen jedoch wurde immer unerträglicher und weder Bastien noch Farmer waren auf seine Versuche eingegangen, ein Gespräch zu beginnen.

„Was habt ihr eigentlich gegen die Menschen?“ wagte er eine Frage an ihre Führerin.

„Ihr haßt einander so sehr“, antwortete sie ohne sich umzudrehen, „warum sollten wir euch dann nicht auch hassen?“

Norick befürchtete bereits, damit wäre die Unterhaltung schon wieder beendet, aber nach einer kurzen Pause fuhr Elora fort. „Wir bleiben im Wald, um nicht in eure unsinnigen Streitigkeiten und Kriege und eure gedankenlosen Unternehmungen verwickelt zu werden, aber ihr taucht hier auf und schießt eure Pfeile in unsere Bäume.“ Bei den letzten Worten sah sie auf Norick zurück und er senkte schuldbewußt den Blick.

„Anderen Leid zuzufügen, scheint euer einziger Lebensinhalt zu sein, und daß ihr das selbst nicht erkennen könnt, macht euch um so gefährlicher.“

∴

Farmer war froh, als sie schließlich den Waldrand erreichten. Es war bereits wieder dunkel geworden, und zwischen den Stämmen konnten sie auf ein baumloses Tal hinabblicken, in dem in einiger Entfernung viele Lagerfeuer als kleine Lichtpunkte zu sehen waren. Ein unangenehmer Geruch wie nach ranzigem Fett hing in der Luft und verdrängte die erdige Frische des Waldes. Eine Vielzahl gedämpfter Laute, zusammen kaum mehr als ein Murmeln, drang aus dem Tal zu ihnen herauf. Farmer lauschte angestrengt in die Nacht, aber es fiel ihm schwer, einzelne Geräusche auszumachen. War das Waffenklirren? Menschliche Stimmen? Das Grunzen von Krugs? Er konnte nicht entscheiden, was er wirklich heraushörte und was er sich einbildete. Das dumpfe Grollen in der Ferne wies jedoch unmißverständlich auf ein heraufziehendes Gewitter hin.

„Weiter werde ich euch nicht begleiten“, riß Elora ihn aus seiner Konzentration. „Jetzt habt ihr den Wald verlassen und könnt euch wieder dem hingeben, was ihr am besten könnt. Viel Glück!“

Sie warf noch einen kurzen Blick auf die drei Männer, griff dann nach einer Ranke, die sich lautlos von oben aus dem Astwerk herabsenkte, und war so schnell verschwunden, wie sie am Morgen aufgetaucht war. Auch von ihren anderen schweigenden Begleiterinnen war nichts mehr zu sehen und die Männer waren wieder allein.

„Schauen wir uns das mal an“, flüsterte Bastien und deutete auf das Tal. Norick nickte zustimmend. Farmer fühlte, daß es den beiden ähnlich ging wie ihm. Einerseits waren sie erleichtert, den Wald von Sedgwick und seine unheimlichen Bewohnerinnen hinter sich gelassen zu haben, andererseits fragten sie sich, ob nicht die größere Gefahr noch vor ihnen lag. Das würden sie jetzt herausfinden.

„Hier entlang“, zischte Farmer und hetzte geduckt den Abhang hinunter auf ein größeres Gebüsch zu. Bastien und Norick folgten ihm dichtauf. Auf diese Art bewegten sie sich von Gebüsch zu Gebüsch, bis sie nahe genug an den ersten Feuerstellen waren, um besser sehen und hören zu können, was dort vor sich ging.

Es konnte jetzt keinen Zweifel mehr daran geben, daß sie das Lager der Krugs erreicht hatten. Ihr saurer Gestank war hier unten stärker und unverkennbar, und im Schein der flackernden Feuer konnten sie beobachten, wie die häßlichen Kreaturen gierig ihre noch halbrohen Rationen verschlangen. Die Krugs schmatzten und grunzten dabei so laut, daß es Farmer so vorkam, als säße er mitten unter ihnen. Doch jetzt waren ganz eindeutig auch menschliche Stimmen zu hören, ein leises Wimmern, dazwischen ein paar unverständliche Wörter oder ein erstickter Schrei. Farmers Magen zog sich krampfartig zusammen. Hoffentlich lebte Solana noch, und hoffentlich hatten die Krugs ihr nichts angetan!

Mit einem Kopfnicken erregte Norick seine Aufmerksamkeit, und Farmer folgte mit seinem Blick dem ausgestreckten Arm seines Freundes. Dort stand an einem der etwas weiter entfernten Feuer ein großer Wagen oder Karren. Wie der Brustkorb eines riesigen Skeletts wölbte sich eine Art Käfig zwischen den Rädern. Farmer glaubte zwischen den Gitterstäben menschliche Gestalten zu erkennen. Er nickte und biß grimmig die Zähne zusammen. Wie sollten sie an die Gefangenen herankommen? Geschweige denn sie aus diesem riesigen Lager mit unzähligen Krugs befreien? Jemand zog an seinem Ärmel, und als er den Kopf wandte, sah er Bastien, der auf ein besonders großes Gebüsch hinter ihnen deutete, das sie zuvor passiert hatten. Zögernd nickte er und folgte den anderen beiden zurück zu der Buschgruppe.

Es donnerte jetzt direkt über ihnen am schwarzen Himmel und die ersten Regentropfen fielen. Einer nach dem anderen ließen sie sich in die flache Mulde zwischen den Sträuchern fallen, Farmer als letzter. Norick sah ihn fragend an: „Und, haben wir einen Plan?“

Farmer zog die Mundwinkel nach unten und unterdrückte ein Kopfschütteln, doch bevor er dazu kam, sich eine Antwort zurechtzulegen, griffen die Krugs an. Wie aus dem Nichts stürzte eine kleine Gruppe durch die Büsche, und es gelang Farmer gerade noch rechtzeitig sich beiseite zu rollen, um nicht unter ihre schmutzigen Füße zu geraten. Mit einem Satz war er auf den Beinen und hatte sein Erntemesser gezogen. Ein kurzer Seitenblick ließ ihn erkennen, daß auch Bastien und Norick sich erhoben hatten und ihre Waffen zogen. Die Krugs waren von soviel Widerstand offenbar verblüfft und stolperten ungebremst in ihre Mitte.

Wie ein Mann drangen Farmer und seine Begleiter nun auf die verdutzten Angreifer ein. Farmer deutete einen von oben geführten Hieb an, duckte sich dann und unterlief die Abwehr seines Gegners, so daß er ihn über die Schulter und zu Boden werfen konnte. Blitzschnell schoß seine Klinge vor und durchbohrte die Kehle des Krugs. Norick drang mit wuchtigen Hieben seiner Hacke auf den zweiten Krug ein, der mit seinem kurzen Schwert sichtlich Mühe hatte, zu parieren und schließlich rückwärts über eine Wurzel stolperte, so daß Noricks nächster Hieb knirschend seinen Brustkorb spaltete. Währenddessen hatte Bastien den dritten Krug nach einem kurzen Schlagabtausch mit dem Schwert seines Vaters aufgespießt. Der Kampf war ebenso schnell zu Ende wie er begonnen hatte.

Schweratmend hielten sie inne und lauschten durch den Regen in die Dunkelheit, aber offenbar hatte das kurze Scharmützel keine weiteren Krugs angelockt. Erleichtert ließ Farmer sein Messer sinken und entspannte sich etwas, auch wenn, wie nach allen Kämpfen in den letzten Tagen, die Frage in ihm aufkeimte, warum sein Körper so genau wußte, wie er in einem Kampf zu reagieren hatte.

Norick hatte sich gleich an den erschlagenen Krugs zu schaffen gemacht und hielt jetzt mit bedeutungsvollem Blick einen ihrer verbeulten, rostigen Helme hoch.

„Freunde, wir haben einen Plan!“

∴

Seit Stunden war Merick nicht vom Bett des Königs gewichen. Obwohl er seinen Zauber bereits gewirkt hatte und nichts mehr tun konnte, außer zu warten, wollte er den Zustand des vergifteten Monarchen überwachen und jede Veränderung genau studieren. Außerdem wollte er dabeisein, wenn der König endlich wieder zu sich kam. Dieser Zeitpunkt schien nun gekommen zu sein, denn Konreid hatte sich bewegt und etwas Spannung war in seinen erschlafften Körper zurückgekehrt. Behutsam strich Merick dem König über die kräftige Hand und beobachtete seine flatternden Lider.

„Seid Ihr wach?“ fragte er mit leiser Stimme.

„Ja“, stieß Konreid heiser hervor und schlug die Augen langsam auf, „ich bin wach.“ Sein Blick klärte sich und richtete sich auf seinen Magier. Merick lächelte erleichtert. Er hörte, wie General Tarish hinter ihm aufhörte vor dem Kamin hin und her zu laufen und ebenfalls an das Bett trat. Der Magier stand auf, half dem König sich aufzusetzen und schob ihm ein Kissen in den Rücken.

„Einen König tötet man nicht so leicht“, sagte Konreid jetzt mit kräftigerer Stimme und seine Lippen verzogen sich zu einem gequälten Lächeln. „Wir werden angreifen“, fügte er mit aller Entschlossenheit, die er aufbringen konnte, hinzu und blickte von Merick zu seinem General.

„Aber Eure Majestät! Ihr seid vergiftet worden“, rief Tarish aus. „Wollt Ihr nicht erst wieder zu Kräften kommen?“

„Ich bin bei Kräften, General“, antwortete der König und setzte sich noch etwas aufrechter hin, „und bei Verstand.“

Er warf Merick einen fragenden Blick zu und der Magier deutete ein zustimmendes Nicken an. Beide lächelten entschlossen.

„Die Krugs rechnen nicht damit, daß wir jetzt angreifen. Genau das werden wir uns zunutze machen.“ Trotz aller Schwäche und des Giftes, das noch immer in seinem Körper kreiste, strahlte Konreid bereits wieder die Ruhe und das Selbstbewußtsein eines Monarchen aus. Merick bewunderte ihn dafür und er war beeindruckt von der besonderen Macht königlichen Blutes.

„Wer wollte mich umbringen?" fragte der König ihn leise. Merick senkte seinen massigen Kopf zu ihm herab und antwortete nicht viel lauter.

„Ich vermute, es war Euer Neffe, Herzog Fallow." Er musterte das blasse Gesicht des Königs, der für einen kurzen Moment um Fassung rang und die Augenbrauen nach oben zog. „Es kommt noch schlimmer. Er ist von der Burg geflohen, mit der elften und zwölften Legion sowie allen Wachen."

Der Blick des Königs erstarrte. „Wir greifen im Morgengrauen an", sagte er grimmig. „General, bringt Eure Truppen in Bereitschaft."

Konreid wartete, bis Tarish salutiert und den Raum verlassen hatte. Als er mit Merick allein war, wich die Anspannung und stolze Haltung aus seinem Körper und er ließ sich erschöpft in die Kissen zurücksinken.

„Wieviel Zeit habe ich noch?" fragte er mit ruhiger Stimme und gelassener Miene.

„Euer Leben neigt sich dem Ende zu", antwortete Merick und setzte sich wieder neben das Bett, „aber es bleibt noch genügend Zeit."

∴

Norick und Bastien hatten sich in die stinkenden Brustpanzer der Krugs gezwängt und sich, unter dem fluchenden Protest Bastiens, zwei der rostigen, spitzen Helme übergestülpt. Im Regen und in der Dunkelheit konnte man sie auf den ersten Blick nicht von Krugs unterscheiden, und zu einem zweiten Blick durften sie es eben nicht kommen lassen. Farmer war froh, daß Norick vorgeschlagen hatte, ihn als menschlichen Gefangenen mitzunehmen, so war ihm die widerliche Maskerade erspart geblieben. Wenn er Solana erst gefunden hatte, wollte er sowieso lieber auf Schnelligkeit und Wendigkeit setzen, als auf den zweifelhaften Schutz der widerlichen Krugrüstungen.

Trotz ihrer Tarnung hatten sie sich zuerst wieder von Gebüsch zu Gebüsch an das Lager herangetastet, aber jetzt gab es keine Deckung mehr. Es blieb ihnen nichts anderes übrig, als freies Gelände zu durchqueren und schließlich sogar mitten zwischen den Feuern der Krugs hindurch zu marschieren. Erneut grollte lauter Donner durch die Nacht, und der Regen prasselte immer heftiger auf sie nieder. Farmer fröstelte.

„Und du bist dir sicher, daß deine List funktioniert, Norick?" fragte er ein letztes Mal.

„Überhaupt nicht", schüttelte Norick den behelmten Kopf. Dann stieß er ein leises Grunzen aus und trat mit schlurfendem Schritt und pendelnden Armen hinter dem Gebüsch hervor. Bastien tat es ihm nach und gemeinsam zerrten sie Farmer mit, der angedeuteten Widerstand leistete und den Kopf gesenkt hielt.

Bereits nach ein paar Minuten hatten sie mehrere Feuer in einigem Abstand passiert ohne Aufsehen zu erregen, und auch der Krug, der in diesem Moment nur wenige Schritte vor ihnen ihren Weg kreuzte, beachtete sie nicht. Sie näherten sich jetzt langsam dem Käfigwagen, hinter dem in einer langen Reihe noch weitere ähnliche Wagen standen, wie Farmer jetzt erkennen konnte. Um die Insassen der Käfige genauer zu inspizieren, mußten sie in den Schein der Feuer treten, die hier brannten. Farmer spähte mit gesenktem Kopf in die Wagen und ließ sich von dem grunzenden Norick, so langsam wie sie es nur wagten, vorantreiben. Aus der Nähe erinnerten die Wagen beinahe noch mehr an überdimensionierte Brustkörbe. Sie waren aus geschwungenen, bleichen Ästen konstruiert, die oben an einem knorrigen Stamm aufgehängt waren. Dieser beschrieb einen großen Bogen und lief zu den Rädern, die vorne und hinten an beweglichen Achsen aufgehangen waren. Angetrieben wurden die Wagen offensichtlich nur mit Muskelkraft. Farmer konnte weder Joch noch Deichsel erkennen, dafür jedoch lange Griffe, die aus den Achsen der Fuhrwerke ragten. In jedem der rollenden Käfige drängten sich Männer, Frauen und Kinder in schmutziger, zerrissener Kleidung. Manche schienen zu schlafen oder waren vielleicht auch bereits tot oder zumindest bewußtlos.

Als sie an den ersten Wagen herantraten, erkannte einer der Gefangenen, daß Bastien und Norick keine Krugs waren und warf sich mit weit aufgerissenen Augen an das Gitter.

„Helft uns“, flehte er wimmernd und streckte ihnen seine schmutzigen Arme entgegen.

„Scht!“ Norick unterbrach für einen Moment sein Grunzen und versuchte den Mann zu beruhigen. Aber jetzt hatten auch andere Gefangene sie erkannt und fielen in sein Flehen mit ein.

„Laßt uns frei!“

„Ihr müßt die Käfige aufbrechen!“

Alarmiert zerrte Bastien sie weiter und wieder etwas von den Wagen weg. Norick gab Farmer einen derb aussehenden Stoß in den Rücken und Farmer taumelte vorwärts.

„Sie ist hier, Norick!“ flüsterte er, „ich kann es fühlen.“

„Das denke ich auch“, gab Norick leise zurück und nickte in Richtung der weiter entfernten Käfige. Farmer verstand, und lief geduckt davon, während Bastien und Norick sich die vorderen Wagen ansahen.

Er hörte, wie es zwischen den Gefangenen wieder lauter wurde, als seine beiden als Krugs verkleideten Freunde den nächsten Wagen erreichten, und fluchte lautlos. Es war doch klar, daß sie keine Aufmerksamkeit brauchen konnten, wenn sie auch nur irgend jemandem helfen wollten. Hastig lief er von Wagen zu Wagen, warf immer nur einen kurzen Blick auf die Eingesperrten und verließ sich ganz auf sein Gefühl. Er würde es merken, wenn er vor Solana stand. Einmal blickte er noch zurück, als er aufgeregtes Geschrei hinter sich hörte, und meinte zu erkennen, daß mehrere echte Krugs auf die falschen zustürmten. Farmer zögerte kurz, lief dann aber weiter. Wenn ihre Tarnung tatsächlich aufgeflogen war, konnte er Bastien und Norick jetzt auch nicht helfen. Er mußte Solana finden, deshalb waren sie hier.

Schließlich erspähte er zwischen den Gitterstäben des vorletzten Wagens ein paar lange braune Haarsträhnen und die geschwungene Linie eines Halses und wußte, er hatte seine Frau gefunden. Sofort kauerte er sich neben den Wagen und flüsterte eindringlich ihren Namen: „Solana!"

Doch sie schlief, wie alle anderen Gefangenen in diesem Käfig, und reagierte nicht auf sein Flüstern.

„Solana!" wiederholte er jetzt etwas lauter, und sie begann sich zu regen. Erleichtert atmete Farmer auf und sah sie mit sanftem Blick an. Sie lebte und schien nicht ernsthaft verletzt zu sein. Da riß sie die Augen vor Entsetzen auf und schrie: „Farmer!"

Es dauerte nur den Bruchteil einer Sekunde, bevor er begriff und herumwirbelte, doch es war zu spät. Aus dem Augenwinkel erkannte er noch die Gestalt eines gesichtslosen Reiters, bevor ihm ein donnernder Keulenschlag die Sinne schwinden ließ und alles in Schwärze hüllte.

∴

Reihe um Reihe hatten die Krieger von Ehb vor den Toren der Burg Aufstellung bezogen. Die Spitzen ihrer Speere ragten wie ein martialischer Wald aus dem Morgennebel, der sich langsam unter den Strahlen der tiefstehenden Sonne auflöste. Konreid lenkte seinen Schimmel durch den hohen Torgang der Burg und ließ den Blick über die vielen gerüsteten Gestalten schweifen, die mit dem Rücken zu ihm Aufstellung bezogen hatten. Die große Zahl der Truppen allein schien auszureichen, jeden Feind in die Flucht zu schlagen, aber er wußte nur zu gut, daß dieser Eindruck trügerisch war. Sein machtbesessener Neffe hatte doppelt soviel Soldaten dazu verführen können, sich seiner Meuterei anzuschließen und ihn zu begleiten, und wie viele Krugs sie erwarteten, wußten nur die Götter.

Schnalzend trieb Konreid sein Pferd aus dem Tor. Zwischen den Reihen der Soldaten führte eine schmale Gasse hindurch bis an die Spitze der versammelten Armee. Dort erwarteten ihn bereits Merick und seine treuen Generäle Tarish und Hallet.

General Tarish sah ihn ins Freie reiten und sprach mit kräftiger Stimme zu den Truppen.

„Soldaten! Heute kämpfen wir für unseren König ...!" Er zog sein blankpoliertes Schwert und hob es über seinen Kopf, wo es in den Strahlen der Morgensonne hell aufleuchtete. Konreid gab seinem Pferd die Sporen und preschte zwischen den Soldaten hindurch. Sein roter Mantel bauschte sich in seinem Rücken und die Schuppen seines Harnischs klirrten hell, während die Hufe seines Schimmels dumpf über den weichen Boden hämmerten. Reihe um Reihe fielen die Krieger mit einem tausendfachen Rasseln ihrer Rüstungen auf die Knie, als ihr König sie passierte, eine Hand am Schaft ihres Speeres, die andere auf dem Rand des gewölbten Schildes abgestützt.

„... und unser König", rief Tarish jetzt aus voller Kehle und reckte seine Klinge noch etwas höher, „kämpft voller Stolz für uns – und für Ehb!"

„Für Ehb!" schallte es Konreid wie aus einem Munde entgegen, als er sein Pferd neben Tarishs Rappen lenkte und ebenfalls sein prächtiges Schwert hob. Merick hatte alles in seiner Macht Stehende getan, ihm seine alte Kraft zurückzugeben, und sie hatten beschlossen, die Schwere seiner Vergiftung geheimzuhalten. Konreid wußte nicht, ob es an Mericks Zaubern lag, aber in diesem Moment fühlte er sich so lebendig, wie schon lange nicht mehr. Endlich schlugen sie zurück!

„Erhebt euch!" forderte er seine Armee auf, und unter anhaltendem Jubel richteten die Männer sich wieder auf und reckten ihre Speere in den Morgenhimmel.

„Mögen die Götter all jene segnen", fuhr Tarish mit lauter Stimme fort, „die ihr Leben für Ehre und Wahrhaftigkeit geben!"

Die Truppen antworteten mit erneuten Jubelschreien, diesmal von ohrenbetäubendem Lärm begleitet, als sie begeistert auf ihre Schilde schlugen.

∴

Gallian lenkte seine Schritte die schmale Wendeltreppe hinunter, die in den alten, grauen Fels von Crystwind geschlagen war, und durchquerte das verlassene Laboratorium, in dem einst die größten Magier der Welt geforscht und neue Zauber entwickelt hatten. Die Macht des alten Crystwind als Geburtsstätte magischen Wissens war hier noch deutlich spürbar, aber all ihr Wissen hatte den alten Zauberern nichts genützt. Sie hatten sich der Dummheit und Ignoranz der Menschen unterworfen und vor der Angst der Einfältigen kapituliert. Sie hatten nicht gewagt, die Macht, die sie hier entwickelt hatten, einzusetzen, um sich gegen den aufgebrachten Mob zur Wehr zu setzen und sich die Position zu erkämpfen, die ihnen zustand. Diesen Fehler würde er nicht begehen.

Er warf nur einen kurzen Blick auf die glänzenden, filigranen Instrumente aus Glas und Gold, die sich unter Spinnweben in den Regalen stapelten, auf die Berge von verstaubten Schriftrollen auf den schweren alten Schreibpulten und auf die Schränke mit längst verrotteten alchemistischen Zutaten. All dies war die Vergangenheit, dachte Gallian, als er an den hohen, elegant verzierten Fenstern vorbeischritt, durch die fahles Licht in den Raum fiel. Er würde die Zukunft formen.

Sein Weg führte ihn weiter hinab. Die Treppen waren hier nur grob in den Stein gehauen, und die einzige Beleuchtung stammte von Teerfackeln und den Feuern, die in den gewaltigen Höhlen tief unter Crystwind brannten. Die Luft war erfüllt vom Rauch der Essen, in denen seine menschlichen Sklaven Waffen für die stetig wachsende Armee der Krugs schmiedeten. Seine gesichtslosen Marionetten kontrollierten die Arbeiten und brachten jeden zum Schweigen, der sich auflehnte. Hier in seinen Minen, Schmieden und Werkstätten hatte das schlichte Volk von Ehb seine Bestimmung gefunden. Ihre Schreie und ihr Stöhnen, das Knallen der Peitschen ihrer Aufseher waren Musik in seinen Ohren.

„Wie gut, wieder zu Hause zu sein!“ Lachend trat Gallian auf einen wuchtigen Felsbalkon hinaus und sah auf den nicht abreißenden Strom neuer Sklaven hinab, den seine Krugs knurrend und grunzend tief in die Gewölbe unter Crystwind trieben.

Zehn

Ein einsamer Baum streckte seine toten Äste in die karge, verwüstete Landschaft, und der nahegelegene See lag spiegelglatt und still in der Talsohle. Nachdem die Armee der Krugs hier vorbeigezogen war, waren selbst die wenigen Sträucher und Gräser, die hier oben in den Bergen wuchsen, niedergedrückt und zertrampelt. Keinerlei Tiere, nicht der kleinste Vogel war zu sehen, und das einzige Geräusch, das zu hören war, war das stete Heulen des Windes, der über die geschundene Erde fegte.

Mit Hilfe seines magischen Blicks sah Gallian durch einen seiner gesichtslosen Krieger auf die reglose, gefesselte Gestalt hinab, die unter dem Baum lag. Eine knappe Bewegung seiner Hand veranlaßte den Krieger, an dem rauhen Seil in seiner Hand zu ziehen, und mit einem Ruck zog sich die Schlinge um den Hals des Menschen enger zusammen. Keuchend begann der Bauer sich zu regen. Er war ein kräftiger Mann mit einfachen Zügen. Nicht besonders groß und sicher niemand, der Gallian aufgefallen wäre, hätte er ihn auf einer Landstraße oder einem Acker gesehen. Aber für seinen magischen Blick klaffte die Gestalt wie ein dunkles Loch in seiner Umgebung.

„Du bist mir ein Rätsel, Farmer“, ließ Gallian seine Stimme im Kopf des Gefangenen ertönen, als dieser langsam die Augen öffnete. „Ich spüre, daß von dir eine unbekannte Gefahr ausgeht.“

Er ließ den Gesichtslosen sein großes, gezacktes Schwert in den Boden rammen und dann mit beiden Händen nach dem Seil greifen, das über einen dicken knorrigen Ast lief. Mit einem kräftigen Schwung zog er den Gefesselten auf die Knie, und Farmer stieß ein ersticktes Gurgeln aus, während er verzweifelt an seinen Fesseln zerrte.

„Ich durchschaue dich einfach nicht. In den meisten Menschen kann ich lesen wie in Büchern aus Fleisch ..."

Der gesichtslose Krieger zog wieder am Seil und stöhnend taumelte Farmer auf die Füße. Mit gesenktem Kopf schnappte er nach Luft und versuchte, dem Druck auf seiner Kehle zu entgehen. Vergebens.

„Aber bei dir", sprach Gallian erzürnt weiter, und seine Stimme hallte zwischen den Wänden seiner Kammer im fernen Crystwind wider, „sehe ich nur dein mürrisches Gesicht. Wie kann das sein?"

Mit einem letzten groben Ruck riß er noch einmal am Seil, so daß sein Opfer hilflos mit den Füßen zappelnd unter dem Ast baumelte. Farmers ganzer Körper krümmte sich vor Schmerz.

„Wer bist du?" fragte Gallian voller Zorn, aber er hatte bereits die Geduld verloren. Er ließ den Krieger das Seil um den Baumstamm binden und seine Waffe aus dem Boden ziehen. „Manches Rätsel lohnt die Mühe nicht!"

Im selben Moment stieß Farmer sich mit beiden Beinen vom Stamm ab und trat dem Krieger krachend gegen den behelmten Schädel. Bei dessen taumelnder Bewegung bekam er das große Schwert mit seinen gefesselten Händen zu fassen, und der Rückschwung riß dem Gesichtslosen die Waffe endgültig aus der Hand. Mit vor Anstrengung hochrotem Gesicht wirbelte Farmer um die eigene Achse und rammte dem Krieger dessen eigenes Schwert in die Kehle, bevor Gallian reagieren konnte. Unwillkürlich griff der Magier sich an den Hals. Farmers Gesicht war wegen des schrecklichen Mangels an Luft nur noch eine verzerrte Fratze, und als die Waffe seinen immer kraftloser werdenden Fingern entglitt und die Klinge dabei das zum Baum führende Seil anschnitt, bekam er dies schon gar nicht mehr mit.

Bevor die magische Verbindung ganz unterbrochen wurde, konnte Gallian noch erkennen, daß das Seil gänzlich riß und Farmer hart zu Boden stürzte.

Das Glück dieses Bauern war einfach unerträglich und grenzte an Zauberei. Voller Zorn stürmte Gallian aus seiner Kammer und warf mit lautem Knall die Tür hinter sich zu.

∴

Schweigend saßen Norick und Bastien sich in dem engen Käfigwagen gegenüber, der schaukelnd über den schlammigen Weg rumpelte. Die Sonne stand schon seit einiger Zeit am Himmel, aber sie befanden sich so hoch in den Bergen, daß es immer noch empfindlich kalt war. Um sie herum drängten sich weitere Gefangene aus Stonebridge, und auch Solana lehnte schlafend an den Gitterstäben. In dem Durcheinander nach ihrer Enttarnung gestern nacht, hatte Norick beobachten können, daß auch Farmer von den Krugs entdeckt worden war. Sie hatten noch versucht, sich zu ihm durchzukämpfen, aber als sie ihn erreicht hatten, wurde er bereits bewußtlos davongeschleift. Um sich nicht sinnlos töten zu lassen, hatten sie sich dann der Übermacht der Krugs ergeben und waren in den nächsten Wagen gesperrt worden. Wie es die Götter wollten, war es der, in dem auch Solana gefangengehalten wurde. Langsam begann sie sich zu regen und schien aufzuwachen.

„Ihr seid wirklich hier", stammelte sie leise, als ihr Blick auf Norick fiel. „Ich dachte schon, alles wäre nur ein Alptraum gewesen." Verschlafen richtete sie sich auf und strich sich ihre langen Haare aus dem Gesicht. Dann schien ihr etwas einzufallen und sie sah sich um.

„Wo ist Farmer?" fragte sie alarmiert, als sie ihn nirgendwo entdecken konnte. Norick schüttelte nur den Kopf und sah zu Bastien hinüber, der ebenfalls schwieg. Beide hatten die Stirn in Falten gelegt und vermieden den direkten Augenkontakt.

„Und wo ist Zeph?" fragte Solana jetzt ängstlich an ihren Bruder gewandt. „Bastien, wo ist Zeph? Ist er bei Vater und Mutter?"

„Ja", stieß Bastien hervor, „er ist bei ihnen." Er rutschte zu ihr hinüber, legte den Arm um sie und zog sie an sich. „Aber er ist nicht mehr am Leben.“ Der Kummer war ihm ins Gesicht geschrieben. Solana schluchzte erschrocken auf und starrte ihn fassungslos an.

„Alle drei wurden bei dem Überfall getötet“, fuhr er leise fort. „Es tut mir so leid.“ Er hielt Solana, die heftig zu zittern anfing, sanft in seinen Armen. Norick blickte von einem zum anderen und wünschte still, ihm würde etwas einfallen, was er sagen könnte. Doch zum ersten Mal seit langer Zeit hatte es ihm die Sprache verschlagen.

„Mein kleiner Junge, mein armer kleiner Junge!“ schluchzte Solana wieder und wieder, vergrub ihr Gesicht in den Händen und wiegte sich vor und zurück. „Mußte er sehr leiden? Bastien, du mußt es mir sagen!“ Ihre Schultern bebten und ihre aufgerissenen Augen suchten die ihres Bruders.

„Nein“, Bastien schüttelte mit geschlossenen Augen den Kopf. „Es ging sehr schnell.“ Auch ihm standen Tränen in den Augenwinkeln, die er nur mühsam zurückhalten konnte.

Solana riß sich schluchzend von ihm los und drängte sich verzweifelt gegen die Gitterstäbe. Weinkrämpfe schüttelten sie, und ihr Körper krümmte sich unter dem Schock und dem Schmerz der Trauer. Wimmernd und kraftlos rüttelte sie an den Stäben, die ihre ausweglose Lage nur zu deutlich machten. Norick schüttelte seinen eigenen Schmerz ab und kroch vorsichtig zu ihr hinüber. Farmers Frau brauchte ihn jetzt. Er löste sanft ihre weißen Hände von den Stäben und nahm sie wie ein Kind in die Arme.

„Farmer wird dich finden“, flüsterte er und wiegte sie langsam hin und her. „Er ist schon auf dem Weg.“

„Woher willst du das wissen?“ wimmerte Solana und schmiegte sich an ihn.

„Er muß“, stellte Norick sanft fest. „Er braucht dich. Er kann auf alles verzichten, nur nicht auf dich.“

∴

In gestrecktem Galopp ritt Merick durch die verheerte Landschaft. Er hatte Konreid überzeugen können, ihn noch einmal für kurze Zeit ziehen zu lassen, als er die Gefahr gespürt hatte, in der Farmer sich befand. Gallian mußte ihn irgendwie in seine Gewalt gebracht haben und würde bemerkt haben, daß dies kein normaler Bauer war. Doch Merick war sich auch sicher, daß sein Widersacher nicht wußte, wen er wirklich vor sich hatte, denn ansonsten hätte er alles daran gesetzt, Farmer zu töten. Nein, es gab außer ihm nur noch einen einzigen Menschen, der wußte wer Farmer wirklich war, und das war auch gut so. Zumindest so lange, bis Merick ihn überzeugen konnte, sich ihnen anzuschließen.

Er lenkte seinen Rappen durch einen schroffen Einschnitt in einer Felswand und gelangte in einen öden Talkessel, den die Krugs am Morgen passiert haben mußten. Er war jetzt seit einiger Zeit auf ihren Spuren zurückgeritten, während der König mit seiner Armee ihrem Troß gefolgt war. Die Generäle hatten die Bewegungen des Feindes sehr genau vorhergesehen, und die ausgeruhten Truppen von Ehb mußten der Streitmacht der Krugs dicht auf den Fersen sein. Er würde sich beeilen müssen, um rechtzeitig wieder bei ihnen zu sein, bevor es zur Schlacht kam.

Merick ritt jetzt am Ufer eines kleinen stillen Sees entlang. Nebel stieg von seiner bleiernen Oberfläche auf und vermischte sich mit den tiefhängenden Wolken, aus denen ein feiner Nieselregen fiel. Nicht weit vor ihm streckte ein einsamer Baum seine kahlen Äste in den trüben Himmel. Das mußte die Stelle sein. Er hatte sie nur flüchtig sehen können, genau in dem Moment, in dem Gallians magische Verbindung zu seinem Schergen abriß, aber er war sich dennoch sicher. Er nahm die Zügel auf und näherte sich im Schritt der Stelle. Tatsächlich konnte er jetzt die Umrisse zweier Körper erkennen, die reglos auf dem zertrampelten Boden lagen und hielt sein Pferd an, um abzusteigen.

„Jetzt stirb mir nicht, Farmer!" rief Merick und lief an Gallians erschlagenem Diener vorbei auf Farmers Gestalt zu, die reglos am

Boden lag. „Große Aufgaben warten auf dich.“ Hastig streifte er Farmer die enge Seilschlinge ab, die immer noch um seinen Hals lag.

Er zog eine grüne Glasflasche aus seinem Umhang und kniete sich neben Farmer nieder. „Dieser Anblick gefällt mir ganz und gar nicht.“

Vorsichtig hob er den Kopf des Bewußtlosen auf sein Knie und benetzte seine Lippen mit dem Inhalt der Flasche. Ein bitterer Geruch stieg aus ihr empor und schien Farmers Lebensgeister wieder zu erwecken. Er prustete und versuchte sich wegzudrehen. Schnell flößte Merick ihm zwischen zwei Hustern einen kleinen Schluck des Gebräus ein.

„Ja, sehr gut“, ermunterte er den geschundenen Mann, „trink noch einen Schluck.“ Es gelang ihm, die Flasche noch einmal anzusetzen, bevor sein Patient sich halb aufrichtete.

Farmer hustete würgend und spuckte etwas Sand aus. Dann verzog er angewidert das Gesicht und sah Merick blinzelnd an. Mit einer Hand griff er nach seiner Kehle, auf der rote Würgemale zu sehen waren.

„Und, schmeckt es“, fragte der Magier jetzt mit vergnügter Stimme. Wie es aussah, war er gerade noch rechtzeitig gekommen. Vielleicht würde es ihm sogar gelingen, der ganzen Sache doch noch eine gute Wendung zu geben.

„Was ist das?“ fragte Farmer mit krächzender Stimme.

„Medizin“, antwortete Merick lachend. „Mund auf!“

∴

Muriella wußte nicht, wie lange sie schon vor dem Spiegel stand und in ein Gesicht starrte, das ihr so fremd erschien. In ihrem Kopf drehte sich alles und die Stimmen ihres Vaters, Gallians und des Königs hallten ihr in den Ohren wider. War es wahr, was ihr Vater ihr vorwarf? Hatte Gallian sie von Anfang an benutzt? Waren all seine süßen Worte, seine Schmeicheleien und seine Lehrstunden nur Mittel zum Zweck gewesen? Sie konnte sich nichts vormachen, sie hatte am Ende selbst bemerkt, daß etwas nicht stimmte, daß er irgendwann aufgehört hatte, ihr gutzutun. Und sie hatte auch seine Kälte gespürt und seinen Zorn, als sie ihn bei ihrem letzten Treffen zurückgewiesen hatte. Wieso war sie nur auf ihn hereingefallen? Es mußte etwas geben, das sie tun konnte, um alles wieder gutzumachen.

Sie spielte unbewußt mit dem zierlichen Dolch, den General Tarish ihr bei ihrer ersten Fechtstunde geschenkt hatte, den Blick immer noch starr auf ihr Spiegelbild gerichtet, das im flackernden Kerzenschein ein seltsames Eigenleben zu entwickeln schien. Ihre Augen schienen immer tiefer zu werden, zu dunklen Strudeln, in denen sie sich verlieren würde, wenn sie nicht aufpaßte. Die eigene Demütigung schmerzte, aber nicht so sehr wie der Gedanke an die Gefahr, die sie über alle gebracht hatte. Sie hatte niemals ihrem Vater schaden wollen, oder dem König, der immer so gut zu ihr gewesen war, oder dem Königreich. Wie hatte alles so außer Kontrolle geraten können? Vielleicht hatte ihr Vater recht, und sie hatte tatsächlich nichts gelernt – zumindest nicht Freund von Feind zu unterscheiden. Aber sollte denn all das, was sie gelernt hatte, – ihre neuentdeckten magischen Fähigkeiten, ihr Talent im Schwertkampf –, gar nichts wert sein? Das durfte nicht sein! Es mußte einen Weg geben, wie sie helfen konnte, Gallian in seine Schranken zu weisen und das Königreich zu retten.

Zornesröte stieg ihr ins Gesicht und in ihren Augen loderte nicht nur der Widerschein der Kerzen. Für einen kurzen Moment erlaubte sie ihrer Wut, sich in Magie zu entladen und der Spiegel vor ihrem Gesicht zerbarst in tausend Stücke.

„Herrin!“ rief die Zofe erschrocken, die gerade den Raum betreten hatte. Entsetzt lief sie auf Muriella zu und nahm ihr den Dolch aus der Hand.

„Ich habe meinen Vater hintergangen." Mit einem Mal brachen die Tränen aus Muriella hervor und sie fiel der älteren Frau um den Hals. „Ich habe alles aufs Spiel gesetzt."

„Aber Euer Vater liebt Euch doch über alles", flüsterte die Zofe sanft und strich ihr über das Haar.

„Er braucht keine Tochter, die ihm nur Kummer bereitet", schluchzte Muriella leise.

„Wenn Ihr Euch etwas antut, würde er nur noch mehr leiden", antwortete die Zofe und legte den Dolch mit einem besorgten Blick auf das Tischchen unter dem zersprungenen Spiegel.

Muriella löste sich aus der Umarmung und schüttelte den Kopf.

„Ich wünsche mir doch nur, daß mein Vater stolz auf mich ist", sagte sie schniefend und richtete sich auf.

„Aber das ist er doch schon", versuchte die Zofe sie zu beschwichtigen.

Doch Muriella schüttelte nur noch energischer den Kopf.

„Er ist stolz auf eine Tochter, die ich nicht bin." Mit einem Ruck löste sie ihr kunstvoll zusammengestecktes Haar und setzte sich auf den Stuhl vor den Überresten des Spiegels.

„Flechte mir das Haar ein und dann bringe mir meine Rüstung. Ich werde ausreiten."

∴

Mit stolzgeschwellter Brust und trunken von Machtgier ritt Herzog Fallow seinem Heer voran, seinen besten Pelzmantel um die Schultern des Kettenhemdes gelegt. Endlich war es soweit! Die Truppen von Ehb folgten ihm – zumindest der größte Teil, und bald würden es alle sein. Und dann würden nicht nur die Soldaten begreifen, daß er der geborene Herrscher war und Ehb zu einer neuen Blüte verhelfen würde, von der sein einfallsloser Onkel noch nicht einmal zu träumen gewagt hatte. Er lächelte und malte sich zum wiederholten Male seine triumphale Rückkehr nach Burg

Ehb aus, während er sein Pferd neben General Backler durch den Wald lenkte.

Wenige Meter vor ihnen endete der Baumbewuchs abrupt, und sie ritten dem Troß voran auf eine große, frisch gerodete Lichtung hinaus, auf der unzählige Zelte standen, zwischen denen hektisches Treiben herrschte.

„Begrüßt unsere neuen Verbündeten!“ rief Fallow freudig und breitete die Arme aus. General Backler starrte unter seinen buschigen Augenbrauen entsetzt auf das riesige Lager, aus dem ihnen ein strenger Geruch nach Rauch, Schweiß und etwas Unbeschreiblichem entgegenschlug.

„Das ist nicht Euer Ernst!“ Er hielt angewidert den Atem an. „Das sind Krugs!“

„Bedingungslos gehorsam und unerbittlich“, strahlte Fallow und klopfte dem alten General aufmunternd auf die gepanzerte Schulter.

„Aber wir können uns doch nicht mit unserem Erzfeind verbünden“, stieß Backler immer noch ungläubig hervor.

„Alte Geschichten!“ Der Herzog winkte ab und wandte sich begeistert wieder den Zelten zu. „Vor Euren Augen wird sich eine unschlagbare Armee erheben, wartet es nur ab.“ Er spornte sein Pferd an und ritt auf das Lager zu. „Laßt uns weiterreiten, dann werde ich Euch unseren neuen Freunden vorstellen.“

∴

Es war nicht einfach gewesen, den geschwächten Farmer in den Sattel zu hiefen, aber nach einigen erfolglosen Versuchen war es Merick dann doch gelungen, ihn auf seinem Pferd festzubinden. Sie hatten sich so schnell es eben ging auf den Weg gemacht, die königliche Streitmacht wieder einzuholen, die den Krugs auf der Spur war. Glücklicherweise hatten die Krugs sich keine besondere Mühe gegeben, ihre Spuren zu verwischen, so daß die ausgeruhten Truppen von Ehb ihnen problemlos folgen konnten. Merick trieb sein Pferd stetig an, denn Konreid brauchte ihn, wenn es zu einem Kampf mit den Krugs kam.

Farmer dämmerte schon eine ganze Weile am Rande der Bewußtlosigkeit dahin, als Merick endlich sein Pferd am Zügel in das Lager führte. Die Soldaten hatten begonnen, ihre Zelte auf einer natürlichen Lichtung zu errichten. Zufrieden sah er sich um. Die Sonne stand gerade noch über den Baumwipfeln und die Aufbauarbeiten würden noch im letzten Tageslicht abgeschlossen werden können. Er war genau rechtzeitig gekommen. Das rote Zelt des Königs war bereits in der Mitte des Lagers errichtet worden und wurde von zwei Soldaten in schweren Panzerhemden bewacht. Neugierig musterten sie seinen verschmutzten und schwankenden Begleiter, als Merick sein Pferd halten ließ.

„Nehmt diesen Mann", wandte sich Merick an die Posten, „und bringt ihn in das Zelt des Königs."

Nach kurzem Zögern eilten die Männer herbei und zogen den kraftlosen Farmer aus dem Sattel. Er schien nun völlig das Bewußtsein verloren zu haben und mußte von ihnen getragen werden.

„Und laßt mein Pferd versorgen", wies Merick sie an, bevor er selbst das Zelt betreten wollte. Doch General Tarish kam ihm entgegen.

„Wartet", hielt er die Soldaten auf. Ungläubig und verärgert musterte er den Bewußtlosen.

„Das war also Eure dringende Mission?" fragte er mißbilligend und ging an Merick vorbei auf die Soldaten zu, die gehorsam stehengeblieben waren. Tarish hob den auf die Brust gesunkenen Kopf Farmers hoch und sah ihm mißtrauisch ins Gesicht.

„Das ist doch der Mann aus Stonebridge?"

„Ganz recht", antwortete Merick geduldig. Tarish verhielt sich nicht anders, als der Zauberer es erwartet hatte.

„Und was macht diesen aufsässigen Rübenbauern aus Stonebridge so wichtig, daß der königliche Großmagier für ihn seinen

Posten verläßt?“ bohrte Tarish jetzt mit unverhohlenem Ärger weiter.

„Der König hegt ein besonderes Interesse an diesem Rübenbauern.“ Merick warf dem General noch einen langen Blick zu, drehte sich dann wieder um und trat in den Zelteingang.

„Von diesem Interesse weiß ich nichts“, widersprach Tarish ihm kalt.

„Der König ebenfalls noch nicht“, stimmte Merick, beinahe mehr an sich selbst gerichtet, zu und ließ den verdutzten General stehen. Mit einem verschmitzten Lächeln betrat er das Zelt.

∴

Konreid sollte erst spät am Abend in sein Zelt zurückkehren. Er hatte seinen Truppen heute viel abverlangt, erst den langen Gewaltmarsch in die Berge und dann die hastige Errichtung des Feldlagers. Und all das, um einem gefährlichen Feind entgegenzutreten, der sich vielleicht mittlerweile mit seinen meuternden Truppen unter Führung seines mißratenen Neffen verbündet hatte, wodurch Kamerad gegen Kamerad die Waffen ziehen würden. Er wußte die Loyalität seiner Männer zu schätzen und deshalb hatte er den ganzen Abend damit verbracht, das Lager zu inspizieren, Wachposten und Pioniere nach ihren Sorgen zu fragen, und in der Feldküche großzügige Rationen für das Heer anzuordnen.

Als er schließlich sein Zelt betrat, erwartete ihn dort bereits Merick. Konreid war froh, seinen Großmagier wieder an seiner Seite zu wissen, und begrüßte ihn herzlich, dann bemerkte er verwundert den Mann, der hinter Merick in einem der Scherenstühle saß.

„Ich dachte, es wäre an der Zeit, euch beide offiziell miteinander bekannt zu machen“, sprach ihn der Magier ohne Umschweife an und trat beiseite, um den Blick auf den ungewöhnlichen Gast freizugeben.

„Wir sind uns schon einmal begegnet", antwortete Konreid und warf Merick kurz einen fragenden Blick zu. „Aber beim letzten Mal hat er sich von mir abgewandt."

„Nur um zu tun, was getan werden mußte", antwortete der Bauer mürrisch und erhob sich unter großer Anstrengung aus seinem Stuhl. Konreid drehte sich um und starrte die Wand des Zelts an. Warum hatte Merick diesen störrischen Bauern hergebracht, er hatte jetzt wirklich andere Sorgen!

„Ich dachte, Eure Majestät könnte Interesse an diesem Bauer haben", erklärte der Magier unbeirrt. „Er hat seit Eurem Besuch in Stonebridge viel durchgemacht."

„So wie wir alle", antwortete der König und drehte sich wieder um. „Warum haltet Ihr ihn für etwas Besonderes?"

„Weil er Euer Sohn ist."

Konreid erstarrte, den Blick auf den Bauern gerichtet, der von Mericks Behauptung ebenso überrascht zu sein schien, wie er selbst. Für einen Augenblick herrschte angespannte Stille im Zelt. Doch dann fuhr der Magier mit seiner Erklärung fort:

„Farmer hat einen Freund – Norick. Dieser war seinerzeit Stallbursche der Königin." Konreid sog hörbar die Luft ein, sagte aber nichts und ließ Merick weitererzählen. „Ich habe ihn wiedererkannt, als wir in ihrem Dorf waren." Er sah zu Farmer hinüber, der seiner Erklärung ohne sichtbare Reaktion folgte, dann sprach er weiter.

„Nach dem Massaker am Oxley-Paß, als die Krugs wie Heuschrecken über das Land hereinbrachen und sogar in Burg Ehb eindrangen, ist es der Königin gelungen, Euren Sohn Norick anzuvertrauen."

Mit einem Ruck drehte sich Konreid um und musterte seinen angeblichen Sohn forschend.

„Was hältst du von dieser Geschichte, Farmer?" fragte er zögernd.

„Da glaubt ein alter Mann, er erkennt nach über dreißig Jahren einen anderen", schnaubte der verächtlich und sah von Konreid zu seinem Magier hinüber. „So bestimmt ihr den Thronfolger?"

„Ihr seid der Sohn des Königs", sagte Merick eindringlich, „und der legitime Thronerbe von Ehb!"

Farmer griff nach seinem Gürtel, der mit der leeren Scheide des Erntemessers und seinem Beutel über dem Stuhl hing und stellte sich dann dicht vor Konreid auf.

„Ich habe keinen Vater", sagte er mit festem Blick, „ich hatte nie Eltern. Und ich habe hier nichts verloren." Damit verließ er das Zelt, ohne sich noch einmal umzusehen.

Merick seufzte und wollte ihm folgen, aber Konreid legte seinem Großmagier die Hand auf die Schulter und hielt ihn auf. Was hatte er sich nur dabei gedacht?

„Ihr wollt mir also allen Ernstes weismachen, dieser anmaßende Flegel sei mein Sohn?" fragte er zorniger, als er beabsichtigt hatte. „Und er hat die letzten dreißig Jahre auf einer Farm in Stonebridge gelebt?"

„So hat es den Anschein", antwortete Merick gedehnt.

„Es hat den Anschein!" rief Konreid aus. „Ihr habt mir vor dreißig Jahren gesagt, mein Sohn wäre tot! Von den Verrätern erschlagen wie die Königin und Eure Frau!"

Merick seufzte wieder und zuckte hilflos die Achseln.

„Was habe ich getan, daß die Götter ein solches Spiel mit mir treiben?" stieß der König hervor. Aller Zorn war von ihm abgefallen, und er fühlte sich plötzlich sehr schwach und allein.

„Ich glaube, die Götter wissen was sie tun", sagte Merick vorsichtig und sah Konreid ernst an.

„Was wollt Ihr damit sagen?"

„Erinnert Ihr Euch an das Chaos im Reich, auf Burg Ehb?" erklärte der Magier. „Überall herrschte Krieg, wir waren von Feinden umgeben und hatten Verräter in den eigenen Reihen. Ich bin mir sicher, die Königin hat das einzig Richtige getan, um ihren

Sohn zu retten. Auf Burg Ehb hätte er nicht überlebt, genau, wie wir es angenommen hatten."

Konreid ließ sich kraftlos auf sein Feldbett sinken, und Merick setzte sich in den freigewordenen Stuhl.

„In Stonebridge jedoch", sprach er weiter, „konnte er sicher aufwachsen, fern von Euren mächtigen Widersachern. Und es gab zu jener Zeit viele, die mit Freuden die erste Gelegenheit ergriffen hätten, Euch Eures einzigen Sohnes und Thronerben zu berauben. Das einfache Leben aber hat ihm Kraft und innere Stärke verliehen."

„Mein teurer Freund", seufzte Konreid schwer, „ich hoffe, er ist der, für den Ihr ihn haltet. Ihr solltet Euch besser absolut sicher sein."

Elf

Die Dunkelheit hatte sich wie eine Decke über das Lager gelegt und die Geräusche von Krugs und menschlichen Soldaten vermischten sich in der Nacht zu einem schwachen Murmeln. Das herzögliche Zelt war von vielen Kerzen hellerleuchtet und auf dem Kartentisch türmten sich große Platten mit duftendem Brot, frisch gebratenem Fasan, und tiefroten Trauben. Fallow stand nur mit einem samtenen Hausmantel bekleidet neben dem Tisch und schenkte sich einen weiteren Becher Wein ein, dann drehte er sich mit einem zufriedenen Grinsen um und sein Blick senkte sich auf die beiden Marketenderinnen, die ihm von seinem Bett aus einladend zulächelten und die Säume ihrer Kleider noch etwas höher zogen. Das war das Leben, das er verdient hatte!

Mit dem Fauchen eines gefährlichen Raubtiers ließ er sich in ihre Mitte fallen, den Becher mit dem Wein hocherhoben, um nichts zu verschütten, was ihm jedoch nur leidlich gelang. Seine beiden Gespielinnen kicherten und duckten sich vor dem Sprühregen aus Wein und auch er lachte glucksend. Genüßlich nahm er einen tiefen Schluck in den Mund und ließ ihn mit einem Kuß in den Mund des üppigeren Mädchens laufen. Ihre vollen Lippen saugten begierig an den seinen.

„Einer für dich ...", säuselte er und wandte sich der zweiten zu, um die Prozedur zu wiederholen, „... und einer für dich!"

Sein Lächeln gefror, als er die Gestalt bemerkte, die in diesem Moment sein Zelt betrat, und er setzte sich schlagartig auf. Einer der häßlichen gesichtslosen Krieger, die Gallians Offiziere waren, hatte sich direkt vor seinem Bett aufgebaut. Die einfachen Krugs waren widerliche Geschöpfe, die Fallow verabscheute, aber diese höllischen Reiter, die Gallians Gedanken zu gehorchen schienen, egal wie weit entfernt er sich aufhielt, waren ihm schlichtweg unheimlich.

„Was willst du?“ fragte Fallow erzürnt und bemühte sich, seine Unsicherheit zu verbergen. „Kannst du nicht sehen, daß ich beschäftigt bin?“

Am Vorabend der Schlacht halte ich es für angemessen, unsere Strategie zu besprechen, ließ Gallian seine magische Stimme durch den Krieger in Fallows Kopf erklingen. Er war sich sicher, daß die Mädchen sie nicht vernahmen. Kichernd versuchten sie, ihn wieder in die Kissen zurückzuziehen und nestelten vorwitzig an seiner Kleidung.

„Ich hasse es, wenn Ihr durch diese Kreaturen sprecht!“ antwortete Fallow und schüttelte die Hände der Marketenderinnen ab. Wütend setzte er sich auf und nahm noch einen tiefen Schluck Wein.

Seid Ihr bereit über Ehb zu herrschen, mein Herzog? fragte Gallian nun mit aller Eindringlichkeit. *Seid Ihr bereit, von solcher Macht zu kosten?* Fallow entspannte sich etwas und ließ sich auf die Ellbogen zurücksinken.

„Ja“, seufzte er und schloß für einen Moment die Augen, „so lange habe ich davon geträumt, endlich den Thron von Ehb zu besteigen!“

Gut! donnerte Gallians Antwort in seinem Schädel. *Morgen werdet Ihr Burg Ehb niederbrennen!*

„Was soll das heißen?“ Entsetzt riß Fallow die Augen auf und starrte in die Schwärze, die den Helm des Kriegers erfüllte.

Brennt es nieder bis auf die Grundmauern! schrie Gallian noch einmal.

„Um Ehb dann von einem Aschehaufen aus zu regieren?“ fragte Fallow mit vor Verzweiflung brechender Stimme.

Ehb wird vom Norden aus regiert werden! antwortete Gallians Stimme herrisch. *Aus Crystwind!*

Fallow stieß die Mädchen, die langsam wieder näher gerückt waren, endgültig beiseite und setzte sich aufrecht hin. Der pelzbesetzte Kragen des Hausmantels rutschte ihm über die Schultern, doch er bebte vor Zorn und merkte es kaum.

„Ein Magier hat dem König keine Befehle zu erteilen!" stieß er hervor.

Vergeßt Ihr nicht, wer Euch zum König macht? Obwohl der unheimliche Krieger sich nicht rührte, schien Gallian direkt vor ihm zu stehen und ihm die Worte ins Gesicht zu speien. *Es ist meine Bedingung, daß Ihr Burg Ehb niederbrennt!*

„Mhm", schluckte Fallow und nickte zitternd. „Also gut, ich folge Eurem Rat."

∴

Als Farmer am nächsten Morgen das kleine Zelt verließ, das man ihm zugewiesen hatte, versuchte niemand ihn aufzuhalten. Im Gegenteil, als er erwacht war, hatte frische Kleidung, ein einfaches Kurzschwert, ein Bündel mit einer Decke und etwas Proviant neben dem schmalen Feldbett gelegen und vor dem Zelt war ein gesatteltes Pferd an einen Baum gebunden. Es widerstrebte ihm, die Hilfe eines Mannes anzunehmen, den er nur schwer als seinen König akzeptieren konnte, und der nun auch noch sein Vater sein sollte, aber die Suche nach Solana ging vor. Auch Norick und seinem Schwager schuldete er es, seinen Stolz zu vergessen, die dringend benötigte Ausrüstung anzunehmen und sich schnellstmöglich wieder auf die Suche zu machen. Aber wohl fühlte er sich dabei dennoch nicht.

Er zurrte gerade die eingerollte Decke auf dem Rücken des stämmigen Braunen fest, als Merick zu ihm in den Schatten des Baumes trat. Der Magier hatte die Hände hinter dem Rücken verschränkt und blinzelte in die Morgensonne, die zwischen den Blättern hindurch kleine Muster auf den Boden malte.

„Der König braucht jeden fähigen Mann", holte er aus, aber Farmer fiel ihm knapp ins Wort ohne sich umzudrehen. „Ist nicht mein Problem."

„Großes Unheil bedroht sein Königreich", fuhr Merick unbeirrt fort, „Euer Königreich."

„Ich kenne diesen König nicht, und es ist nicht mein Königreich", antwortete Farmer und sicherte die Decke mit einem weiteren Knoten. „Solana ist meine Familie. Norick und Bastien sind meine Familie. Ich gehöre nicht hierher."

„Und wo wollt ihr leben?" fragte Merick geduldig, die freundlichen braunen Augen aufmerksam auf Farmer gerichtet. „Wenn das Reich in Gallians Hände fällt, welche Zukunft könnt Ihr Eurer Frau dann noch bieten?"

Farmer ließ die Hände auf den Sattel sinken und sah über Mericks Schulter hinweg auf das Heerlager. Er wußte, daß der Magier recht hatte. Er hatte es schon eine ganze Weile gewußt. Er hatte die Horden der Krugs gesehen, das Lager der königlichen Armee. Es würde bald zur Schlacht kommen, und es stand mehr als das Leben des Königs und seiner Männer auf dem Spiel.

„Denkt darüber nach", sagte Merick nach einer kurzen Pause, dann drehte er sich um und schritt wieder in Richtung Heerlager zurück. Farmers nachdenklicher Blick folgte ihm, während er regungslos neben seinem Pferd stehenblieb.

∴

Zu Fallows unverhohlener Freude wurde er bereits am frühen Morgen bei der Planung des Angriffs auf Burg Ehb unterbrochen. Sein Adjutant meldete einen Trupp königstreuer Unterhändler unter General Tarish, die vor dem Lager Stellung bezogen hatten und nun forderten, mit ihm zu sprechen. Das war die Gelegenheit Tarish zu zeigen, wer jetzt Herr über die Truppen von Ehb war. Wie lange hatte er darauf schon gewartet!

„Laßt die Legionen vor dem Lager antreten", wies er den Offizier an und sprang von seinem Stuhl auf. „Und ruft mir General Backler und meine Garde! Wir werden den Verrätern zeigen, daß wir bereit sind mit Disziplin und Stärke für Ehb zu kämpfen."

Als sein Adjutant sich zurückgezogen hatte, nickte er dem Knappen zu, der wortlos in einer Ecke des Zeltes gewartet hatte und ließ sich in seine Rüstung helfen. Dabei hatte er keine Eile, Tarish und sein Haufen konnten ruhig ein wenig warten, und es würde ohnehin etwas dauern, bis seine Truppen im Wald vor dem Lager Aufstellung bezogen hatten. Die Dummköpfe um Tarish sollten sehen, wie sinnlos es war, sich ihm entgegenzustellen, dann brauchte er nur noch den unbequemen General loszuwerden und das ganze Heer von Ehb würde seinem Kommando unterstehen. Er nickte zufrieden und wies den Knappen an, ihm noch einen Becher Wein einzuschenken.

Als er mit dem alten General Backler und dem Hauptmann seiner persönlichen Leibwache durch die Reihen der elften und zwölften Legion ritt, spürte Fallow, daß der Sieg und die Herrschaft über Ehb zum Greifen nahelagen. Stolz reckte er sich auf seinem Schimmel in die Höhe und hielt durch die Bäume nach den jämmerlichen Unterhändlern Ausschau.

Tarish hatte es tatsächlich gewagt, nur mit General Hallet und ein paar Begleitern vor seinem Lager aufzutauchen. Verärgert bemerkte Fallow, daß die Männer gänzlich unbeeindruckt von seinem Aufmarsch in den Sätteln ihrer Pferde lehnten und auf ihn warteten. Als Tarish ihn entdeckte, richtete er sich auf und erhob seine Stimme, bevor Fallow das Wort ergreifen konnte.

„Herzog Fallow, Ihr habt Hochverrat begangen! Wir werden gegen Euch in der Schlacht keine Gnade walten lassen! Das gilt auch für alle, die Euch folgen!"

Zu seiner Verärgerung bemerkte Fallow, wie Tarishs Worte Unruhe in den Reihen der Soldaten hervorriefen. Konnten diese Schafe denn nicht einsehen, daß der Einfluß des königlichen

Schoßhundes gebrochen war? Es war wohl bereits jetzt an der Zeit, seinen Trumpf aus dem Ärmel zu ziehen.

„Meine Herren!" rief Fallow in gespielter Traurigkeit aus und hob beschwichtigend die gepanzerte Hand. „General Tarish hat unseren geliebten König vergiftet." Die Unruhe in der Truppe verstärkte sich, und er fuhr nach einer kurzen Kunstpause mit lauterer Stimme fort: „Und er beschuldigt mich des Hochverrats?"

Mit einem humorlosen Lachen wandte er sich direkt an Tarish.

„Euer Ehrgeiz kennt wahrhaftig keine Grenzen!" sagte er abfällig und ließ seinen Blick triumphierend durch die Runde schweifen, bevor er nach einer weiteren kurzen rhetorischen Pause laut verkündete:

„Das Königreich Ehb untersteht ab sofort meiner Herrschaft! Und auch ich werde keine Gnade walten lassen!"

Das Gefühl der Macht durchströmte heiß seinen Körper und er fixierte Tarish herausfordernd, der unangemessen wenig beeindruckt auf seinem Pferd saß und seinen Blick kalt erwiderte. Fallow spürte erneut Zorn in sich aufsteigen, aber bevor er etwas sagen konnte, kam Bewegung in die kleine Gruppe der Unterhändler und weitere Reiter erschienen hinter ihnen auf dem Waldweg.

Tarish nahm auf einmal im Sattel Haltung an und lenkte sein Pferd an den Wegesrand.

„Majestät!" sagte er und verneigte sich respektvoll. Aber diese Ehrerbietung galt nicht Fallow, sondern dem gerade erschienenen Reiter. Der Herzog schluckte und starrte entgeistert den König an, der geradezu vergnügt und offenbar bei bester Gesundheit auf ihn zu ritt. Er war so überrascht, daß er noch nach Worten rang, als König Konreid bereits das Wort ergriff.

„Ihr werdet niemals König werden, mein Neffe! Weder heute, noch sonst irgendwann!" sagte er für alle Anwesenden deutlich vernehmbar. „Dazu fehlt es Euch an Mut und an Herz!" Konreids Stimme erreichte jeden Mann auf dem Platz und wie auf ein Stichwort schien die Morgensonne durch die Wolken und ließ seine glänzende Rüstung und seinen roten Mantel erstrahlen. Gegen seinen Willen war der Herzog beeindruckt und schluckte trocken. Er war froh, daß er auf seinem Pferd saß, so weich waren ihm die Knie geworden.

Fallow wußte, daß ihm die Situation entglitten war. Wut und Haß mischten sich mit schierem Entsetzen, und er war noch immer unfähig etwas zu erwidern, oder sich auch nur zu rühren. Hilflos mußte er mit ansehen, wie General Backler ohne einen Blick zurück an ihm vorbeiritt und sich vor dem König verneigte.

„Die elfte und die zwölfte Legion erwarten Eure Befehle, Eure Majestät!“ Der König beantwortete das mit einem kurzen Nicken und sah spöttisch zu Fallow hinüber, während Backler seine Truppen mit einem knappen Befehl in Marschrichtung des königlichen Lagers Aufstellung nehmen ließ.

Dann wendete Konreid sein Pferd ohne ein weiteres Wort und schlug mit seiner Eskorte den Rückweg ein. Die Legionen setzten sich träge in Bewegung und ließen Fallow allein mit seinen Leibwächtern zwischen den Bäumen zurück.

„Was für ein feiger Hund!“ zischte er schließlich und zitterte vor Wut.

∴

Farmer hatte sein Pferd wieder abgesattelt und war freudig überrascht gewesen, als Merick ihm nach seiner Rückkehr ins Lager sein Erntemesser zusammen mit seinem Wurfholz überreichte, die dieser seit Farmers Rettung in Gewahrsam gehabt hatte. Beim Waffenmeister ließ er die vertraute Klinge neu schärfen und gab ihm auch dankend das Kurzschwert zurück, das man ihm überlassen hatte. Dann machte er sich auf den Weg durch die versammelten Truppen, um nach Merick, dem König und den Offizieren Ausschau zu halten. Er konnte schon von weitem hören, wie einer der Generäle eine Rede hielt, um die wiedervereinigte königliche Armee auf die bevorstehende Schlacht einzustimmen.

„Die Krugs haben keine Bogenschützen, aber sie haben auch keinerlei Angst! Wir müssen darauf vorbereitet sein, daß sie völlig unbeeindruckt durch unseren Pfeilregen hindurch angreifen werden.“ Farmer trat vor die vorderste Reihe und konnte nun erkennen, daß es Tarish war, der sprach. Der dunkelhäutige General war ihm noch nicht persönlich vorgestellt worden, aber er hatte seinen Namen bei den Soldaten aufgeschnappt und mißtraute ihm von dem Moment an, als er ihn in Stonebridge gesehen hatte.

„Sie mögen uns zahlenmäßig überlegen sein“, fuhr der General fort, „aber wir sind Menschen mit Verstand und wir kämpfen für ein gerechtes Königreich!“ Einzelne Rufe der Zustimmung wurden unter den Männern laut und Tarish hob die Stimme noch einmal an, um sie ganz in seinen Bann zu ziehen.

„Sie sind blutrünstige, wilde Bestien, nichts weiter!“ Hierauf erhob sich unter den Soldaten ein grimmiger Jubel, der schnell anschwoll und in einem lauten Getöse aus Fußstampfen und Schildgeklapper endete.

Farmer beachtete die neugierigen Blicke der Soldaten nicht weiter und gesellte sich zu den Offizieren, denen sich auch Tarish jetzt wieder zuwandte. Er stutzte kurz, als er Farmer entdeckte und trat ihm dann entgegen.

„Hast du dich entschieden, doch noch deiner Pflicht nachzukommen?“ fragte er erstaunt. Farmer erwiderte seinen Blick unbeirrt. „Ich habe mich für den Kampf entschieden“, antwortete er knapp.

Tarish warf ihm einen langen Blick zu, ging aber nicht auf Farmers versteckten Trotz ein. „Ich habe gehört, daß du in Stonebridge tapfer gekämpft hast. Du wirst an meiner Seite kämpfen“, sagte er schließlich zu Farmers Verwunderung, „dann kann ich dich besser im Auge behalten.“

∴

Als Herzog Fallow mit seiner Garde in das Lager zurückkehrte, saß ihm noch immer der Schreck und die Demütigung in den Knochen. Wie hatte der König Gallians Gift überleben können? Er hatte die furchtbare Wirkung am eigenen Leib erfahren und war sich sicher, daß er innerhab weniger Stunden jämmerlich verreckt wäre, hätte Gallian ihm nicht das Gegenmittel überlassen. Konreids verdammter Hofmagier schien sein Handwerk besser zu verstehen, als sie geglaubt hatten. Der Anblick der Krugs besserte seine Laune ein wenig. Diese Truppen würden sich nicht so ohne weiteres vom Anblick des Königs und ein paar leeren Worten einlullen lassen, und sie waren immer noch deutlich in der Überzahl.

Die Krugs bereiteten sich offensichtlich auf ihre Art und Weise auf die Schlacht vor. Im ganzen Lager liefen sie grunzend durcheinander umher wie ein aufgeschreckter Ameisenhaufen. Doch das Chaos schien System zu haben. In der Nacht waren unzählige von Gallians dämonischen Reitern aufgetaucht und hatten die Kontrolle über das Lager übernommen. Jetzt hatten sie ihre riesigen Streitrösser überall zwischen den Krugs in Stellung gebracht und lenkten die kleineren Kreaturen auf ihre unheimliche, lautlose Art. Die Gewißheit, die Elite-Reiter auf seiner Seite zu haben, befriedigte Fallow durchaus, auch wenn er die unangenehme Erinnerung an den Besuch von Gallians Boten in seinem Zelt gestern abend nicht ganz verdrängen konnte. Zumindest schien das Niederbrennen Burg Ehbs vertagt worden zu sein. Ein geringer Lichtblick an einem sehr trüben Morgen.

Zum wiederholten Male riß ihn ein Krug aus seinen Gedanken. Die Kreatur näherte sich ihm mit unterwürfigen Verbeugungen und grunzte dabei unablässig, als wolle sie ihm etwas mitteilen. Fallow spürte den Widerwillen genau, den seine Begleiter den Kreaturen entgegenbrachten und konnte sich auch selbst einer gewissen Abneigung nicht erwehren. Aber wenn diese stinkenden, schleimigen Wesen mit der runzeligen graubraunen Haut und den winzigen, stechenden Augen ihm den Thron von Ehb erobern sollten – so sei es. Er schluckte seinen Ekel hinunter und musterte den Krug mit strengem Blick. Dann nickte er kurz.

„Sehr gut!“ sagte er aufs Geratewohl und das Grunzen verstummte. Der Krug zog sich mit denselben Verbeugungen zurück, mit denen er erschienen war.

„Ich habe zwar kein Wort verstanden, aber wenigstens ist ihr-Aussehen furchterregend“, murmelte Fallow, mehr zu sich selbst, als zu seinen Leibwachen. Er hoffte, daß ihre Gegner das genauso empfinden würden.

Zwölf

Die Sonne stand hoch am wolkenlosen, blauen Himmel und ihre Strahlen fielen durch das lockere Blattwerk der Bäume auf die kampfbereite Armee von Ehb. Farmer konnte nicht anders, als die königlichen Truppen zu bewundern. Die Soldaten waren offenbar gut ausgebildet, und Tarish und den anderen Generälen war es gelungen, sie fest auf den König und gegen Fallow und seine Krugs einzuschwören. Auch die zurückgekehrten Truppen schienen lieber gegen, als mit den Krugs zu kämpfen, und der König und seine Generäle verloren kein weiteres Wort über Fallows Verrat und die vorübergehende Fahnenflucht der elften und zwölften Legion.

Weder das schwierige Gelände noch der zahlenmäßig übermächtige Feind schienen den Mut der Männer zu trüben. Die einzelnen Truppenverbände hatten ohne Murren die ihnen zugewiesenen Positionen am Rande des bewaldeten Tals eingenommen, das sich schon bald in ein blutiges Schlachtfeld verwandeln würde. Mit grimmiger Entschlossenheit hatten die Speerkämpfer sich Reihe um Reihe zwischen den Bäumen postiert. Schildrand stieß an Schildrand, die Speere der ersten Reihe waren aufgesetzt und reckten sich in Richtung des Feindes. Die Speerträger der hinteren Reihen hatten ihre Waffen hocherhoben und waren bereit jede Lücke zu füllen, die vor ihnen entstehen mochte.

Dahinter hatten in großen Blöcken die Bogenschützen Stellung bezogen, die ersten Pfeile griffbereit vor sich in den Boden gesteckt und die geschwungenen Bögen schußbereit in den Händen haltend. Ihre größte Stärke, die Reichweite, war durch die Bäume stark eingeschränkt, und sie wußten, daß sie das nur durch Geschwindigkeit und Beweglichkeit wiedergutmachen konnten. Zwischen den größeren Kontingenten der Bogenschützen warteten kleinere Trupps leicht gerüsteter Schwertkämpfer auf ihren Einsatz. Sobald die beiden Heere sich ineinander verbissen hatten, würden sie versuchen in den Rücken des Feindes zu gelangen und eine Bresche in seine Reihen zu schlagen. Ihre Schilde waren kleiner als die der Speerkämpfer, und ihre ganze Ausrüstung war auf Schnelligkeit und Beweglichkeit ausgelegt. Mit ernsten Gesichtern warteten die Männer mit gezogenen Schwertern darauf, ihre blutige Aufgabe in Angriff zu nehmen.

Nur eine kleine Gruppe der besten Reiter saß im Sattel, denn ein größerer Reitertrupp würde sich zwischen den Bäumen nur schwer in Stellung bringen lassen. Die Elitereiter waren zum Schutz des Königs abgestellt, der selbst auf seinem Schimmel in die Schlacht reiten würde. Sie würden durchbrechende Krugs mit schnellen Angriffen davon abhalten, dem Fußvolk in den Rücken zu fallen. Die für den Krieg ausgebildeten Pferde, die auf Befehl alles niederritten, was sich ihnen in den Weg stellte, warteten ruhig und mit aufmerksam nach vorn gestellten Ohren auf ihren Einsatz.

Die Generäle hatten ihre Pferde zurückgelassen und beim Fußvolk Position bezogen. Jeder von ihnen befehligte eine der Waffengattungen, und sie alle würden neben ihren Männern in vorderster Front kämpfen. Der alte General Backler mit dem langen Schnurrbart kommandierte die Bogenschützen, General Hallet hatte die schwere Rüstung der Speerkämpfer angelegt und Tarish führte die Schwertkämpfer. Er hatte seinen Mantel und seinen Helm abgelegt, um beweglicher zu sein, und seine Hand ruhte auf dem Heft seines langen Schwertes, während er mit angestrengtem Blick zwischen den Bäumen hindurchspähte.

Farmer stand neben ihm und wartete. Er hatte sich nicht davon überzeugen lassen, eine Rüstung anzulegen, sondern trug immer noch das einfache Wams, mit dem er vor wenigen Tagen aus Stonebridge aufgebrochen war. Ein Kettenhemd oder einen Schuppenpanzer zu tragen, das war er nicht gewohnt, und davon abgesehen verließ er sich im Kampf lieber auf seine Schnelligkeit und Wendigkeit. Der Griff seines Erntemessers lag beruhigend in seiner Hand, und er war sich sicher, daß er ohne Rüstung mehr Krugs zur Strecke bringen würde. Mit Sorge dachte er zum wiederholten Male an Solana, Norick und Bastien und versuchte, das lähmende Gefühl der Angst zu ignorieren.

Einerseits hoffte er, sie nach der Schlacht im Lager der Krugs zu finden, andererseits befürchtete er auch, daß ihnen etwas zustoßen könnte, wenn es der Armee des Königs tatsächlich gelingen würde, die Krugs zurückzutreiben. Er schob die Gedanken beiseite. Das Wichtigste war jetzt zu überleben. Das schuldete er ihnen in jedem Fall.

Das Geräusch herannahender Pferde ließ ihn sich umdrehen. Am Hang hinter ihm bezog König Konreid mit seiner Reitergarde Stellung. Der König ließ seinen Blick langsam über die vor ihm liegenden Truppen wandern und als er zu Tarish sah, trafen sich ihre Blicke für einen kurzen Moment. Dann gab Konreid ein knappes Handzeichen und wie aus dem Nichts erschien ein Dutzend schwarzgekleideter Männer mit ledernen Gesichtsmasken zwischen den Bäumen und näherte sich ihm. In gebührendem Abstand blieben die Maskierten stehen und verneigten sich wortlos. Der König nickte und wies mit einer Hand auf die Baumwipfel vor ihnen. Behende huschten die Schwarzgekleideten zwischen den Soldaten hindurch und begannen vor den Schlachtreihen die Bäume hinaufzuklettern. Die Gewandtheit und die Geschwindigkeit, mit der sie das taten, erinnerte Farmer an das Waldvolk, das er mit Norick und Bastien im Wald von Sedgwick getroffen hatte. Aber im Gegensatz zu jenen Frauen waren diese Männer mit Schwertern und Bögen bewaffnet. Im nächsten Moment hatten die maskierten Späher hoch über ihnen in den Wipfeln Stellung bezogen und hockten jetzt so reglos auf den Ästen, daß Farmer sie nur noch erkennen konnte, weil er beobachtet hatte, wie sie hinaufgeklettert waren.

∴

In den Gewölben Crystwinds, tief unter den Bergen im Norden, stand Gallian genau in der Mitte seines Beschwörungsraumes. Schon als er den kleinen kreisrunden Saal zum ersten Mal betreten hatte, hatte er deutlich gespürt, daß hier der ideale Ort war, um seine Kräfte zu bündeln und die mächtigsten Zauber zu wirken. Die Decke formte einen hohen Dom und der glatte Felsboden war der ideale Untergrund für alle Arten von magischen Bannkreisen. Von hier aus hatte er begonnen, Crystwind für seine Zwecke herzurichten, Zugänge von Schutt zu befreien, Feuer aus den Tiefen der Erde heraufzubeschwören und Treppen und Brücken wieder instand zu setzen. Hier hatte er den magischen Ruf ausgesandt, der die animalischen Krugs in die Höhlen gelockt hatte und hier hatte er die ersten verfluchten Seelen beschworen, die die Stärksten der Krugs in seine magischen Diener verwandelt hatten. Crystwind war ein magischer Ort, an dem sich die Grenzen dieser Welt und der jenseitigen berührten. Die Zauberer der alten Zeit hatten hier gewaltsam den Tod gefunden, und viele ihrer Seelen irrten seitdem durch die Höhlen und Gänge, gefangen zwischen den Welten und dem Wahnsinn verfallen. Sie waren nur zu bereit gewesen, sich Gallians Zauber zu beugen, wenn dieser ihnen dafür neue Körper und ein Leben in der stofflichen Welt versprach. Als sie dann schließlich bemerkten, daß Gallians unersättlicher Machthunger ihre Seelen verschlang und ihre neuen Körper nichts als Marionetten an seinen magischen Fäden waren, war es zu spät für jede Form von Gegenwehr.

Doch dann war dieser Farmer aufgetaucht und hatte einen von Gallians gesichtslosen Reitern nach dem anderen erschlagen, ihre schwarzen Seelen unter freiem Himmel aus den Gefängnissen der verzauberten Krugkörper befreit und ihnen so die Flucht in die Ewigkeit ermöglicht. Zuerst war Gallian diesem neuen Herausforderer mit einem gewissen Vergnügen entgegengetreten, aber inzwischen war ihm der Mann ein Dorn im Auge. Er mußte ihn bei der nächsten Gelegenheit ohne weitere Verzögerung zur Strecke bringen und damit seine uneingeschränkte Macht wieder sichern.

Gallian riß sich von seinen Rachegedanken los und ein grausames Lächeln umspielte seine Lippen. Die bevorstehende Schlacht würde seine gesamte Konzentration erfordern. Das in dem Bergwald versammelte Heer der Krugs war riesig, und er mußte unzählige seiner Reiter gleichzeitig steuern, damit diese den Angriff der Krugs lenken konnten. Er spannte seine Arme leicht an, atmete tief ein und versetzte sich in die vertraute magische Trance. Vor seinem inneren Auge begann sich der Raum zu drehen und zu verbiegen, und wie durch einen Tunnel oder Strudel aus farblosem Nebel richtete sich sein magischer Blick auf das ferne Schlachtfeld. Die Krugs hatten in großen Horden auf den diesseitigen Hängen des bewaldeten Tales Stellung bezogen, und irgendwo auf der anderen Seite, jenseits des kleinen Baches, mußte sich das Heer des Königs befinden. Konreids Truppen würden der Schlacht mit gestärkter Moral und Truppenstärke entgegensehen, da dieser Trottel Fallow nicht in der Lage gewesen war, seine menschlichen Soldaten auf seiner Seite zu halten. Sie hatten sich dem König wieder angeschlossen, nachdem bekanntgeworden war, daß er noch am Leben war. Das mußte er als erstes ändern. Er würde den Menschen zeigen, wie seine Krugs kämpften und ihre Moral durch den Tod ihres Anführers brechen!

Mit einigen schnellen Gesten ließ Gallian die Gesichtslosen hinter den Krugs in einer langen, lockeren Reihe Aufstellung beziehen. Jetzt konnte jeder der Reiter eine kleine Abteilung Krugs kontrollieren und in Richtung des Feindes lenken. Nachdem das Heer nach seinen Vorstellungen in Position gebracht war, gab er den Befehl zum Angriff. Wie ein Mann senkten die gesichtslosen Reiter die hocherhobenen Waffen, und die Krugs setzten sich grunzend in Bewegung.

∴

Angespannt stand Farmer neben Tarish und starrte zwischen den Bäumen hindurch ins Tal. Irgendwo vor ihnen plätscherte ein Bach durch den Wald, leises Vogelgezwitscher war zu hören und durch die Sonnenstrahlen tanzten Insekten. Die malerische Idylle zerrte an Farmers Nerven, und er hoffte, daß das Warten bald ein Ende haben würde. Die Gefahren der Schlacht waren ihm dann doch lieber, als die rastlose Untätigkeit und die trügerische Sicherheit davor.

Plötzlich durchschnitt ein Pfeifen und helles Klingeln die Luft. Einer der Späher hatte einen mit kleinen Glöckchen versehenen Pfeil in einen der Baumstämme in der Nähe des Königs geschossen. Das war das Signal, daß die Krugs sich in Bewegung gesetzt hatten und in Reichweite der Pfeile kamen. König Konreid wartete noch einen Moment, bevor er General Backler ein Zeichen gab.

„Spannt die Bögen!“ rief der alte General mit klarer Stimme, und die Schützen hoben ihre Bögen und zielten über die Köpfe der vor ihnen in Stellung gegangenen Krieger hinweg. „Und Schuß!“

Die erste Salve löste sich von den Sehnen und flog in Richtung des Feindes. Farmer folgte ihr mit seinem Blick und fragte sich, wie viele Pfeile tatsächlich auf die Krugs niedergingen und nicht in den Ästen und Stämmen der Bäume steckenblieben. Noch konnte er keine Angreifer erkennen, aber nach dem Prasseln der Einschläge erhob sich vor ihnen ein unmenschliches Geheul. Backler ließ die Schützen gleich ihre zweite Salve verschießen, und diesmal war das Heulen deutlich lauter und haßerfüllter. Jetzt tauchten auch die ersten Krugs in Sichtweite auf. Unbeirrt von dem Beschuß drängten sie sich zwischen den Bäumen auf die Schlachtreihen der Menschen zu, auch wenn ihre ungelenken Bewegungen fast so wirkten, als wollten sie lieber ihre Schwerter und Schilde fallen lassen und auf allen Vieren gegen den Feind anstürmen.

Den Einschlag der dritten Salve konnten sie jetzt direkt beobachten. Das wütende Schmerzgeheul der Krugs erfüllte den Wald. Die Kreaturen brachten es nicht fertig ihre Schilde rechtzeitig zum

Schutz vor dem Pfeilhagel zu heben. Statt dessen trampelten die Unverletzten einfach über ihre getroffenen und gestürzten Kameraden hinweg. Viele Krugs stürmten sogar weiter, obwohl ihnen Pfeile in Schultern und Armen steckten.

General Backler ließ die Schützen für die vierte Salve anlegen, aber die ersten Krugs konnten sie nicht mehr ins Visier nehmen, bevor diese die vordersten Speerkämpfer erreichen würden. Diese waren auf den Ansturm vorbereitet und stemmten ihre Füße noch etwas fester in den Waldboden. General Hallet hatte die erste Reihe seiner Männer hinter ihren großen Schilden auf die Knie fallen und die Schäfte ihrer Speere im Boden abstützen lassen. Die zweite Reihe stand Schild an Schild dicht dahinter und reckte den heranstürmenden Krugs ebenfalls ihre scharfen Speerspitzen entgegen.

Dann war es soweit. Die ersten Krugs stürmten mit einem ohrenbetäubenden Brüllen gegen den Wall aus Schilden und Speeren an. Ohne Rücksicht auf ihr eigenes Leben stürzten sie sich auf die Menschen und für jeden, der durchbohrt zu Boden sank, drängten zwei neue Krugs nach. In den donnernden Aufprall der Schilde mischten sich die Kampfschreie der Soldaten und der Klang von Schwert auf Schwert, – die Schlacht hatte begonnen.

Tarish wandte sich kurz um und warf einen kurzen Blick auf den König, der das Kampfgeschehen bisher regungslos beobachtet hatte. Dann nickte er Farmer entschlossen zu und hob sein Schwert.

„Zum Angriff!“ schrie er seiner Gruppe von Schwertkämpfern zu und stürmte ihnen voraus auf eine Stelle zu, an der die Krugs die Reihen der Speerkämpfer beinahe durchbrochen hatten. Farmer folgte ihm auf dem Fuße, das große Messer fest in der rechten Faust. Aus vollem Lauf drängten sie sich durch die wankende Schlachtreihe und drangen auf die Krugs ein. Tarish, der allen voran an der Spitze lief, hieb ihnen mit seinem langen Schwert den Weg frei und Farmer wirbelte sein Erntemesser in einem unablässigen Wechsel von Angriffen und Paraden herum. Schon nach wenigen Augenblicken im Kampfgetümmel wußte er nicht mehr wie viele Krugs er verletzt oder getötet hatte und verließ sich ganz auf seinen Körper, der wie schon bei den Kämpfen zuvor genau zu wissen schien, wann es Zeit war sich zu ducken oder zuzuschlagen.

Das Eingreifen der Schwertkämpfer schien den Angriff der Krugs an dieser Stelle ins Stocken gebracht zu haben, und es gelang Tarish, seine Männer um sich zu versammeln und weiter in die Reihen der Krugs vorzustoßen.

„Vorwärts!" hörte Farmer General Hallet hinter ihnen rufen, und mit einem Jubelschrei warfen sich die Speerkämpfer in die entstandene Bresche, um verbissen den gewonnenen Boden zu halten. Aber Farmer hatte keine Aufmerksamkeit für das Geschehen in seinem Rücken übrig. Ein besonders großer Krug hatte soeben den Mann neben ihm mit einem gewaltigen Hieb seines rostigen Zweihandschwertes niedergestreckt und holte nun zu einem Schlag auf Tarish aus, der mit zwei weiteren Krugs focht und ihm den Rücken zuwandte. Mit einem Hechtsprung warf sich Farmer dazwischen, blockte den Schlag mit seiner Waffe ab und rammte dem Krug die Schulter in den Bauch. Der gewaltige Hieb der Kreatur jagte einen stechenden Schmerz durch seinen Arm, aber seine Parade hielt, und noch bevor der Krug erneut reagieren konnte, stieß er diesem mit einer flüssigen Bewegung die Klinge in die Brust. Im nächsten Moment sank sein riesiger Gegner in einer grotesk langsamen Bewegung zur Seite.

Auch Tarish hatte seine beiden Angreifer niedergestreckt und wirbelte herum. Mit einem Blick hatte er die Situation erfaßt, aber bevor einer von ihnen etwas sagen konnte, sprang er zur Seite und machte einen langen Ausfall an Farmer vorbei und stieß einem Krug die Spitze seiner Klinge in den Hals, bevor dieser Farmer sein schartiges Schwert in den Rücken bohren konnte. Nun wirbelte Farmer herum und für einen Moment standen sie Rücken an Rükken und sahen schweratmend über das Schlachtfeld.

Den Truppen des Königs war es an vielen Stellen gelungen den Ansturm der Krugs nicht nur aufzuhalten, sondern die Angreifer tatsächlich zurückzudrängen. Die maskierten Späher waren von den Bäumen heruntergeklettert und kämpften an vorderster Front, mit den Füßen bereits im Bett des Baches, auf der Sohle des bewaldeten Tals. Ihre eleganten aber tödlichen Tritte wirbelten das Wasser auf, das wie Gischt in der Sonne glitzerte. Ein berittener Trupp hatte links von ihnen ebenfalls einen Vorstoß gewagt, konnte aber durch das unwegsame Gelände ihre Stärken nicht ausspielen und war von den Krugs zurückgedrängt worden. Es war den Kreaturen gelungen, mehrere Reiter von ihren Pferden zu zerren und am Boden zu erschlagen. Farmer indessen, beunruhigte jedoch etwas ganz anderes. Unter ihren Füßen vibrierte der Boden und ein dumpfes Grollen war zu vernehmen, das langsam anschwoll. Tarish hatte es auch bemerkt und sich vorsichtig auf ein Knie herabgelassen und eine Hand auf den Boden gelegt, um der Ursache des Bebens auf den Grund zu gehen.

Plötzlich riß keine zwei Schritt vor ihnen die Erde auf und ein unnatürlich langer, graugeschuppter Arm brach daraus hervor, packte den am nächsten stehenden Krieger am Bein und zerrte ihn in das Loch. Bevor Farmer oder Tarish dem panisch schreienden Mann zu Hilfe eilen konnten, barsten um sie herum weitere Angreifer aus der Erde und sie mußten ihr ganzes Geschick aufbieten, um der neuen Gefahr auszuweichen und nicht selbst in die Tiefe gezogen zu werden.

∴

Herzog Fallow und seine verbliebenen Getreuen beobachteten das Kampfgeschehen von einer kleinen Anhöhe auf ihrer Seite des Tals. Viel mehr als die nachrückenden Krugs war allerdings von hier aus nicht zu erkennen, da das eigentliche Gefecht von den Bäumen auf dem Hang verdeckt wurde. Nur einmal war es ein paar versprengten Berittenen aus Konreids Armee gelungen, den

Krugs über die Flanke in den Rücken zu fallen, aber die Kreaturen hatten sich sofort wie ein Rudel ausgehungerter Wölfe auf Pferde und Reiter gestürzt und sie regelrecht unter sich begraben.

Jetzt hatten drei von Gallians dämonischen Reitern kurz vor ihnen Position bezogen und koordinierten schweigend und mit knappen Armbewegungen einen Haufen Krugs, die große, aus rohen Baumstämmen zusammengezimmerte, Katapulte in Stellung brachten. Die Krugs spannten diese in gemeinsamer Anstrengung und luden große mit Lumpen umwickelte Felsbrocken in die Wurfarme. Dann entzündeten sie die Lumpen, die offensichtlich mit Öl getränkt waren und sofort lichterloh brannten, und schossen die so entflammten Steinkugeln wie Kometen den königlichen Truppen entgegen.

Fallow stellte sich vor, wie die brennenden Geschosse in den Reihen von Konreids Soldaten einschlugen und Angst und Zerstörung verbreiteten. Ein breites Grinsen stahl sich auf sein Gesicht. Er konnte nicht anders, als Gallians Planung und Vorbereitungen zu bewundern. Der Zauberer war wahrhaftig ein mächtiger und einfallsreicher Verbündeter. Fallow mußte nur darauf achten, daß er ihn sich nicht zum Feind machte.

∴

Farmer hetzte dicht hinter Tarish über das Schlachtfeld. Überall um sie herum waren kleinere Scharmützel ausgebrochen und Waffenklirren, Kampfschreie und das Brüllen der Krugs hallte durch den Wald. Im Bett des Baches mischte sich inzwischen das rote Blut der Menschen mit dem braunen der verwundeten und erschlagenen Krugs und dem von unzähligen Füßen aufgewirbelten Schlamm zu einer trüben, dunklen Brühe.

Vor ihnen sprangen plötzlich mehrere Krugs von den Bäumen und begannen sie einzukreisen. Farmer fluchte leise, riß sein Wurfholz aus dem Gürtel und schleuderte es dem ersten Angreifer entgegen. Mit einem schmatzenden Geräusch blieb es in der Brust des Krugs stecken, der taumelnd über seine eigenen Füße stolperte und zusammenbrach. Zwei weitere Kreaturen folgten ihm so dicht, daß sie ungebremst über das plötzliche Hindernis stolperten und Farmer fast bis vor die Füße rollten. Mit einem schnellen Schritt war er bei ihnen und tötete sie mit zwei präzisen Stichen in die wulstigen Kehlen. Jetzt stand Tarish wieder neben ihm und gemeinsam drangen sie auf die nächsten Krugs ein.

„Die Krugs kämpfen ohne Sinn und Verstand", rief der General ihm in einer Atempause zu. Farmer schüttelte den Kopf und deutete mit der freien Hand auf einen der gesichtslosen Reiter, der zwischen den Bäumen erschienen war und eine Horde Krugs mit einem Schwenk seines Schwertes gegen eine Abteilung Speerkämpfer schickte.

„Die sind der Verstand!" schrie er Tarish als Antwort zu. „Ich habe sie schon in Stonebridge gesehen."

Für einen Moment sahen die Männer sich grimmig an, dann stürmten sie gemeinsam auf den Reiter zu. Mit einer geschmeidigen Bewegung nahm Farmer dabei sein Wurfholz wieder an sich, und ohne ansonsten in ihrem Lauf innezuhalten, hieben und stachen sie auf alle Krugs ein, die sich ihnen in den Weg stellten.

Doch bevor sie auch nur in die Nähe des Reiters kamen, schlug mit ohrenbetäubendem Krachen ein brennender Felsbrocken vor ihnen in einen der umstehenden Bäume ein. Farmer gelang es erst im letzten Moment vor dem Einschlag beiseite zu springen und sich hinter das massive Wurzelwerk einer riesigen Eiche zu rollen. Als er einen Augenblick später den Kopf aus seinem Versteck streckte, flammten bereits hungrige Feuerzungen an den alten Bäumen des Waldes empor – von Tarish indes war nichts zu sehen. Kurz darauf hörte er zwei weitere donnernde Einschläge und sah auch in einiger Entfernung links von ihm Flammen auflodern. Farmer verstand jetzt nur zu gut, warum Elora die Menschen und ihre Kriege verabscheute. Die feurigen Geschosse der Krugs hatten sowohl unter ihren eigenen Truppen als auch unter den Soldaten des Königs viele Opfer gefordert. Der einzige Unterschied war, daß die brennenden Krugs keinen Schmerz zu spüren schienen und sich auf die überraschten Soldaten stürzten solange sie noch laufen konnten.

Farmer sprang hinter seiner Deckung hervor, wich einem lodernden Ast aus, der aus einer brennenden Baumkrone herabstürzte, und rannte auf die nächste Gruppe von Schwertkämpfern zu. Die Krieger waren von dem ersten Brandgeschoß versprengt worden, und die Hälfte ihrer Gruppe war tot. Farmer stürmte direkt in ihre Mitte und reckte sein Schwert in die Höhe.

„Sammelt euch dort hinter der großen Eiche“, brüllte er und stürzte sich auf einen brennenden Krug, der brüllend auf sie zu taumelte. Mit einem schnellen Hieb gegen die Knie brachte er die Kreatur zu Fall und sah sich nach dem nächsten Gegner um.

In einiger Entfernung entdeckte er General Backler, der eine Abteilung Bogenschützen neu zu formieren versuchte, um über die Flanke einen Vorstoß gegen die Katapulte der Krugs zu führen. Hinter ihm erschien König Konreid mit seiner Reitergarde, dicht umringt von den maskierten Spähern, die mit Schwertern, Bögen und Wurfmessern blitzschnell jeden Gegner niederstreckten, der sich in ihre Nähe wagte. Mit grimmiger Zufriedenheit wandte sich Farmer wieder dem Feind zu. Die königlichen Truppen waren immer noch auf dem Vormarsch, und er wollte an vorderster Front dabeisein. Angestrengt hielt er nach Tarish und dem gesichtslosen Reiter Ausschau, als er weiter voranstürmte.

Dreizehn

Nachdem Muriella aus Burg Ehb hinausgeritten war, hatte sie nur den Spuren von Konreids Armee folgen müssen, die ihr unübersehbar den richtigen Weg wiesen. Die unzähligen Füße und Hufe hatten einen breiten Weg ausgetreten, unter dem der ursprüngliche Pfad vollkommen verschwand. Der einzige Nachteil war, daß der Regen letzte Nacht den zertrampelten Boden aufgeweicht hatte und sie nicht so schnell reiten konnte, wie ihr lieb gewesen wäre.

Trotzdem kam sie gut voran und ritt schon bald durch die grünen Täler, die den Rand des Walds von Sedgwick säumten, in Richtung der Berge. Es war das erste Mal, daß sie die Rüstung wirklich trug, die sie sich heimlich hatte anfertigen lassen, und mit der steifen Lederhose im Sattel zu sitzen und das Gewicht des feinen Schuppenpanzers auf den Schultern zu spüren – das war kein Vergleich zu den Anproben in ihrem Zimmer. Doch die Sorge um ihren Vater und den König und die Aufregung, die sie ergriffen hatte, als sie ihrem Pferd vor den Toren der Burg zum ersten Mal die Sporen gegeben hatte, ließen sie das Scheuern und Drücken kaum bemerken. Mit geröteten Wangen lehnte sie sich nach vorn und hielt sich leicht und sicher im Sattel, wie sie es in ihren Reitstunden gelernt hatte.

Als sie zwischen ein paar kleineren Baumgruppen hindurchritt, wurde ihr Pferd plötzlich langsamer und begann nervös zu tänzeln. Erschrocken beugte sich Muriella tiefer über den Hals der Stute und sprach beruhigend auf sie ein. Dann richtete sie sich aufmerksam auf und legte die Hand auf das Heft ihres Schwertes. Vor ihr auf dem Weg war ein einzelner Reiter erschienen. Er saß auf einem riesigen gepanzerten Schlachtroß, trug eine Schwertlanze mit gezacktem Blatt und war selbst von Kopf bis Fuß in eine schmutzig graubraune Rüstung gehüllt. Ohne ein Wort reckte er seine Waffe in die Höhe und spornte sein Pferd an – direkt auf sie zu.

Die Ohren ihrer Stute zuckten nervös nach hinten und Muriella wußte so deutlich wie ihr Pferd, daß sie dem Reiter nicht begegnen wollte. Kurzentschlossen lenkte sie die Stute zwischen die alten Bäume des Waldes von Sedgwick und gab ihr die Sporen. Der Reiter war ihr bereits gefährlich nahe gekommen, mußte aber seinen donnernden Galopp abbremsen und sein Pferd herumreißen, um ihr in den Wald folgen zu können. Sie duckte sich jetzt so tief über den Hals ihres Pferdes, daß ihr die weiße Mähne ins Gesicht schlug, und in der Hoffnung, ihren unheimlichen Verfolger auf diese Weise abschütteln zu können, ritt sie gefährlich dicht an den knorrigen Baumstämmen vorbei und unter tiefhängenden Ästen hindurch. Die wendige Stute legte ein halsbrecherisches Tempo vor und streckte sich im Galopp, aber der schwere Hufschlag hinter ihr wollte nicht verstummen. Trotz des wahnwitzigen Ritts wagte es Muriella, einen kurzen Blick über ihre Schulter zu werfen und klammerte sich erschrocken an ihren Sattel. Unerbittlich, und scheinbar unaufhaltsam, folgte ihr der finstere Reiter dicht auf den Fersen. Verzweifelt trieb sie ihr Pferd weiter an und ritt dabei immer tiefer in den Wald hinein.

∴

Fallows Bewunderung für Gallians Einfallsreichtum nahm zu, als er beobachtete, wie den Katapulten nach einigen Salven die Munition ausging und nun die Krugs selbst den Platz der Steinbrocken einnahmen. Sie ließen sich mit Öl übergießen, anzünden und als lebendige, zappelnde und lodernde Geschosse dem Feind entgegenschleudern.

Eine Bewegung in den Büschen jenseits der Katapulte erregte seine Aufmerksamkeit, und bevor er erkennen konnte, ob sie von Freund oder Feind hervorgerufen wurde, löste sich ein dichter Pfeilregen aus den Büschen und ging auf die Krugs an den Katapulten nieder. Viele der Kreaturen stürzten getroffen zu Boden, bei einem der Katapulte löste sich der Wurfarm, und schlug ohne Ladung krachend nach vorne, und an einem zweiten fauchten lodernde Flammen empor, nachdem der Krug, der die Fackel hielt, getroffen worden war, und in das bereitgestellte Öl stürzte. Bevor die Krugs sich von der ersten Salve erholt hatten, ging eine zweite auf sie nieder, und das schien die Kontrolle von Gallians Befehlshabern endgültig zu durchbrechen. Kopflos rannten die häßlichen Kreaturen durcheinander, griffen nach ihren Waffen oder stürmten in den Wald davon. Fallow warf einen Blick zu der Stelle hinüber, von der die gesichtslosen Reiter den Angriff der Katapulte gelenkt hatten, doch Gallians Diener waren verschwunden. Offenbar hatte ihr Meister die Kriegsmaschinen bereits aufgegeben.

Nach der dritten Pfeilsalve warfen die Schützen ihre Bögen beiseite und stürmten mit gezogenen Schwertern aus ihrem Versteck. Fallow konnte zwischen ihnen General Backler erkennen und auch die Soldaten hatten ihn und seine Garde auf der Anhöhe entdeckt. Um die Katapulte herum waren jetzt mehrere kleinere Scharmützel ausgebrochen, aber ein Stoßtrupp der Soldaten setzte den fliehenden Krugs nach und näherte sich ihrer Stellung. Mit einem kurzen Wink ließ Fallow einige seiner Männer absitzen und den Soldaten auf Seite der Krugs entgegeneilen. Befriedigt beobachtete er, daß die Bogenschützen seinen Elitesoldaten nichts entgegenzusetzen hatten. Bereits nach wenigen Augenblicken hatten sie dem Angriff ein blutiges Ende gesetzt und kehrten zu ihren Pferden zurück. Befriedigt lehnte er sich in seinem Sattel zurück. Vielleicht war es jetzt doch an der Zeit, Gallians Rat nachzukommen und Burg Ehb niederzubrennen.

„Wir reiten nach Süden", rief Fallow seinen Männern zu.

„Heißt das, wir geben uns geschlagen, mein Herzog?" fragte ihr Hauptmann unterwürfig.

„Nein", antwortete Fallow mit einem dreckigen Lachen, „das heißt, uns erwartet ein anderes Schlachtfeld."

∴

Gallian hatte Mühe, seinen Zorn zu unterdrücken und seine volle Konzentration aufrechtzuerhalten. Er hatte nicht damit gerechnet, daß es den Truppen des Königs so schnell gelingen würde, seine Katapulte auszuschalten. Die menschlichen Soldaten kämpften mit einem Zusammenhalt und einer Entschlossenheit, die er nicht erwartet hatte. Es wurde Zeit, seine gesichtslosen Reiter selbst in das Kampfgeschehen eingreifen zu lassen.

Er sammelte sich wieder und öffnete gleichzeitig eine magische Verbindung zu allen seinen Reitern auf dem Schlachtfeld. Dieser Zauber kostete ihn sehr viel Kraft und erforderte äußerste Konzentration, aber nur so konnte er sich von Zeit zu Zeit einen Überblick über die gesamte Lage verschaffen. Die Schlacht tobte auf der gesamten Länge des Tals, und es war den Soldaten von Ehb inzwischen gelungen, die Krugs auf ganzer Linie über den Bach zurückzudrängen. Seine Reiter waren über die Front verteilt und sammelten immer wieder die Krugs in ihrer Nähe, um sie in massierten Angriffen gegen die Menschen zu schicken. Beide Seiten hatten bereits schwere Verluste hinnehmen müssen, nur würde es ihm viel schneller gelingen, eine neue Armee von Krugs aufzustellen. Einzig die Verluste unter den Gesichtslosen ließen sich nicht so leicht wieder ausgleichen, denn es wurde immer schwerer, in Crystwind geeignete Seelen zu beschwören. Das war auch der Grund, der Gallian zögern ließ, seine gefährlichste Waffe in die Schlacht zu schicken. Seine Reiter waren nicht nur tödliche Kampfmaschinen, sie waren auch seine Augen und Ohren, seine Boten und Befehlshaber. Bisher hatten die Menschen keine ernsthaften Anstrengungen unternommen, die furchterregenden Reiter anzugreifen und Gallian hatte sie im Hintergrund gehalten. Doch damit würde es jetzt vorbei sein.

Im selben Moment als er seinen Entschluß gefaßt hatte, stellte sich ein einzelner Soldat in den Weg eines der gesichtslosen Reiter. Er trug die Rüstung eines Offiziers und sein dunkles Gesicht war blutverschmiert und schmutzig, aber er hob herausfordernd sein

Schwert und machte keine Anstalten, dem Reiter auszuweichen. Mit einem kurzen Gedankenimpuls wies Gallian die anderen Reiter an, in die Schlacht einzugreifen, bevor er das mentale Band zu ihnen löste und sich ganz auf diesen hier konzentrierte. Der Mann vor ihm mußte ein hoher Offizier sein, und es würde ein Schlag für die Moral von Konreids Truppen sein, wenn Gallian den gesichtslosen Reiter mit seinem aufgespießten Kopf durch ihre Schlachtreihen galoppieren lassen würde.

Er ließ den Reiter seine kurze Schwertlanze senken und galoppierte auf den Offizier zu, der im letzten Moment einen Schritt beiseite machte und die Waffe mit seinem Schwert ins Leere lenkte. Der Reiter riß sein Schlachtroß herum und Gallian starrte den Offizier mit augenlosem Blick an. *General Tarish!* Er würde dem General eine Lektion erteilen.

Selbst wenn ihr heute siegt, ist der Krieg noch lange nicht gewonnen! schickte Gallian seine Stimme durch die magische Verbindung und ließ sie in Tarishs Kopf widerhallen.

„Wir werden nicht nur heute siegen!" schrie ihm der General entschlossen entgegen.

Erschlagt soviele Krugs wie ihr wollt, antwortete Gallian mit donnernder Stimme, *ich werde euch immer wieder neue entgegenschikken!*

Ein zweites Mal führte er durch den gesichtslosen Reiter einen Angriff gegen Tarish, doch der General parierte erneut. Als Gallians dämonische Marionette ihr Pferd zum nächsten Angriff wendete, entdeckte er in einiger Entfernung ein weitaus lohnenderes Ziel. Der König selbst war mit seiner Reiterei auf das Schlachtfeld vorgestoßen und in ein verbissenes Gefecht mit einer Horde Krugs verwickelt. Das war die Gelegenheit, zum entscheidenden Vernichtungsschlag auszuholen.

Ohne einen weiteren Blick auf Tarish zu werfen, ließ Gallian den Reiter seinem Pferd die Sporen geben und preschte über das Schlachtfeld auf den König zu.

∴

Dicht umringt von seiner schwer gepanzerten Leibgarde ritt Herzog Fallow an den Kämpfenden vorbei. Es war unmöglich zu diesem Zeitpunkt zu sagen, wer auf dem Schlachtfeld die Oberhand hatte, die Krugs kannten weder Schmerz noch Furcht und warfen ihre schiere Masse in die Waagschale, aber die Anhänger des Königs kämpften mit einer Entschlossenheit, die Fallow Sorgen machte. Wie war es seinem senilen alten Onkel nur gelungen, seine Soldaten so sehr zu motivieren?

Kaum hatte sich dieser Gedanke in seinem Kopf geformt, fiel Fallows Blick auf Konreid selbst, der ganz in der Nähe gegen eine Horde von Krugs anritt und sein Schwert immer wieder auf die grunzenden Kreaturen herabsausen ließ.

„Der König!“ stieß der Herzog ungläubig hervor, zügelte sein Pferd und gab seinen Männern das Signal zum Anhalten.

„Einen Bogen“, forderte er von dem Krieger an seiner Seite und beobachtete den kämpfenden König aus zusammengekniffenen Augen. Der Gardist reichte Fallow seinen kunstvoll gearbeiteten Bogen und hielt nach kurzem Zögern seinem Herrn auch den Köcher mit Pfeilen hin.

Umständlich spannte Fallow den Bogen und legte auf Konreid an.

„Haltet still, liebster Onkel!“ preßte er hervor, während er sich bemühte den Pfeil auf die Brust des Monarchen gerichtet zu halten. Als er schließlich den Pfeil von der Sehne schnellen ließ, schlug er so weit von Konreid entfernt in einen Baumstamm ein, daß es der König noch nicht einmal bemerkte. Seine Männer beobachteten das Kampfgeschehen mit versteinerten Mienen, als er mit einem zornigen Ruck einen zweiten Pfeil aus dem Köcher zog und noch einmal auf den König anlegte.

Konreid war inzwischen mit seinen Reitern einem weiteren Haufen Krugs, der sich in eine Abteilung Speerkämpfer verrannt hatte, in die Flanke gefallen, und hatte Fallow noch immer nicht bemerkt. Der zweite Pfeil verfehlte den König wieder mit deutlichem Abstand und traf einen der Krugs in den Hals, der daraufhin röchelnd zusammenbrach. Fallow verzog das Gesicht, zuckte mit den Achseln und legte einen weiteren Pfeil auf die Sehne.

Der dritte Schuß ging knapp an Konreids Kopf vorbei, und diesmal bemerkte der König den Pfeil und sah sich nach dem Schützen um. Fallow glaubte zu erkennen, wie der König ihn entdeckte, aber das Kampfgetümmel ließ ihn sich sofort wieder abwenden. Solange er nicht alle Pfeile verschossen hatte, würde er nicht aufgeben. Trotzig zielte er über den Schaft des nächsten Pfeils erneut auf seinen Onkel.

Bevor er jedoch dazu kam, einen weiteren Schuß abzugeben, erhob sich auf dem Schlachtfeld lautes Geschrei. Einer von Gallians gesichtslosen Befehlshabern bahnte sich durch Freund und Feind einen Weg auf Konreid zu, und die berittene Garde des Königs drängte sich enger um ihren Herrn. Die maskierten Späher, die Fallow schon zuvor immer wieder im Handgemenge in Konreids Nähe hatte auftauchen sehen, erhoben sich mit ein paar leichtfüßig wirkenden Sprüngen über die Kämpfenden, stießen sich von Baumstämmen ab und wirbelten dem neuen Gegner entgegen. Der gesichtslose Reiter hieb unbarmherzig auf jeden ein, der sich ihm in den Weg stellte und das, obwohl in seiner Rüstung bereits unzählige Pfeile steckten.

Als insgesamt sechs Späher wie ein Mann den Reiter ansprangen, schien für einen Augenblick die Zeit stillzustehen. Die schwarzgekleideten Kämpfer flogen mit gezückten Schwertern und Dolchen auf den riesigen Reiter zu, der unbeeindruckt seine schwere Lanze über dem Kopf herumwirbelte und die Angreifer wie lästige Insekten gegen die nächsten Bäume schleuderte.

Fallow mußte sich offensichtlich beeilen, wenn er noch eine Gelegenheit bekommen wollte, den König selbst zur Strecke zu bringen.

∴

Mit einem mächtigen, zweihändig geführten Hieb spaltete Farmer Helm und Schädel des Krugs vor ihm. Sein Gegner brach auf der Stelle tot zusammen, und mit einem Satz war Farmer über ihn hinweg gesprungen. Er hatte jedes Zeitgefühl und jede Vorstellung davon verloren, wie viele Krugs er schon erschlagen hatte. Wenn ihm jetzt jemand erzählen würde, er hätte sein ganzes Leben auf diesem Schlachtfeld und mit dem Kampf gegen die Krugs verbracht, er würde ihm glauben.

Mit ein paar schnellen Schritten stürmte er einen kleinen Abhang hinunter und sprang einem weiteren Krug mit beiden Füßen in den Rücken. Der Aufprall ließ die Kreatur in ihre Gefährten stolpern und brachte die ganze Gruppe zu Fall. Sofort war Farmer über ihnen und ließ eine schnelle Folge von Stichen und Hieben auf sie niederprasseln.

Lautes Geschrei und ein Hornsignal ließen ihn aufblicken. Gar nicht weit entfernt war ein gesichtsloser Reiter zwischen den Bäumen erschienen und bahnte sich durch das Kampfgetümmel seinen Weg auf den König zu, der inmitten seiner Soldaten kämpfte. Farmer wußte, daß er ihn aufhalten mußte. Die Menschen von Ehb brauchten ihren König. Hastig sah er sich um und entriß einem gefallenen Soldaten seinen schweren Speer. Plötzlich tauchte General Tarish wieder an seiner Seite auf.

„Der König!" keuchte er und Farmer nickte grimmig. Wie ein Mann stürmten sie erneut zusammen vorwärts.

Nach einem kurzen Anlauf schleuderte Farmer den Speer mit aller Kraft auf den gesichtslosen Reiter, während Tarish ihm die wütend heranstürmenden Krugs vom Leibe hielt. Die Waffe schien ein paar endlose Sekunden in der Luft zu hängen, traf den Reiter dann in die Seite und bohrte sich durch die Rüstung hindurch tief in seinen Körper. Die Wucht des Treffers warf Reiter und Pferd um. Doch auch wenn der dämonische Krieger zu Boden gegangen war, wußte Farmer, daß es nicht vorbei war, ehe ihm nicht der Hals durchtrennt wurde. Wütend um sich schlagend stürmte er los, tauchte unter den

Angriffen der Krugs hindurch oder metzelte sie im Vorbeilaufen nieder, ohne sein Tempo dabei wesentlich zu verringern.

Als er über den mächtigen Körper des schwarzen Schlachtrosses sprang, das zappelnd versuchte sich unter der Last seiner Panzerung wieder zu erheben, richtete sich sein Reiter gerade wieder auf die Knie. Der Speer steckte noch immer in seiner Seite und hinderte ihn am Aufstehen. Farmer erkannte sofort seine Gelegenheit und mit einem weit ausholenden Hieb trennte Farmer den Kopf des Kriegers von seinen Schultern. Ein Schleier schwarzen, klebrigen Rauchs stieg aus dem enthaupteten Körper des Dämons auf, bevor er leblos zusammensackte.

Erleichtert drehte sich Farmer zum König um, und sah zu seinem Entsetzen, wie Konreid im selben Moment von einem Pfeil in die Brust getroffen wurde und mit einem Aufschrei von Pferd stürzte. Ohne auf die Krugs um ihn herum zu achten, hetzte Farmer zum verletzten König hinüber, der mit schmerzverzerrtem Gesicht wieder auf die Beine kam und einem Krug, der ihn jetzt offenbar für ein leichtes Opfer gehalten hatte, sein Schwert in die Kehle stieß.

Stöhnend brach Konreid den Pfeil ab, der in seiner Brust in der Nähe des Herzens steckte und sah sich taumelnd um, bevor seine Beine unter ihm einknickten. Im letzten Moment war Farmer bei ihm und konnte ihn auffangen und vorsichtig zu Boden gleiten lassen. Jetzt stand auch Merick neben ihnen, das Gesicht vor Entsetzen grau und die Augen weit aufgerissen.

„Wachen!“ rief er laut und sah sich nach der königlichen Leibgarde um. „Wachen! Schnell, schafft den König vom Schlachtfeld!“

„Schneller, beeilt euch!“ wies auch Farmer die herbeieilenden Soldaten an, bevor er aufstand und sich nach dem Schützen umsah.

Er hatte ihn schnell entdeckt. Ein Mann in sauberer, glänzender Rüstung und pelzbesetztem Mantel, saß unweit ihrer Position regungslos auf seinem Pferd und starrte sie an. Den Bogen hatte er noch in der Hand. Langsam breitete sich ein Grinsen auf seinem blassen Gesicht aus und er streckte den Bogen einem der ebenso vom Kampf verschonten Reiter neben ihm hin.

„Lebt wohl, mein gütiger Onkel!“ schrie er mit unüberhörbarem Spott über das Schlachtfeld und wendete mit einem höhnischen Lachen sein Pferd. Seine Begleiter taten es ihm gleich.

Unbändiger Zorn keimte in Farmer auf und schoß heiß durch seine Adern. Eine dichtgedrängte Gruppe aus Krugs blockierte den Weg zu dem hinterhältigen Mörder, eingekeilt zwischen einer Schlachtreihe aus Schwertkämpfern und einer Abteilung Bogenschützen. Ohne nachzudenken, begann Farmer sich mit einem unartikulierten Schrei seinen Weg zu dem Mörder zu bahnen. Mit der Kraft der Verzweiflung rammte er die massigen Leiber der dichtgedrängt stehenden Krugs beiseite und tauchte unter den unbeholfen gegen ihn geführten Schlägen der Feinde hindurch. Die völlig verblüfften Kreaturen waren nicht in der Lage, den von Zorn beseelten Farmer zu stoppen, der wie ein Rammbock durch ihre Reihen pflügte.

Erst, als zwei weitere gesichtslose Reiter, die den König nicht mehr erreicht hatten, sich dem wütenden Farmer auf ihren gepanzerten Pferden in den Weg stellten, schien sein Ansturm kurz ins Stocken zu geraten. Farmer mußte schnell handeln und sich einen Ausweg einfallen lassen. Seinen ungeheuren Schwung ausnutzend, stieß er sich vom Boden ab und indem er sich einen Weg über die verdutzten Leiber der Krugs bahnte, befand sich Farmer innerhalb eines Lidschlags Aug in Aug mit dem ersten der Reiter und als der Aufprall kam, riß die Wucht den Gesichtslosen aus dem Sattel. Ineinander verkeilt stürzten sie vom Pferd und rollten über den blutgetränkten Waldboden. Verbissen ringend gewann Farmer die Oberhand und kniete über dem finsteren Krieger. Ohne zu zögern riß er sein Erntemesser mit dem Heft zuerst in die Höhe und rammte dann dem gestürzten Reiter die breite Klinge mit aller Kraft in den Spalt zwischen Brustpanzer und Helm.

Mit einem häßlichen Pfeifen entwich der zähe, schwarze Rauch, den Farmer inzwischen als untrügliches Zeichen für den Tod der gesichtslosen Reiter identifiziert hatte. Farmer blieb jedoch keine Zeit sich über seinen Sieg zu freuen. Der zweite Reiter ließ sein Pferd über ihm steigen und er mußte sich mit einem Sprung vor den tödlichen Hufen in Sicherheit bringen.

Geschickt rollte er sich unter einem wuchtigen Schwerthieb des Reiters hindurch und auf die andere Seite des Pferdes. Hier konnte der Reiter seine große Waffe nicht effektiv gegen ihn einsetzten, und bevor es ihm gelang sein Schlachtroß zu wenden, hatte Farmer ihn schon angesprungen und klammerte sich mit aller Kraft am Steigbügel und der Rüstung des Reiters fest. Sein großes Messer hatte er im Sprung fallengelassen, um mit beiden Händen zupakken zu können, doch jetzt blieb ihm nichts anderes übrig, als den Griff einer Hand zu lösen, um mit der bloßen Faust auf die ungepanzerten Stellen am Bein des Kriegers einzuschlagen.

Der Reiter versuchte mit seiner sperrigen Klinge nach ihm zu stechen, während er mit der freien Hand sein Pferd in wildem Zickzack über das Schlachtfeld lenkte, um den verbissenen Angreifer abzuschütteln. Aber Farmer ließ nicht locker. Immer wieder schlug er mit blutigen Knöcheln auf das Bein des Reiters ein und wich seinen ungelenken Schwertstichen aus. Schließlich kam ihm das Glück zu Hilfe. Dem Reiter rutschte nach einer besonders abrupten Kehre des Pferdes der Fuß aus dem Steigbügel und Farmer reagierte sofort. Er schob seinen eigenen Fuß an die freie Stelle und nutzte den neu gewonnenen Halt zu einem nach oben geführten Faustschlag, in den er seine ganze Kraft legte. Die Faust traf den Reiter am Kinnschutz seines Helms und hob ihn seitlich aus dem Sattel, während Farmer sich vom Rest seines Schwungs weitertragen ließ, um dem Reiter von Rücken des strauchelnden Pferdes hinterher zu springen. Im nächsten Moment stand er über dem dämonischen Krieger, entriß ihm seine riesige Waffe und schlug ihm den Kopf ab.

Für einen Moment wurde es schwarz vor Farmers Augen. Der ganze Schmerz, der ihm in der Schlacht in Form von unzähligen kleinen Wunden zugefügt worden war, und den er bisher kaum gespürt hatte, brandete auf einmal mit aller Gewalt durch seinen Körper. Keuchend stützte er sich mit dem riesigen Schwert ab, um nicht zusammenzubrechen. Unter Aufbietung seiner ganzen Willenskraft öffnete er die Augen und sah sich nach dem Verräter um, der den König – seinen Vater – so feige erschossen hatte. Aber die fremden Reiter waren längst verschwunden und um ihn herum tobte weiterhin unvermindert die Schlacht.

∴

Noch immer berauscht von dem Erfolg seines letzten Schusses, ritt Fallow seinen Männern durch den Wald voran. Sie hatten das Schlachtfeld schnell hinter sich gelassen und waren direkt nach Süden geritten. Hier erinnerte nichts mehr an das tobende Gefecht zwischen den Krugs und den königstreuen Dummköpfen.

Er hatte tatsächlich den König erschossen und damit den Weg für sich auf den Thron geebnet! Es war ein erhebendes Gefühl, sein Schicksal endlich selbst in die Hand zu nehmen, und er war nun endgültig dazu entschlossen, Burg Ehb niederzubrennen. Er hatte heute das Reich von seinem schwächlichen Monarchen befreit, und Gallian hatte recht: Die neue Ära von Fallows Herrschaft verlangte nun auch nach einem neuen Herrschaftssitz.

„Warum reiten wir in den Wald von Sedgwick, mein Herzog?“ riß ihn der Hauptmann seiner Leibwache aus seinen Gedanken.

„Das ist der kürzeste Weg nach Burg Ehb“, antwortete Fallow vergnügt. „Die Burg ist unbewacht – keine Soldaten, keine Wachen. Sie wartet nur darauf, von uns eingenommen zu werden!“

„Dann werdet Ihr also heute die Herrschaft über das Reich Ehb antreten, Herr?“ fragte der Offizier respektvoll.

Fallow schüttelte den Kopf und sein Gesichtsausdruck wurde düster. „Heute soll Burg Ehb brennen!“

Vierzehn

Die Krugs schoben und zerrten die Käfigwagen durch immer engere Täler und über immer steilere Wege stetig weiter nach Norden. Am Abend hatten sie die Baumgrenze hinter sich gelassen, und durch die Gitterstäbe konnte Norick im letzten roten Widerschein des Himmels nur noch eine karge Felslandschaft erkennen. Als die Sonne hinter den Spitzen der Berge verschwand, wurde es sofort spürbar kälter, und in der Luft hing ein schwefliger Geruch, der die Atemwege reizte.

„Sie bringen uns nach Crystwind!" murmelte Norick düster und starrte auf die kargen Felsen. Er konnte sich nicht erinnern, wann er sich zum letzten Mal hatte strecken können und sein Rücken und seine Gelenke brannten wie Feuer. „Müssen wir hier etwa für unsere Sünden büßen?"

„Nein, Norick", antwortete Solana sanft und legte ihm eine schmale Hand auf die Schulter. „Hier büßen wir für unsere Tugenden. Sünden sind hier mehr als willkommen." Wie Norick und Bastien war sie schmutzig und erschöpft, und ein geschwollener Striemen lief über ihre Stirn, doch ihre braunen Augen blickten warm und voller Mitgefühl in die seinen.

Sie verfielen wieder in das hilflose Schweigen, das sie den größten Teil des Weges begleitet hatte. Sie waren den Krugs ausgeliefert und im Moment gab es nichts, was sie dagegen tun konnten. Vor ein paar Stunden – oder war es bereits gestern gewesen? – hatte er mit ansehen müssen, wie ein Gefangener im nächsten Wagen die Nerven verloren hatte. Der junge Mann in der zerrissenen Kleidung eines Bauern hatte sich, allen Warnungen zum Trotz, laut schreiend und mit aller Kraft gegen die Gitterstäbe seines Gefängnisses geworfen und den Wagen gefährlich ins Wanken gebracht, woraufhin ihm die Krugs ohne Vorwarnung einen Speer durch die Gitterstäbe hindurch in die Brust gestoßen und ihn dann zwischen seinen Mitgefangenen röchelnd hatten sterben lassen.

Als die Krugs ihren Wagen über die nächste Anhöhe schoben, erstreckte sich vor ihnen ein weites Tal. Der rote Schein glühenden Gesteins, das an mehreren Stellen aus den steilen Hängen trat, wurde von der spiegelglatten Fläche eines großen Sees auf der Talsohle reflektiert. Ihre Entführer hatten Fackeln entzündet und so bewegte sich vor ihnen eine Linie immer kleiner werdender Lichtpunkte durch die einsetzende Finsternis. Die ersten Krugs ihrer Eskorte hatten bereits die lange Brücke betreten, die über den gespenstisch ruhigen See auf die gewaltige Fassade zuführte, die auf der anderen Seite des Tals in den Felsen gehauen worden war.

Auf dem Weg den Abhang hinunter hatten die Krugs alle Mühe, die schweren Wagen zu bremsen, und Norick drängte sich die Vorstellung auf, wie ihr Gefängnis donnernd ins Tal hinunterrollte und in den Tiefen des bleigrauen Sees versank, ohne ihnen eine Chance auf Entkommen zu lassen. Aber vielleicht wäre dieses Schicksal ja auch besser als alles andere, was sie hinter dem Felsentor, das sich am Ende der Brücke wie ein dunkelroter zahnloser Schlund öffnete, erwartete.

Aber der Wagen stürzte nicht in den See und sie ertranken auch nicht. Statt dessen zerrten und schoben ihre Bewacher den Wagen über die schmale Brücke und durch das gewaltige Tor ins Innere des Bergs hinein. Die rauchige Luft ließ ihre Augen tränen und verschwommen sah Norick, wie der Widerschein von unzähligen Feuern eine gewaltige Höhle erleuchtete. Es war heiß und stickig und Geschrei und Arbeitslärm erfüllte diese unterirdische Welt. Norick konnte erkennen, wie Krugs die Männer, Frauen und Kinder unbarmherzig antrieben, die auf den vielen Baustellen Tunnel in den Fels trieben und Schächte aushoben, oder die in zahllosen Werkstätten offenbar Waffen schmiedeten und Wagen und Kriegsmaschinen bauten.

„So will ich nicht leben!“ stieß er zwischen zusammengepreßten Zähnen und mit finsterem Blick hervor.

„Mach dir nichts vor“, sagte Bastien leise, „wir sind doch bereits Sklaven wie sie.“

„Ich werde niemals ein Sklave sein“, antwortet Norick ohne ihn anzusehen und schüttelte den Kopf.

Solana sah in ängstlich an. „Sei still, Norick!“ flehte sie ihn an. „Bitte tu nichts Unüberlegtes!“

∴

Fallow beglückwünschte sich selbst zu seinem Entschluß, durch den Wald von Sedgwick nach Burg Ehb zu reiten. Sie hatten seit Stunden weder Mensch noch Tier noch Krug zu Gesicht bekommen und kamen zwischen den großen, weit auseinander stehenden Bäumen gut voran. So konnte es weitergehen.

Seine Sorglosigkeit verflog mit einem Schlag, als er einen von Gallians dämonischen Reitern entdeckte, der in einiger Entfernung leblos zwischen den Bäumen hing.

„Ho, ho, ho!“ Fallow zügelte sein Pferd und hob die behandschuhte Hand, damit auch seine Eskorte das Tempo verlangsamte. Angespannt sah er sich um und musterte dann den erhängten Reiter genauer. Er hing von einem der dicken Äste, die weit über ihnen das dichte Blätterdach trugen und nur ein einziges dünnes Seil war um seinen Hals geschlungen, das das ganze Gewicht des Körpers und der schweren Rüstung hielt. Seine Füße hingen etwa auf Fallows Augenhöhe, wenn er auf seinem Pferd saß. Ganz davon abgesehen, daß die gesichtslosen Krieger tödliche Gegner waren, mußte es beachtliche Anstrengungen verursacht haben, diesen so weit oben aufzuhängen. Ein kalter Schauer lief ihm über den Rücken.

„Los“, forderte Fallow mit unwillkürlich gedämpfter Stimme seine Begleiter auf, „wir sollten uns beeilen.“ Unruhig trieb er sein nervös tänzelndes Pferd erneut voran, doch sie kamen nicht sehr weit. Kaum hatten sie ihren Weg fortgesetzt, erspähte er die nächste Überraschung. Auf dem schmalen, kaum erkennbaren Pfad kam ihnen Muriella zu Fuß entgegen. Sie war in eine lächerliche Rüstung aus schwarzem Leder und poliertem Stahl gekleidet und trug ein Schwert am Gürtel. Ihr langes Haar war eingeflochten, was ihre großen Augen besonders betonte. Ihr Pferd schien sie offenbar verloren zu haben, denn Fallow konnte sich nicht vorstellen, wie sie sonst hierher gekommen sein sollte.

„Seht euch das an", rief er mit einem spöttischen Lachen aus, „eine Freundin der Familie. Welche Freude!"

Muriella war wie angewurzelt stehengeblieben, als sie ihn und seine Männer bemerkt hatte und wich jetzt einen Schritt zurück. Fallow trieb sein Pferd an und setzte ihr nach.

„Ganz allein im Wald unterwegs?" fragte er mit aufgesetzter Besorgnis. „Kommt Ihr Euch da nicht ein wenig ... verletzlich vor?"

„Kommt mir nicht zu nahe", zischte Muriella zornig und wich noch einmal vor dem Herzog zurück. In ihre Augen war ein Funke Angst getreten, der Fallow anstachelte.

„Ihr habt mir noch nie vertraut, nicht wahr, Muriella?" Fallow lehnte sich im Sattel vor und sah sie vorwurfsvoll an. Seine Worte waren mehr eine traurige Feststellung als eine Frage.

„Euer Betragen hat mir auch keine Veranlassung dazu gegeben!" antwortete sie kalt und um Beherrschung ringend.

„Pah! Betragen? Veranlassung?" höhnte Fallow und setzte sich wieder auf. „Das sind Worte des Hofes. Doch betrüblicherweise sind wir hier gerade nicht bei Hofe!" Er lachte noch einmal laut auf. „Die Regeln des Hofes sind hier ohne Bedeutung!" Er trieb sein Pferd dichter an Muriella heran und beugte sich immer noch lachend zur Seite, um sie zu ergreifen und zu sich in den Sattel zu ziehen. Heute war sein Glückstag!

Doch sein Lachen blieb ihm im Halse stecken. Mit rasender Geschwindigkeit schossen mit einem Mal lange Ranken aus dem

Blätterdach herab und schlangen sich um seine überraschten Leibwachen. Im nächsten Moment wurden sie von ihren Pferden gerissen und verschwanden im dichten Grün der Baumkronen. Ihr Geschrei verstummte so plötzlich, wie es erklungen war. Panische Angst stieg in Fallow hoch, während er verzweifelt sein Schwert zog und auf Muriella einhieb, die seinem Pferd jetzt den Weg versperrte. Auch sie hatte ihr Schwert mit einer geschmeidigen Bewegung gezogen und parierte seine hektischen Hiebe ohne Mühe. Fallow konnte noch ein triumphierendes Lächeln auf ihrem Gesicht erkennen, als er sein Pferd endlich an ihr vorbeitrieb.

Kaum hatte er die Tochter des Hofmagiers passiert, hörte er hinter sich ein Rascheln und ein Rauschen, und als er es wagte, sich umzusehen, entdeckte er, daß Muriella zusammen mit einer unbekannten blonden Frau an einer Ranke hing, und sie sich zwischen den Bäumen hindurch schwangen. Die beiden Frauen waren ihm mit ihrer seltsamen Fortbewegungsart dicht auf den Fersen, so daß Fallow sein Pferd mit einem angstvollen Aufschrei noch mehr antrieb und nicht wagte, sich noch einmal umzusehen. Statt dessen versuchte er seine Verfolgerinnen abzuschütteln, indem er zwischen den mächtigen Baumstämmen Haken schlug.

Dann tauchten plötzlich weitere Frauen auf, die sich an Lianen neben und vor ihm durch den Wald schwangen. Sie alle waren mit Speeren bewaffnet und beobachteten ihn mit ruhigen und unbarmherzigen Blicken. Was wollten diese seltsamen Kriegerinnen nur von ihm? Immer mehr von ihnen erschienen und langsam zogen sie den Kreis um ihn herum immer enger zusammen, während er mit wachsender Panik nach einem Ausweg suchte. Sein Pferd wurde von Sekunde zu Sekunde unruhiger und wollte ihm nicht mehr gehorchen. Schließlich blieb es schnaubend stehen und warf den Kopf unruhig hin und her.

Schweißnaß sah Fallow sich um und versuchte gleichzeitig seinem Schimmel beruhigend den Hals zu tätscheln. Er saß in der Falle und als sei das nicht schon schlimm genug, stürzten plötzlich die leblosen Körper seiner Wachen um ihn herum aus den Ästen und blieben federnd und mit baumelnden Gliedmaßen mitten in der Luft hängen. Auf furchtbare Art und Weise wirkten sie wie zerbrochene Spielzeuge, wie sie da so stranguliert im Blattwerk hingen. Fallow schrie erschrocken auf und sein Pferd stieg schrill wiehernd in die Höhe. Er konnte sich nicht mehr im Sattel halten und wurde unversehens auf den Rücken geschleudert. Zum Glück fiel er auf dem federnden Waldboden weich, trotzdem blieb ihm für einen Moment die Luft weg und alle Kraft hatte seine Beine verlassen. Bevor er wieder auf die Füße kam, schossen die furchtbaren Ranken heran, preßten seine Arme eng an seinen Körper und rissen ihn in die Höhe. Hilflos blieb er mit rasendem Herzen mitten in der Luft hängen und wimmerte.

Ohne sich rühren zu können, mußte Fallow mit ansehen, wie die blonde Frau Muriella unter den aufmerksamen Blicken der übrigen Frauen vor ihm absetzte.

„Ein Geschenk für Euch", sagte Muriellas Begleiterin, die so etwas wie die Anführerin der Übrigen zu sein schien.

„Ich danke Euch", antwortete die Tochter des Zauberers höflich und wandte sich dann Fallow zu.

„Regeln gibt es überall, mein guter Herzog!" sagte sie mit deutlicher Genugtuung in der Stimme. „Und Ihr habt einmal mehr Euer unnachahmliches Talent bewiesen, sie zu brechen."

Wütend warf sich Fallow herum, aber augenblicklich zogen sich die verfluchten Ranken enger zusammen und schnürten ihm die Luft ab.

„Diesen hier nehme ich mit", sagte Muriella zu den Frauen und zog an einer der Ranken, die von Fallows stramm gewickelten Fesseln herunterhingen. Mit einem Ruck löste sich die Liane, an der er von den Ästen herabhing und er stürzte zu Boden. Leider blieben die Ranken um seine Arme fest verschnürt, und so konnte er bei der unsanften Landung weder sein Gleichgewicht halten noch sich abfangen, und schlug mit dem Gesicht schmerzhaft auf einer Wurzel auf.

In diesem Augenblick wünschte Fallow sich, er könnte einfach hier liegenbleiben und die Frauen würden verschwinden. Gallian und Ehb und der Thron, alles war ihm egal. Er fühlte sich nur so unendlich müde. Aber Muriella zog immer wieder an der Ranke, die wie eine Leine von ihrer Hand zu seinen Fesseln verlief und es blieb ihm nichts anderes übrig, als fluchend auf die Beine zu kommen und ihr zu ihrem Pferd zu folgen, das in der Nähe friedlich an den jungen Trieben eines Busches knabberte.

∴

Als die Krugs die Wagen mit den Käfigen schließlich anhielten, befanden sie sich tief im Bauch des Gebirges. Kein Sonnenstrahl war jemals hierher vorgedrungen und nur das Licht von Fackeln und Feuerstellen erhellte das karge Gestein. In der Luft hing der Geruch von Rauch, Staub und Exkrementen. Die Wagen waren zuerst über einen erhöhten Damm durch eine riesige Höhle gerollt, später hatte der Weg sich geteilt und der Wagen in dem Solana, Bastien und Norick eingesperrt waren, war von ihren Bewachern in einen von mehreren Tunneln geschoben worden. In einer kleineren Höhle, zu der sich der Tunnel erweiterte, hatten die Krugs angehalten. Viele nur gerade mannshohe Gänge führten von hier in alle Richtungen.

Norick hatte sich auf dem Boden des roh zusammengezimmerten Käfigs zusammengerollt, und tat als würde er schlafen, als die Krugs die Käfigtür entriegelten und begannen, die Gefangenen mit bedrohlichem Grunzen aus dem Wagen zu treiben. Als Norick sich nicht bewegte und den anderen hinter ihm den Ausstieg blockierte, packte ihn ein Krug, und zerrte ihn unter zornigem Geschrei durch die schmale Käfigtür. Widerwillig ließ Norick sich ziehen, achtete aber darauf, daß er sicher auf den Füßen landete. Jetzt stand er ganz eng bei dem Krug und konnte seinen sauren Atem im Gesicht spüren. Ohne zu zögern griff er nach dem langen, schartigen Messer im Gürtel seines Bewachers und stieß es ihm in einer schnellen Bewegung in die Brust. Der Krug schrie auf und hob sein Schwert, aber Norick zog das Messer zurück und hieb auf den Schwertarm der verwundeten Kreatur ein, die nun kraftlos zurücktaumelte. Bevor der Krug zusammenbrach, gelang es Norick noch, das Schwert des Wärters an sich zu bringen.

Hinter ihm war Bastien hastig aus dem Wagen geklettert und Norick warf ihm das erbeutete Schwert zu, während er einem zweiten herbeieilenden Krug mit dem Messer die Kehle durchschnitt. Weitere Krugs erreichten die Höhle, aber es gelang ihnen, sie ein paar Schritte von dem Käfig entfernt abzufangen und in ein Handgemenge zu verwickeln. Bastien schwang das Schwert des Krugs in weit ausholenden Bewegungen, um die Gegner vom offenstehenden Käfig fernzuhalten und Norick versuchte immer wieder blitzschnell mit dem Messer zuzustechen. Er hoffte nur, daß Solana und die anderen Gefangenen die Gelegenheit nutzten und aus dem Wagen flohen. Er hatte jedoch keine Zeit, sich nach ihnen umzusehen. Aber Bastien hatte offensichtlich denselben Gedanken.

„Lauft!" rief er den anderen über die Schulter zu. „Lauf Solana, wir finden dich schon!"

Es war ihnen gelungen, zwei weitere Krugs zu töten, als plötzlich einer jener gesichtslosen Krieger erschien, die auf ihren Pferden den Angriff auf Stonebridge angeführt hatten. Bastien mußte sich gegen zwei Krugs gleichzeitig zur Wehr setzen und drehte der neuen Bedrohung den Rücken zu. Entschlossen sprang Norick dem hühnenhaften Krieger entgegen, der sich zu seiner vollen Größe aufrichtete, nachdem er aus dem niedrigen Gang getreten war. Aus dieser Nähe und im flackernden Schein der Fackeln wirkten die leeren Öffnungen des gehörnten Helmes noch gespenstischer. Er wischte den ersten Schwertstreich des Kriegers mit seinem Messer beiseite und wollte einem zweiten, von oben geführten Hieb nach hinten ausweichen, hatte aber die Enge der Höhle unterschätzt. Die Zeit schien auf einmal unendlich langsam zu verstreichen. Norick spürte die rauhe Felswand in seinem Rücken und dann drang die breite Klinge der gegnerischen Waffe mit einem stechenden Schmerz in seine Brust ein. Im nächsten Augenblick wich der Schmerz einer furchtbaren Kälte. Mit der linken Hand packte Norick den gepanzerten Arm, der die Klinge in seiner Brust hielt, und zog sich in einer verzweifelten Anstrengung seinem Angreifer entgegen, die Schwertlanze um so tiefer in seine Brust treibend. Mit aller Kraft stieß er dem Krieger sein Messer in den Hals. Nur dort waren die gesichtslosen Reiter verwundbar, das hatte ihm Farmer erzählt.

Schwarzes Blut sickerte aus dem Spalt zwischen Helm und Brustpanzer und der Krieger schwankte, bevor er seinen Arm sinken ließ und die Schwertlanze aus der pulsierenden Wunde in Noricks Brust rutschte. Plötzlich schien das Blut des Kriegers zu verdampfen, als wäre das Metall seiner Rüstung glühend heiß. Norick sah noch, wie sein Gegner leblos zusammenbrach, dann kam die Dunkelheit.

∴

Bastien rammte seinem letzten Gegner das rostige Krugschwert in den Bauch und sah sich keuchend um. Solana und die anderen Gefangenen waren seiner Aufforderung gefolgt und geflohen. Alle ihre Bewacher lagen erschlagen am Boden, und mitten unter ihnen lag der reglose Norick. Aus einer tiefen Wunde in seiner Brust sickerte Blut, das unter ihm bereits eine große Lache auf dem Felsboden gebildet hatte.

„Norick!“ Mit einem Sprung war Bastien an der Seite des Verwundeten und kniete neben ihm nieder. Mit Schrecken erkannte er, wieviel Blut Norick bereits verloren hatte und legte ihm vorsichtig die Hand auf die Brust. Keine Bewegung und kein Herzschlag waren zu spüren. Um sein eigenes Herz schien sich eine eisige Faust zu schließen. Das durfte nicht sein! Zitternd beugte Bastien sich vor und senkte sein Ohr über Noricks Mund. Nicht der Hauch eines Atemzugs.

„Norick!“ stieß er noch einmal hervor, schüttelte seine Schultern und setzte sich dann widerstrebend auf. „So, wie du es dir gewünscht hast“, flüsterte er leise. „Ein tapferer Tod. Du warst ein verdammt mutiger alter Kerl!“ Ihm schwindelte und er kämpfte um seine Beherrschung. Wenn er Solana und sich selbst hier lebend herausbringen wollte, mußte er seine Trauer auf später verschieben. Abrupt stand Bastien wieder auf, die Faust so fest um den Schwertgriff geschlossen, daß seine Knöchel weiß hervortraten. Er mußte an Solana denken, und sie mußten irgendwie einen Weg hier heraus finden. Norick durfte nicht umsonst gestorben sein. Hilflos ließ er seinen Blick über die vielen Tunneleingänge schweifen und lauschte angestrengt nach einem Geräusch, das ihm einen Hinweis geben konnte, in welchen Solana wohl geflohen war. Da nichts zu hören war, wählte er den erstbesten und lief los.

Der Tunnel führte in ein Gewirr kleiner Gänge, die glücklicherweise in regelmäßigen Abständen von Fackeln erleuchtet wurden und für Bastien nichtsdestotrotz alle gleich aussahen. Bald wußte er nicht mehr, wo er hergekommen war und wie lange er schon durch diese Gänge irrte. Zweimal war er auf Krugs gestoßen. Das erste Mal hatte er sie von weitem gehört und sich versteckt, während sie in einem größeren Tunnel, in den eine Abzweigung mündete, vorbeimarschierten. Beim zweiten Mal hatte ein einzelner Krug plötzlich vor ihm gestanden und war glücklicherweise überraschter gewesen als er selbst. Bastien hatte die Kreatur erschlagen können, bevor sie ihre Waffe ziehen oder Alarm schlagen konnte.

Aber es nützte nichts, denn wenn es so weiter ging, würde er Solana nie finden. Sie mußte einfach noch in der Nähe sein!

„Solana?“ rief er leise in die Gänge hinein und lauschte einen Moment, dann wiederholte er ihren Namen etwas lauter. „Solana?“

Tatsächlich drang einen Moment später eine leise Antwort aus einem der Gänge.

„Bastien?“

Erleichtert folgte er ihrer Stimme und lief in den Gang hinein. Ein paar Mal kam er an Abzweigungen oder Kreuzungen, an denen er wieder nach ihr rief, um sich an ihrer Antwort zu orientieren, die mit jedem Mal ein bißchen lauter erklang. Er war überglücklich, als er sie schließlich an einer der zahlreichen Kreuzungen wiederfand. Sie war in Begleitung eines verängstigten jungen Mädchens, aber von den anderen Gefangenen war nichts zu sehen.

Doch sie hatten keine Zeit für ihre Wiedersehensfreude. Als hätten die Krugs nur auf den richtigen Moment gewartet, erscholl plötzlich aus dem Gang hinter Bastien lautes Gebrüll und das Geräusch heranstürmender Füße.

„Schnell, lauft!“ drängte Bastien und wies auf einen Tunnel in entgegengesetzter Richtung. Kaum hatten sie jedoch einen Fuß in den Tunnel gesetzt, hörten sie auch hier die Krugs näherkommen und die grotesken Schatten der Kreaturen tanzten im Fackelschein an den zerklüfteten Wänden.

„Oh nein!“ stieß Bastien hervor und schob sich schützend vor Solana und das verängstigte Mädchen. „Bleibt zurück!“

Hastig versuchten sie einen anderen Gang zu erreichen, aber es war zu spät. Die Krugs hatten sie eingekreist. Unter lautem Grunzen und Gebrüll schlossen die Kreaturen sie ein und drängten sie auf der kleinen Kreuzung zusammen. Bastien erkannte sofort, daß er ihrer Übermacht nichts entgegenzusetzen hatte. Ein Angriff wäre eine Dummheit, die seinen sicheren Tod zur Folge hätte. Mit einem verzweifelten Blick auf die Krugs ließ er das Schwert fallen und griff nach seiner Schwester. Vielleicht konnten sie versuchen, wenigstens zusammenzubleiben.

Die Krugs packten sie mit ihren groben Händen und drängten und schubsten sie unbarmherzig den Gang hinunter. Bastien umklammerte fest Solanas Hand und fragte sich, welches Schicksal ihnen jetzt bevorstand.

Fünfzehn

Ohne einen klaren Gedanken stolperte Farmer über das Schlachtfeld. Soldaten und Helfer suchten um ihn herum das Feld nach Verwundeten ab und töteten alle Krugs, die sich noch regten. Sein ganzer Körper schmerzte und seine Kleidung starrte vor Schmutz und eingetrocknetem Blut, das zum Glück größtenteils nicht sein eigenes war. Sie hatten tatsächlich gesiegt. Sie hatten alle Krugs getötet oder in die Flucht geschlagen. Doch welchen Preis hatten sie dafür bezahlt? Im ganzen Tal war der Boden zwischen den Bäumen mit Verwundeten und Toten übersät, und mindestens die Hälfte von ihnen war menschlich. Verkohlte Baumstümpfe und Leichname zeugten von dem furchtbaren Beschuß durch die Katapulte, und an mehreren Stellen erinnerten frische Krater an die Angriffe der geheimnisvollen Wesen aus der Erde. Der König war schwerverletzt vom Schlachtfeld getragen worden und zur Stunde kämpfte Merick im königlichen Zelt um dessen Leben. Der Ausdruck auf dem Gesicht des Magiers hatte wenig Hoffnung gezeigt, als er den Soldaten gefolgt war, die Konreid auf einer Trage zurück ins Lager gebracht hatten.

Der restliche Verlauf der Schlacht war für Farmer kaum mehr als ein verschwommener Traum gewesen. Nachdem der König in Sicherheit gebracht worden war, hatten Tarish und er die Truppen um sich versammelt und waren von zwei Seiten auf die ungeordneten Reihen der Krugs eingedrungen. Ihr Ziel war es gewesen, die gesichtslosen Reiter direkt anzugreifen und zu enthaupten. Diesen Befehl hatten sie auch an die anderen Generäle weitergeleitet und tatsächlich war es ihnen recht schnell gelungen, ein paar weitere der dämonischen Befehlshaber von Gallians Armee durch überraschende und gezielte Angriffe zu töten. Doch dann schien der Feind ihre Taktik durchschaut zu haben, und die gesichtslosen Reiter hatten sich im Schutz der Krughorden zurückgezogen. Ohne die Reiter in ihrer Nähe waren die Krugs jedoch den disziplinierten Angriffen der Soldaten von Ehb unterlegen gewesen, und sie hatten die Horden nach und nach in die Flucht geschlagen.

Ein junger Soldat näherte sich Farmer und blieb in respektvollem Abstand stehen.

„General Tarish schickt mich, Herr", sagte er und es dauerte einen Moment, bis Farmer verstand, daß er damit gemeint war. „Ich soll Euch ins Lager zurückbegleiten." Farmer nickte und folgte dem Soldaten wortlos. Er fühlte sich schwach und leer und war dankbar, keine Entscheidungen mehr treffen zu müssen. Zurück in seinem Zelt, nutzte er dankbar die mit frischem Wasser gefüllte Waschschüssel, die er auf einem Schemel neben seinem einfachen Bett vorfand, um sich zumindest oberflächlich von Schmutz und Blut zu reinigen und begann, sich langsam wieder wie er selbst zu fühlen. Eine innere Unruhe ließ ihn jedoch nicht aus ihren Fängen, und er beschloß, nach dem König zu sehen. Er hoffte, daß Merick ihm hatte helfen können, wenn ihm sein Gefühl auch etwas anderes sagte.

∴

Muriella bemerkte schon von weitem, daß sie sich dem Lager der königlichen Truppen näherten. Zuerst konnte sie durch den Wald menschliche Stimmen hören und die Hammerschläge der Waffenschmiede, die nach der Schlacht die Rüstungen ausbesserten. Bald darauf wehte ihr auch der stechende Geruch der Feuerstellen entgegen und bevor sie das Lager zwischen den Bäumen erkennen konnte, kam ihr General Hallet mit einem kleinen Spähtrupp entgegen. Hallet sah entschlossen und grimmig wie immer aus, aber seine Männer wirkten erschöpft und niedergeschlagen, was sie jedoch nicht daran hindern konnte, das Gelände um das Lager herum genauestens im Auge zu behalten.

Muriella verlangsamte die Schritte ihrer weißen Stute und ritt mit durchgedrücktem Rücken langsam auf die kleine Schar zu. Fallow stolperte ihr schweigend hinterher, wie er es auch in den letzten Stunden bereits getan hatte, nachdem er feststellen mußte, daß er weder mit Gewalt seine Fesseln zerreißen, noch Muriella durch Flehen und Drohungen dazu veranlassen konnte, ihn freizulassen.

Hallet musterte sie und ihren Gefangenen kurz und ohne Regung, dann wies er seine Soldaten an, ihr Platz zu machen, so daß sie auf dem schmalen Pfad passieren konnte.

„Ihr bringt einen willkommenen Gefangenen", sagte er und nickte ihr kurz zu, als sie an ihm vorbeiritt. „Ihr findet General Tarish auf dem Exerzierplatz, er inspiziert dort die Truppen. Er wird sicher besonders erfreut über Euren Fang sein." Muriella erwiderte sein Nicken und lenkte ihr Pferd weiter den Pfad entlang. Ihr Herz begann bei der Erwähnung von Tarishs Namen schneller zu schlagen.

Schon von weitem erspähte sie den dunkelhäutigen General zusammen mit General Backler auf dem improvisierten Exerzierplatz, der in der Mitte des Lagers auf einer einigermaßen ebenen und baumfreien Fläche abgesteckt worden war. Seine Rüstung war nicht mehr so makellos und glänzend wie das letzte Mal, als sie ihn gesehen hatte, und er hatte etwas von seinem energiegeladenen Schritt verloren, aber er schien unverletzt und wohlauf. Er hatte sich ein paar Speerkämpfern zugewandt, weshalb sie der alte General Backler mit seinen Habichtsaugen zuerst entdeckte und dann Tarish mit einem Schmunzeln auf die Schulter klopfte. Dieser drehte sich um, erblickte sie und kam ihr ungläubig entgegen.

Muriella überließ ihre Zügel und die Leine an der sie Fallow führte einem der herbeieilenden Soldaten und stieg ab. Ihre Knie fühlten sich ganz weich an, wahrscheinlich weil sie schon den ganzen Tag im Sattel saß, und sie hatte Mühe, ruhig auf Tarish zuzugehen.

„Das nenne ich eine gelungene Überraschung!" begrüßte der junge General sie erstaunt und mit anerkennendem Blick. Aus der Nähe wirkte er deutlich erschöpfter und eine übel aussehende Platzwunde zog sich unter seinem rechten Auge über die Wange hinweg. Muriella unterdrückte den Impuls, ihn zu berühren.

„Der Herzog sucht nach Gerechtigkeit", antwortete sie und deutete auf Fallow, der mit hängendem Kopf ein paar Schritte hinter ihr stand. Sein prächtiger Mantel war vom Marsch durch den Wald zerrissen und seine Rüstung glänzte nicht mehr. Erschöpft und niederschlagen bot er alles andere als ein standesgemäßes Bild.

„Und seine Männer?" fragte Tarish mit gerunzelter Stirn.

„Haben bereits Gerechtigkeit gefunden", antwortete Muriella mit Genugtuung und konnte ein grimmiges Lächeln nicht unterdrücken. In Tarishs dunklen Augen funkelte es. Er wandte sich dem Herzog zu und zog sein Schwert. Ein Teil der Energie, die sie an ihm immer so bewundert hatte, schien ihn wieder zu durchströmen.

„Ihr kümmert Euch um ihn?" fragte sie und legte Tarish eine Hand auf den Arm.

„Es wird mir ein Vergnügen sein!" Tarish griff für einen kurzen Moment nach ihrer Hand und drückte sie. Er lächelte.

Fallow hatte inzwischen den Kopf gehoben und ihr Gespräch verfolgt. In seinen geschwollenen Augen glommen Haß und Verachtung auf.

„Ich vermute der König lebt noch?" spie er Tarish verächtlich entgegen. Doch der General würdigte ihn keiner Antwort. Statt dessen trat er mit ein paar schnellen Schritten an Fallow heran, hob sein Schwert und ließ es in einem schnellen Hieb auf den gefesselten Herzog niedersausen. Fallow zuckte wimmernd zusammen, doch der Schnitt durchtrennte nur die Ranken um seine Arme und ließ sie zu Boden fallen.

Für einen Moment rang der Herzog um Fassung, dann rieb er sich die Handgelenke und starrte mit neuerlicher Wut auf Tarish.

„General Backler“, rief Tarish, ohne Fallow aus den Augen zu lassen, „gebt dem Mann ein Schwert!“

Muriella sah zu Backler hinüber, der ohne zu zögern sein Schwert zog und vor sich in den festgetretenen Boden des Exerzierplatzes rammte. Tarish drehte sich mit einem letzten kalten Blick auf Fallow um und schob sein Schwert wieder in die Scheide. Dann begann er die Verschlüsse seiner Armschienen zu lösen.

„Keine Rüstung“, rief er dem Herzog zu, ohne sich umzudrehen.

„Ein Duell“, antwortete Fallow mit einem häßlichen Gackern und folgte dem General langsam in die Mitte des Platzes, „wie überaus reizend!“ Tarish ignorierte ihn und fuhr ruhig damit fort, die Verschlüsse seiner Rüstung zu öffnen. Mit fahrigen Bewegungen nestelte der Herzog an seinen Armschienen bis er sie endlich gelöst hatte. Er schleuderte sie dem nächststehenden Soldaten vor die Brust und wischte sich etwas Schmutz von der Stirn, was sein derangiertes Äußeres aber nicht verbesserte. Er warf sich in die Brust und fragte Tarish mit lauter Stimme: „Wißt Ihr noch, was ich in Kindertagen immer mit Euch angestellt habe?“

Doch weder die Worte noch ihr hämischer Unterton riefen bei Tarish eine Reaktion hervor. Ohne aufzusehen reichte er seine Armschienen General Backler.

„Könnte ich wenigstens erstmal einen Schluck Wein kriegen?“ fragte Fallow jetzt herausfordernd in die Runde der Zuschauer. Niemand antwortete. Die auf dem Exerzierplatz angetretenen Soldaten hatten einen weiten Kreis gebildet, in deren Mitte Backlers Schwert steckte. Auch Muriella hatte sich in den Kreis zurückgezogen und beobachtete angespannt, wie Tarish den Rest seiner Rüstung Stück für Stück ablegte und dem alten General überreichte.

Frustriert fingerte Fallow an den Verschlüssen seiner eigenen Rüstung und versuchte sich den schweren Eisenkragen, an dem auch die Überreste seines Mantels befestigt waren, über den Kopf zu ziehen, während er langsam weiter in die Mitte des Kreises stolperte.

„Will denn hier kein einziger seinem König aus der Rüstung helfen?" klang seine Stimme dumpf unter dem Harnischteil hervor. Wieder antwortete niemand oder machte gar Anstalten ihm zur Hilfe zu eilen. Fallow war jetzt in der Mitte des Platzes angekommen und stand hinter Tarish, der seine Rüstung bis auf den Schuppenpanzer bereits abgelegt hatte.

„Ihr Schweine!" schrie der Herzog und mit einem plötzlichen Ruck riß er sich Mantel und Panzerkragen über den Kopf und schleuderte beides auf den überraschten Tarish, der taumelnd zur Seite auswich. Im nächsten Augenblick hatte Fallow Backlers Schwert aus dem Boden gezogen und sprang hinter Tarish her, dem es gerade noch gelang, den Mantel beiseite zu werfen und seine eigene Waffe zu ziehen. Mit lautem Klirren prallten ihre Klingen aufeinander.

∴

So hell die Sonnenstrahlen das Blätterdach des Waldes auch durchbrachen, so düster war die Stimmung des ehbschen Heeres. Trotz der gewonnenen Schlacht war nichts von Ausgelassenheit oder gar Erleichterung zu spüren. Auf allen Gesichtern, in die er auf seinem Weg durch das Lager sah, konnte er nur Sorge und Verzweiflung lesen. Diese Menschen brauchten ihren König, der ihnen Kraft und Zuversicht gab. Es war unvorstellbar, was sein Tod für sie und das Königreich bedeuten würde.

An Konreids Zelt angekommen, blieb Farmer einen Augenblick stehen und zögerte, obwohl die Wachen ihm unaufgefordert den Weg frei machten. Was würde er tun, wenn der König tot war? Und was konnte er zu ihm sagen, wenn er noch am Leben war? Doch bevor er sich seine Worte zurechtlegen oder sich wieder umdrehen konnte, trat Merick aus dem Zelt. Der Magier wirkte blaß und ausgezehrt, seine dunklen Augen lagen tief in ihren Höhlen und über seinen buschigen Augenbrauen war die Stirn in tiefe Sorgenfalten gelegt. Er warf Farmer einen langen, traurigen Blick zu und nickte dann kaum merklich, während er ihm die Zeltbahn aufhielt.

Noch immer verunsichert trat Farmer ein. Der König lag in einem richtigen Bett, das hier im Zelt irgendwie fehl am Platz wirkte. Sein bandagierter Oberkörper war mit ein paar Kissen etwas aufgerichtet worden und ein paar Felldecken sorgten für die nötige Wärme. Ein kleiner Blutfleck war auf seinen frischen Verbänden zu erkennen. Doch er hatte die Augen aufgeschlagen und wandte den Kopf ein wenig, um Farmer ansehen zu können.

„Du hast tapfer gekämpft", sagte er mit leiser Stimme.

Farmer trat an das Bett heran, doch es fiel ihm schwer, den König direkt anzusehen. Er fand den Gedanken immer noch unglaublich, daß er der Sohn dieses Mannes – des Königs – sein sollte.

„Um diese Bestien zu erschlagen, braucht es nicht viel Tapferkeit", antwortete er schließlich, den Blick fest auf das Tischchen mit Verbandsmaterial neben dem Bett gerichtet.

„Vielleicht", antwortete Konreid und seine Stimme gewann etwas an Festigkeit. „Aber ich weiß, du wirst jede neue Aufgabe meistern, so wie diese."

Farmer preßte die Lippen aufeinander und hob endlich den Kopf, um den König anzusehen. Konreids Blick war sanft und voller Güte. „Ich bin harte Arbeit gewohnt", sagte Farmer schließlich und versuchte vergeblich die Trockenheit in seiner Kehle zu bekämpfen.

„Das wird dir von Nutzen sein", auf Konreids Gesicht breitete sich ein Lächeln aus, „wenn du erst einmal König bist."

Farmer sog scharf die Luft ein und wandte sich wieder von dem Bett ab. Wie konnte er dieses Gespräch führen. Er war Farmer. Doch Konreid ließ nicht locker.

„Was meinst du? Weshalb warst du gestern auf dem Schlachtfeld so erfolgreich?" fragte er unbeirrt. „War das nur Glück? Nein! Du hast viele Fähigkeiten."

Zögernd drehte Farmer sich wieder zu Konreid um. Er sah, daß der König in vollem Ernst mit ihm sprach und wieder zu lächeln begann, als ihre Blicke sich trafen. Trotzdem schienen seine Zweifel übermächtig zu sein.

„Du bist ein Anführer, es liegt in deinem Blut", fuhr der König unbeirrt fort, „und du sagst, was du denkst. Auch das wird dir von großem Nutzen sein." *Wenn du König bist*, hallte es in Farmers Kopf nach.

Konreid seufzte und ließ seinen Blick in die Ferne schweifen. Nach einer kurzen Pause formte er die Worte, die Farmer nur allzugut kannte:

„Weisheit ist unser Hammer!
Besonnenheit wird unser Nagel sein.
Wer auf guter Scholle
Das Leben zu voller Pracht entfaltet, ..."

„... Dem bleibt sein Mut stets treu", beendete Farmer den Vers ungläubig. „Woher kennt ihr das?"

„Diese Zeilen habe ich meinem Sohn jeden Abend vor dem Schlafengehen gesagt, als er noch klein war", antwortete der König zufrieden. „Und niemandem sonst." Seine Augen schienen Farmer direkt ins Herz zu blicken.

Erschüttert setzte Farmer sich auf die Bettkante und ergriff vorsichtig die Hand seines Vaters. Sie war groß und schwielig, wie die Hand eines Mannes, der zupacken konnte, aber jetzt fühlte sie sich schlaff und kalt an. Konreid erwiderte für einen Moment seinen Druck.

„Dein Leben wird von nun an sehr viel komplizierter werden", flüsterte sein Vater ihm zu und ächzte, als er sich mit einer kleinen Bewegung etwas zu ihm hindrehte.

Farmers Gedanken rasten und ihm fehlten die Worte. Schließlich seufzte er und schüttelte leicht den Kopf. „Ich bin nur ein einfacher Bauer."

„Ja, ja!" erwiderte der alte Mann und seine Stimme klang mehr amüsiert als verärgert.

„Ich kenne nichts anderes!" sagte Farmer noch einmal verzweifelt. Sein Vater seufzte und begann zu erzählen:

„Gar nicht weit von hier, in Richtung des Meeres, liegt ein kleines Dorf. Dort bestellen die Bauern ihre Felder zweimal im Jahr."

„Das laugt die Böden aus", unterbrach Farmer ihn verwirrt, aber Konreid schüttelte den Kopf.

„Nein, dort nicht. Denn dort gibt es Algen, die von der Flut aus dem Meer herangespült werden. Und diese Algen düngen die Äcker. Das solltest du auch einmal versuchen."

„Woher wißt Ihr so etwas?" fragte Farmer überrascht und sein Vater lächelte verschmitzt.

„Das ist die Pflicht eines Königs. Die Menschen erwarten von ihm, daß er etwas von seinem Land versteht." Sein Gesichtsausdruck wurde wieder ernst, als er weitersprach. „So wie sie es auch von dir erwarten werden, wenn du König bist. Außerdem wirst du lernen müssen Kriege zu führen, denn solange es Königreiche gibt, solange wird es auch Kriege geben."

„Das verstehe ich nicht", antwortete Farmer leise. „Wozu diese Kriege um Macht und Land? Wozu diese Kriege führen, wenn sie nur Leid bringen und niemandem nützen?"

„Wir kämpfen für den Frieden!" sagte Konreid entschlossen. „Frieden, das ist der große Traum. Und mein Traum ist, daß es dir als König gelingen möge, Frieden zu stiften. Für immer."

In Farmers Kopf drehte sich alles. Wie sollte er dieser Verantwortung gerecht werden.

„Ihr versteht es nicht." Hilflos sah er seinen Vater an. „Ich habe in diesem Krieg meinen Sohn verloren."

„Ja", antwortete der König mit matter Stimme, „so, wie ich zu einer anderen Zeit den meinen."

Farmer drückte die Hand seines Vaters noch einmal, aber jetzt schien den alten Mann alle Kraft verlassen zu haben. Sein Gesicht war noch blasser geworden.

„Mein Sohn!“ flüsterte Konreid, dann schlossen sich seine Lider zitternd und mit einem tiefen Seufzer tat er einen letzter Atemzug. Farmer betrachtete die kalte Hand in seinen Händen und blieb stumm neben seinem Vater sitzen.

∴

Das Schwert mit beiden Händen führend, drang Fallow mit kräftigen Hieben auf Tarish ein. Doch der General wehrte alle seine Angriffe mit schnellen, präzisen Paraden ab, und schien dabei noch nicht einmal außer Atem zu geraten. Fallow schrie vor Wut auf und stürzte sich immer wieder auf seinen Gegner, der ihm tänzelnd auswich und seine Waffe mit nur einer Hand führte. Er mußte sich eingestehen, daß er Tarish keine Angst machen konnte, und daß der General der bessere Schwertkämpfer war. Dennoch, es mußte einen Weg geben ihn zu besiegen, so durfte es einfach nicht enden.

Als Tarish auch seinen nächsten Angriff abwehrte und sich geschickt aus dem Weg seiner Klinge drehte, stürmte Fallow in vollem Schwung an seinem Gegner vorbei und stolperte, scheinbar um sein Gleichgewicht ringend, ein paar Schritte vorwärts. All seine Konzentration war auf Tarish gerichtet, der ihm im nächsten Moment nachsetzte. Unvermittelt wirbelte Fallow herum und zog seine Klinge in weitem Bogen von links unten nach rechts oben. Aber Tarish reagierte sofort und lehnte sich gerade rechtzeitig aus der Bahn der Klinge, die um Haaresbreite seine Brust verfehlte. Fallow hatte allen Schwung in den Hieb gelegt und stand jetzt ohne Deckung da. Er blickte nach unten und sah auf Tarishs Schwert, das ruhig und unbeweglich direkt auf seine Kehle gerichtet war.

Für einen Moment starrte er dem selbstgefälligen General voller Haß in die Augen, dann verzog sich Fallows Gesicht zu einem hämischen Lachen und er schlug Tarishs Klinge beiseite. Der nächste Schlagabtausch wurde mit noch größerer Verbissenheit geführt, bis es dem General gelang, Fallows Klinge mit der geschwungenen Parierstange seines eigenen Schwertes zu fangen. Jetzt standen auch ihm Schweißperlen auf der dunklen Stirn, doch er blockierte Fallows Schwert weiterhin mit nur einer Hand, obwohl der Herzog versuchte sie mit aller Kraft zu befreien.

„Genießt dieses Duell", zischte Tarish ihm zu, „ich verspreche Euch, es wird Euer letztes sein!"

Mit einer plötzlichen Bewegung aus dem Handgelenk gab Tarish das blockierte Schwert frei und mit einem Aufschrei wurde Fallow von seiner eigenen Kraft herumgerissen. Sofort setzte ihm der General mit schnellen, wuchtigen Hieben nach und Fallow bemühte sich verzweifelt sein Schwert wieder zwischen sich und seinen Gegner zu bringen. Doch Tarish war zu schnell für ihn. Auf einmal brachte der General sein Schwert auf die andere Seite von Fallows Klinge, setzte einen schnellen Hebel an, und ehe dieser so recht wußte was geschah, flog seine Waffe im hohen Bogen durch die Luft. Entsetzt sah er ihr nach.

Erschrocken machte Fallow ein paar schnelle Schritte rückwärts, stolperte über seine eigenen Füße, und landete mit einem dumpfen Aufprall auf dem Rücken. Sofort war Tarish über ihm und setzte ihm den Fuß auf die Brust und die Klinge an die Kehle. Ihre Spitze war so kalt wie der Matsch unter seinem Hintern.

„Ich sollte Euch töten", keuchte der General voller Zorn und mit weit aufgerissenen Augen. „Ich sollte Euch töten!" Er rang sichtlich um Beherrschung, aber seine Hand hielt die scharfe Klinge ruhig.

Fallow wagte nicht sich zu rühren, doch seine Augen suchten hektisch nach einem Ausweg. Er wollte nicht sterben. In diesem Moment ertönte hinter den Reihen der Zuschauer die laute Stimme eines Boten.

„Der König ist tot. König Konreid ist gestorben."

Ein triumphales Lächeln breitete sich langsam auf Fallows Gesicht aus, das Schicksal war am Ende doch auf seiner Seite. Er wand sich wie eine Schlange und brachte ein paar Zentimeter zwischen sich und den glatten Stahl.

„Nein!“ Der Zorn war aus Tarishs Gesicht gewichen und hatte einer ungläubigen Enttäuschung Platz gemacht. „Nein, das darf nicht wahr sein!“

Fallow brach in lauthalses Gelächter aus. „Ich bin euer König!“ schrie er und blickte sich um. Die umstehenden Zuschauer jedoch blieben totenstill.

„Nein“, antwortete Tarish trotzig, wich aber einen Schritt zurück, „Ihr seid des Throns nicht würdig.“

„General Tarish ist ein Sklave seiner Ehre“, rief Fallow aus und starrte seinen Gegner vom Boden aus hämisch an. „Er wagt es nicht den König von Ehb zu töten!“ Langsam schob er sich unter dem Schwert hervor und richtete sich mit wackeligen Knien auf, ohne daß Tarish Anstalten machte ihn aufzuhalten.

„Er ist nichts als ein feiger Hund!“ Feixend kam er auf die Beine und ließ seinen Blick über die unzähligen Gesichter schweifen, die ihn sprachlos anstarrten. Nach einem Augenblick der Stille hob Fallow die Arme gen Himmel und rief salbungsvoll: „Untertanen von Ehb, lang lebe Euer König!“ Niemand antwortete, die Macht des Augenblicks hatte sie überwältigt.

„Hip, hip, hurra!“ schrie Fallow und schüttelte die Fäuste. „Hip, hip, hurra!“

Dann wandte er sich General Tarish zu, der immer noch mit ausgestrecktem Schwert und offenem Mund dastand und ihn anstarrte. Mit einer genüßlichen Geste legte Fallow einen Finger auf die Spitze des Schwertes und schob es langsam beiseite.

„Legt ... Euer ... Schwert ... jetzt ... nieder!“

Sechzehn

Schon von weitem hatte Merick Herzog Fallows Stimme gehört, der sich mit triumphalem Gelächter als neuen König ausrief. Er beschleunigte seine Schritte und schob sich durch das dichte Gedränge der Männer auf dem Exerzierplatz, zwischen denen inzwischen ein unsicheres Gemurmel ausgebrochen war. Während einzelne Soldaten zaghaft von König Fallow sprachen, waren die meisten einfach von der Nachricht über Konreids Tod überwältigt und starrten entsetzt zur Mitte des Platzes, wo der Herzog aufgeblasen herumstolzierte. Es schien, als würde er gerade noch rechtzeitig kommen, um folgenschwere Mißverständnisse zu verhindern.

„Bürger von Ehb", rief er mit lauter Stimme, als er sich durch die letzte Reihe drängte und zu Fallow und Tarish auf den freien Platz heraustrat. „Soldaten von Ehb." Herzog Fallow begrüßte ihn mit einem selbstgefälligen Grinsen, doch Merick ignorierte die schlammverschmierte Gestalt und wandte sich wieder an die versammelte Menge.

„Vor wenigen Augenblicken haben wir unseren hochgeschätzten König Konreid verloren."

Fallow schien einen Lacher zu unterdrücken und hob die Hände, um ihn ungeduldig aufzufordern, fortzufahren. Mit zornigem Blick wandte Merick sich ihm zu.

„Ermordet", donnerte er und zeigte mit ausgestrecktem Arm auf den Herzog, „von seinem eigenen Neffen, der es nur auf den Thron abgesehen hat!"

Merick sah wie alle Farbe aus Fallows Gesicht wich und der Ausdruck ungläubigen Entsetzens in seine Augen trat. Ohne einen weiteren Befehl abzuwarten, löste sich General Backler aus den

Umstehenden und trat hinter den vor Wut und Angst versteinerten Fallow, um ihn abzuführen.

„Nach den Gesetzen unseres Landes kann nur ein direkter Nachkomme des Königs sein legitimer Thronfolger sein." Merick riß seinen Blick von Fallows jämmerlicher Gestalt los und sah zurück zu der Stelle, an der er aus dem Kreis der Zuschauer getreten war, und wo sich nun Farmer mit sichtlichem Unbehagen durch die Menge bewegte.

„Ich bringe euch euren neuen König, Konreids verlorenen Sohn Camden, einigen von euch bereits bekannt als Farmer!"

Merick spürte wie die Menge den Atem anhielt und Farmer musterte. Er spürte Fallows ungläubige Blicke in seinem Rücken und wußte genau, wie Tarish und die anderen Offiziere innerlich um Fassung rangen. Es war keine bequeme Botschaft, die er ihnen brachte, aber es war die Wahrheit, und er hoffte, daß diese am Ende siegen würde. Er nickte Farmer aufmunternd zu, der sich mit gefaßter Miene zu ihm gestellt hatte, dann kniete er vor seinem neuen König nieder.

Nach und nach fielen auch die anderen auf die Knie. Zuerst Tarish, der noch immer hinter ihm stand, dann alle anderen, die in ihrer Nähe standen, und schließlich die ganze Menge um sie herum. Farmer – König Camden – war der einzige der noch stand. Viele der Soldaten hatten ihn auf dem Schlachtfeld kämpfen sehen, und wer nicht selbst in der Nähe gewesen war, hatte im Lager schon bald nach der Schlacht gehört, wie der einfache Farmer sich den dämonischen Reitern entgegengestellt und für seinen König gekämpft hatte. Es schien, als wäre das eingetreten, was Merick vorhergesehen hatte. Die Menschen waren sich darüber im klaren, daß dieser Unbekannte ihnen ein besserer König sein würde, als Herzog Fallow es je hätte werden können.

„Steht auf!" sagte der neue König leise zu niemand bestimmtem und sah beinahe hilflos zu Merick herab. „Erhebt euch, bitte", wiederholte er etwas lauter, und Merick richtete sich langsam wieder auf.

„Steht auf!“ rief Farmer jetzt noch einmal mit lauter Stimme und überall um sie herum folgten die Soldaten Mericks Beispiel und erhoben sich wieder. Erleichtert sah der König sich um und blickte in die fragenden Gesichter seiner Untertanen. Merick wußte, daß eine gewaltige Aufgabe vor dem Mann lag, der sich so unvermittelt vom einfachen Bauern zum König von Ehb erhöht sah, und ohne Frage hatte er noch viel zu lernen, aber als er erneut die Stimme erhob, hatte der Magier keinen Zweifel mehr, daß er es schaffen würde.

„Heute habt ihr für euren König dem Tod ins Auge gesehen“, begann Farmer mit lauter, klarer Stimme zu sprechen, „und ihr seid ihm noch einmal entkommen. Ihr alle, die ihr hier steht. Doch unser Feind ist noch nicht geschlagen. Er wird seine Kräfte sammeln und aufs neue angreifen!“

Obwohl Farmer in schlichtem, nüchternen Ton von der Gefahr sprach, die sie alle bedrohte, konnte Merick Mut und Zuversicht in seiner Stimme hören. Tatsächlich stellte er überrascht fest, daß etwas in der Ansprache des neuen Königs ihn an seinen alten Freund Konreid denken ließ. Offenbar hatte das königliche Blut seine ganz eigene Magie.

„Heute versorgen wir unsere Wunden und bestatten unsere Toten“, fuhr der König entschlossen fort. „Morgen marschieren wir gemeinsam gegen Crystwind und werden das Böse besiegen!“

„Wir werden das Böse besiegen!“ ertönte daraufhin zuerst ein einzelner Ruf unter den versammelten Soldaten, der bald von verschiedenen Seiten aufgegriffen wurde, bis schließlich die ganze Menge in Jubelrufe ausbrach. Merick lächelte. Jetzt war der Zeitpunkt gekommen, ihren neuen König zu feiern. Mit hocherhobenen Armen trat er neben König Camden und wartete bis das Geschrei etwas abgenommen hatte.

„Lang lebe der König!" rief er aus und die Menge antwortete ihm mit erneutem Jubel.

∴

Mit einem wütenden Aufschrei stieß Gallian das alte, mit Schnitzereien verzierte Schreibpult um, so daß es krachend auf dem glatten, staubigen Steinboden aufschlug und Schreibutensilien und Pergamentrollen in der verlassenen Bibliothek umherflogen. Nach der Schlacht hatte er mehrere seiner Reiter als Beobachtungsposten um das Heerlager des Königs ausschwärmen lassen, und durch einen von ihnen, der von einer Anhöhe aus die Vorgänge im Lager beobachten konnte, hatte er mit ansehen müssen, wie dieser verdammte Farmer zum neuen König ausgerufen worden war.

Nicht genug, daß dieser Mann so viele seiner magischen Diener erschlagen hatte wie kein zweiter. Es reichte auch nicht, daß er ihm immer wieder entkommen war. Nein, er war auch noch der rechtmäßige Thronerbe! Gallian fluchte und lief zwischen den verstaubten Bücherregalen auf und ab wie ein gereiztes Raubtier. Für einen Moment hatte, trotz der verlorenen Schlacht, alles so gut ausgesehen. Der alte König war endlich seiner Verletzung erlegen und sein nichtsnutziger Verbündeter Fallow stand kurz davor, sein Erbe anzutreten. Doch dann entpuppte sich dieser Farmer als der verlorene Sohn und somit legitimer Erbe des alten Königs.

Schlurfende Schritte und ein kehliges Grunzen rissen Gallian aus seinen Gedanken, und er sah verärgert zur Tür. Eine Gruppe von Krugs trieb ein paar Sklaven vor sich her in den Raum.

„Was soll das?" herrschte Gallian sie wutentbrannt an. „Was fällt euch ein mich zu stören? Schafft sie zu den anderen!" Er musterte die verdreckten und gefesselten Gefangenen, die von den Krugs hereingebracht worden waren.

Unterwürfig verbeugten sich die Krugs und zerrten die Gefangenen, die ihre Köpfe gesenkt hielten, wieder in den Gang zurück. Doch eine schlanke Frau mit langem, braunen Haar erregte Gallians Aufmerksamkeit. Im Gegensatz zu den anderen Sklaven sah sie ihn direkt an, und er konnte in dem Blick ihrer grünen Augen keine Furcht erkennen, nur Abscheu und Haß. Das konnte interessant werden.

„Wartet!“ rief er seine Kreaturen zurück. „Die da bleibt hier! Und jetzt verschwindet!“

Gehorsam zogen die Krugs sich mit den anderen Gefangenen zurück und Gallian musterte die an den Händen gefesselte Frau mit bohrendem Blick. Trotz ihrer einfachen, schmutzigen Kleidung war sie von bestechender Schönheit. Im fahlen Licht, das durch die wenigen, schmalen Fenster der Bibliothek fiel, kamen ihre Züge gut zur Geltung. Die geschwungenen Linien ihres Mundes und ihrer Augenbrauen hätten ihn unter anderen Umständen in ihren Bann ziehen können. Doch es war nicht ihr Äußeres, das Gallian jetzt faszinierte, und auch nicht ihre stolze Haltung. Nein, es war etwas, das er in ihrem Innersten lesen konnte. *Solana.*

„Ich spüre ihn“, stieß er überrascht hervor und trat langsam an sie heran. „Ich spüre Farmer in dir!“

Jetzt war sie überrascht und der trotzige Stolz verschwand aus ihrer Haltung. Der Name hatte eine Welle von Gefühlen in ihr ausgelöst, die für kurze Zeit jeglichen Haß aus ihrem Gesicht verbannte. Für einen Moment war sie noch schöner als zuvor. Gallians Augen funkelten.

„Er wird deinetwegen herkommen. Hervorragend!“ stellte er zufrieden fest und fing an zu lachen. Das Glück war auf seiner Seite. „Ich werde ihn erwarten!“

„Ich bin wertlos für Euch“, stieß die Frau zitternd hervor und wich seinem Blick aus.

„Ja, aber er ist es nicht!“ antwortete Gallian triumphierend. „Er ist jetzt viel mehr als nur Farmer, viel gefährlicher als ein einfacher Bauer! Und jetzt wird er zu mir kommen, und ich werde ihn erwarten.“

Die Frau schien etwas von ihrer ursprünglichen Sicherheit wiederzufinden und wagte es noch einmal ihn anzusprechen.

„Woher kennt Ihr mich?“

Gallian lachte wieder kalt und trat mit einem schnellen Schritt dicht an sie heran.

„Woher?“ wiederholte er ihre Frage und drehte ihren Kopf mit beiden Händen so, daß ihr Gesicht das seine fast berührte. Sie zuckte zurück und versuchte sich seinem groben Griff zu entwinden.

„Sch! Nicht bewegen!“ zischte er. „Nicht bewegen!“ Sein Blick bohrte sich in ihre Augen und er erkannte ihre Angst. Dann legte er ihr eine Hand auf den Bauch. „Ich spüre ihn in dir, den Farmer.“ Sie hatte aufgehört sich zu sträuben und keuchte bei seinen Worten ungläubig auf. Gallian grinste breit.

„Ich spüre ihn, weil du seinen Sohn in dir trägst.“

∴

Merick hatte darauf gedrängt, den Leichnam des alten Königs so bald wie möglich und in allen Ehren zu bestatten. Farmer hatte ihm nach kurzem Zögern zugestimmt und alle nötigen Anweisungen gegeben. Er hätte sich niemals vorstellen können, bei einer Bestattungszeremonie zu Ehren des Königs von Ehb – der, wie sich herausgestellt hatte, auch noch sein Vater war – in der ersten Reihe zu stehen. Aber Merick hatte ihn beruhigt und ihm versichert, daß er bei der Zeremonie weder etwas sagen noch tun mußte.

Jetzt stand er mit dem Magier und den Generälen der Armee von Ehb auf einer schmalen Landzunge, die in einen kleinen Bergsee in der Nähe des Lagers hineinragte. Vor ihnen war ein kunstvoll geschichteter Scheiterhaufen errichtet worden, auf dem der Leichnam des Königs aufgebahrt war. Über seinen reglosen Körper, dem noch einmal Rüstung und Waffen angelegt worden waren, hatten vier Soldaten das königliche Banner gebreitet. Es war aus prächtigem, dunkelrotem Samt gefertigt und mit dem Wappen von

Ehb, dem goldenen Löwenkopf, bestickt. In seinem Rücken spürte Farmer die Blicke der gesamten Armee von Ehb. Bis auf eine kleine Wachgarnison hatten die Truppen das Lager verlassen, um König Konreid die letzte Ehre zu erweisen.

Auf ein Zeichen Mericks hin, trat einer der Soldaten vor. Er trug eine brennende Fackel und näherte sich mit langsamen, gemessenen Schritten dem mannshohen Holzstapel. Dann schob er die Fackel zwischen die untersten Scheite und das trockene Zunderholz in der Mitte des Scheiterhaufens fing sofort Feuer. Der Soldat zog sich respektvoll zurück.

Farmer stand ganz vorn und hatte seinen Blick starr geradeaus gerichtet. So mußte er niemanden der anderen Trauernden sehen. Nur das langsam größer werdende Feuer vor der spiegelnden Fläche des kleinen Sees und den bewaldeten Bergen füllte seinen Blick aus. Noch ein letztes Mal konnte er mit seinem Vater allein sein. Seit Merick ihnen ihr Verwandtschaftsverhältnis offenbart hatte, hatte er in den wenigen freien Augenblicken versucht, sich an seinen Vater in seiner Kindheit zu erinnern. Es war ihm jedoch nichts eingefallen. Nichts außer dem Vers, den Konreid ihm beigebracht hatte. Wie konnte er sich von einem Vater verabschieden, den er kaum kennengelernt hatte? Und trotzdem schien der Tod Konreids eine weitere Bresche in sein Leben geschlagen zu haben. Welches Schicksal hatte ihm zuerst den Sohn und dann den Vater genommen? Zeph hätte seinen Großvater sicher gern kennengelernt.

Jetzt brannte das Feuer lichterloh und die Flammen schlugen hoch in den Himmel. Der Rauch brannte in Farmers Augen. Merick neben ihm räusperte sich und erinnerte ihn daran, daß er nicht der Einzige war, der von Konreid Abschied nahm. Die Augen des Magiers waren von tiefem Schmerz erfüllt und sein Blick folgte dem aufsteigenden Rauch.

„Auf Wiedersehen, alter Freund“, sagte er mit vor Trauer schwerer Stimme.

∴

Bastien lehnte sich erschöpft an die Felswand. Ihre Bewacher hatten sie wieder in die Tiefen des Berges hinabgezerrt und irgendwo in einem Stollen, der als Sackgasse endete, an die Wand gekettet. Wie hätte er bloß verhindern können, daß die Krugs ihn von Solana trennten? Er hoffte inständig, daß der furchteinflößende Mann, der offenbar den Krugs die Befehle gab, ihr nichts angetan hatte. Neben ihm saß das Mädchen, mit dem Solana zuvor geflohen war. Sie schluchzte leise und hatte die Hände vor ihr Gesicht geschlagen.

„Wo kommst du her?“ fragte er sie. Vielleicht konnte er wenigstens sie und sich selbst von ihrer Lage etwas ablenken.

Das Mädchen hob den Kopf und sah ihn mit ängstlichem Blick an. Ihre langen blonden Haare waren mit einem schmutzigen Tuch zurückgebunden. Unter anderen Umständen hätte er sie wahrscheinlich hübsch gefunden, auch wenn sie für seinen Geschmack etwas zu mager war.

„Gloucern. Sie haben unseren Hof überfallen und mich verschleppt.“

Bastien nickte und versuchte seiner Stimme einen ermutigenden Klang zu geben.

„Du kommst wieder nach Hause!“

Aber sie schüttelte nur verzweifelt den Kopf und schlug wieder schluchzend die Hände vors Gesicht.

„Wir werden hier alle sterben.“

∴

Nach der Rückkehr ins Lager rief Farmer die Generäle und Merick in Konreids Zelt. Der Magier hatte ihn darauf hingewiesen, daß es nun sein Zelt war, aber so fühlte es sich noch nicht an.

„Die Späher haben eine Übermacht von zehn zu eins ausgemacht, Eure Majestät“, berichtete General Tarish in steifem Tonfall. „Die Täler zwischen hier und Crystwind wimmeln von Krugs.“

Mit dem jungen General Seite an Seite zu kämpfen, hatte Farmers Meinung über Tarish deutlich geändert und ihr gegenseitiges Mißtrauen zerstreut. Aber seit Konreids Tod verhielt sich der General noch seltsamer als zuvor.

„Wie kommen wir gegen eine solche Übermacht an?“ fragte Farmer und richtete seinen Blick erwartungsvoll auf Merick. Auch wenn er den Magier bisher noch nicht hatte zaubern sehen, hatte er doch in der kurzen Zeit feststellen können, daß er ein umsichtiger und weiser Berater war, auf den er sich voll und ganz verlassen konnte. Merick ging mit hinter dem Rücken verschränkten Händen im Zelt auf und ab. Insgesamt waren die letzten Tage an allen Anwesenden nicht spurlos vorübergegangen und jeder hätte etwas Ruhe und frische Kleidung gebrauchen können. Aber daran war jetzt nicht zu denken.

Nach kurzem Zögern hielt Merick inne und sah Farmer nachdenklich an.

„Wo das Schwert versagt“, sagte er bedeutungsvoll, „kann der Dolch zum Erfolg führen.“

„Wir haben keine Zeit für Rätsel!“ Farmer runzelte die Stirn und sah Merick fragend an.

„Ein kleiner Trupp könnte unbemerkt die feindlichen Linien durchbrechen und das Übel an der Wurzel ausrotten“, erklärte der Magier.

Farmers Gesichtsausdruck erhellte sich. „Ihr habt recht! Bringt mich zu diesem Gallian, und ich werde ihn töten!“

„Majestät, bei allem Respekt“, schaltete sich General Tarish besorgt ein. „Ich hoffe, Ihr setzt nicht das ganze Reich aufs Spiel, um Eure Frau zu retten.“

Merick hob beschwichtigend die Hand. „Wenn der König seine Frau retten will, muß er Gallian vernichten.“ Bevor Farmer auf Tarishs Einwand etwas erwidern konnte, hatte der Magier wieder das Wort ergriffen. „Und ist Gallian erst einmal vernichtet, brauchen wir um das Reich nicht mehr zu fürchten.“

Der General sah von Merick zu Farmer hinüber. „Ihr werdet ein Ablenkungsmanöver brauchen, Majestät. Ich werde die Truppen marschbereit machen."

Farmer nickte dankbar und Tarish und die anderen Generäle zogen sich zurück. Nachdem sie das Zelt verlassen hatten, betrat eine junge Frau mit eingeflochtenem, honigfarbenen Haar das Zelt und deutete eine Verneigung an. Ihr Anblick überraschte Farmer, denn im Gegensatz zu den wenigen anderen Frauen, die er im Heerlager gesehen hatte, trug sie ein Panzerhemd aus feinen Metallschuppen und schwarzem Leder. Das mußte Muriella sein, Mericks Tochter. Farmer hatte von Tarish gehört, daß sie Herzog Fallow gefangengenommen und ins Lager zurückgebracht hatte.

„Eure Majestät", sprach sie ihn mit klarer Stimme an und warf einen trotzigen Blick zu ihrem Vater hinüber, der etwas irritiert wirkte. „Falls Ihr es gestattet, möchte ich mich Eurer Mission anschließen." In ihrem hübschen Gesicht konnte er deutlich ablesen, wie sie versuchte, ihn einzuschätzen und ihn schließlich hoffnungsvoll ansah.

„Wir waren uns doch einig", sagte Merick leise und warf ihr einen bedeutungsvollen Blick zu, der Farmer nicht entging. „Kehre jetzt bitte umgehend zur Burg zurück." Aber Muriella nahm ihren Blick nicht von Farmer und machte keine Anstalten das Zelt zu verlassen. Statt dessen fiel sie vor Farmer auf die Knie und sprach ihn erneut an.

„Ich bin meines Vaters Tochter, und genau wie er, bin ich meinem König zu Diensten."

„Ihr habt uns den Mörder König Konreids gebracht", stellte Farmer anerkennend fest und musterte sie genauer. Ihre Entschlossenheit gefiel ihm.

„Er fiel in meine Hände", antwortete Muriella bescheiden.

„Ich kann jede Hilfe gebrauchen", entschied Farmer mit einem kurzen Blick auf Merick. „Seid mir willkommen." Der Magier seufzte und runzelte seine Stirn, sagte aber nichts.

Dankbar und mit einem kleinen Lächeln erhob sich Muriella wieder. „Ich kenne noch andere, die Euch helfen möchten!"

„Wen denn?" fragte Farmer überrascht und sah, daß auch Merick seine Tochter verwundert ansah.

„Kommt mit", antwortete sie entschlossen, „ich werde sie Euch zeigen."

∴

Muriella führte den neuen König zu einer Lichtung ganz in der Nähe des Lagers. Sie war froh, daß er ihr mehr zutraute als ihr Vater oder König Konreid es getan hatten, auch wenn sie wußte, daß die beiden sie immer nur hatten beschützen wollen. Aber weder vor Gallian noch vor sich selbst hatten sie sie beschützen können, und jetzt mußte sie alles tun, um ihren Fehler wieder gutzumachen. Der widerliche Wurm Fallow war nur der Anfang gewesen.

Die Lichtung unterschied sich auf den ersten Blick nicht vom umliegenden Wald, aber auf den zweiten konnte man das Gefühl bekommen, daß hier die Bäume um sie herum etwas dichter standen und die Blätter etwas grüner waren. Farmer war ihr ohne weitere Fragen gefolgt und wirkte kaum überrascht, als plötzlich mehrere Frauen des Waldvolks an ihren magischen Ranken aus den Baumkronen herabschwebten.

„Ich sehe, du hast noch nicht den Tod gefunden", begrüßte Elora den König ohne Umschweife und Muriella wurde klar, daß die blonde Anführerin des Waldvolks und König Camden sich bereits einmal begegnet sein mußten.

„Ich habe mich von ihm ferngehalten", antwortete der König knapp und beobachtete die Frauen abwartend und mit mißtrauischem Blick. Vielleicht war es ein Fehler gewesen, herzukommen?

Elora nickte. „Wir werden euch im Kampf zur Seite stehen und gemeinsam gegen jene ziehen, die die Horden der Krugs lenken."

Die Abscheu stand ihr in das von blonden Locken umrahmte Gesicht geschrieben.

„Ich dachte, ihr versucht die Kriege der Menschen zu meiden?“ fragte Farmer erstaunt und die Anspannung wich ein wenig aus seinem Gesicht.

„Der Herr der Krugs wird niemals aufhören zu kämpfen. Er würde auch uns den Krieg bringen, und unser Wald würde in Flammen aufgehen und vernichtet werden. Wir haben keine Wahl“, stellte die Waldbewohnerin fest. Einen Moment sahen sie und der König sich schweigend an.

„Wir werden an eurer Seite kämpfen, wenn ihr uns danach in Frieden laßt.“ Der Klang ihrer Worte duldete keinen Widerspruch.

Siebzehn

General Tarish schritt im ersten Licht des neuen Morgens die Reihen seiner Männer ab. Die Truppen von Ehb hatten am Waldrand an der einen Seite des tiefen Talkessels Position bezogen, während sich die Krugs unten im Tal in Stellung brachten. Immer neue Horden quollen aus der schmalen Schlucht hervor, die auf der anderen Seite in den Talkessel mündete und durch die es nach Crystwind ging.

Tarish entdeckte General Backler, der etwas abseits allein auf dem Stamm eines gefällten Baumes saß und in die Ferne hinausblickte. Sein wettergegerbtes Gesicht war von tiefen Sorgenfalten durchzogen und sein langes Haar und der Bart waren verfilzt und struppig.

„General Backler?“ fragte Tarish besorgt. So kannte er den alten Haudegen gar nicht.

„Die Späher entdecken immer mehr Krugs. Wahrscheinlich sind sie uns zwanzig zu eins überlegen“, antwortete Backler tonlos und ohne ihn anzusehen. „Sie werden uns überrollen wie eine Welle des Todes.“

„General!“ Tarish rüttelte seinen Freund und Kameraden an der Schulter, bis dieser ihn ansah. „Niemand überrollt die Armee von Ehb! Heute kämpfen wir für den Ruhm und das Überleben unseres Reiches!“

Backler sah ihn zweifelnd an, aber es schien wieder etwas Leben in seinen Blick zurückgekehrt zu sein.

„Überlegt doch, wie man sich Eurer erinnern soll, wenn all das hier vorbei ist!“ sagte Tarish grimmig und nickte, als Backlers Haltung sich straffte und er sich von dem Baumstamm erhob.

∴

Farmer hatte dafür gesorgt, daß ihnen die besten Pferde gesattelt worden waren und jetzt ritt er mit Merick und Muriella an seiner Seite hinter Elora her. Die schöne Waldfrau hatte sie im Morgengrauen auf Schleichwegen über einen schmalen Gebirgskamm geführt, der zwischen den Tälern hindurch verlief, in denen sich die Krugs versammelten. Er war überrascht gewesen, daß die Frau aus dem Wald so gut reiten konnte, aber sie schien vom ersten Augenblick an ein intuitives Verhältnis zu ihrem Pferd zu haben. Als hätte sie in ihrem Leben nichts anderes getan, ritt sie ihnen in entspannter Haltung voran.

Sie hatten seit Stunden weder Krugs noch Menschen gesehen, und in der Mittagssonne lagen die bewaldeten Täler unter ihnen so friedlich da, daß es schwerfiel, sich vorzustellen, welcher Gefahr sie entgegenritten.

Die rauhe Schönheit der Landschaft nahm noch zu, je länger sie unterwegs waren. Das Gelände wurde felsiger und nur noch wenige Bäume und Sträucher klammerten sich an die schroffen Hänge, die jetzt auf der einen Seite des schmalen Pfades steil zum Himmel aufragten und zur anderen ebenso steil abfielen. Schließlich erreichten sie ein kleines, hochgelegenes Tal, das sich versteckt zwischen zwei Bergkuppen vor ihnen öffnete. Eine klare Quelle sprudelte hier aus dem Felsen und speiste einen kleinen See, um den herum im Schutz der Hänge ein schmaler Streifen saftiger Wiese wuchs.

„Hier müssen wir die Pferde zurücklassen", sagte Elora und lenkte ihren Braunen an das Wasser. „Wenn wir dort auf der anderen Seite auf den Bergkamm klettern, erreichen wir die Stelle, die ihr mir beschrieben habt, Merick."

Sie stiegen von ihren Pferden und nahmen ihnen die Sättel ab. Farmer schulterte eines der Seile, die sie mitgebracht hatten und stieg hinter den anderen an der von Elora bezeichneten Stelle den Felshang nach oben. Der Pfad war hier kaum noch zu erkennen. Unter Ausnutzung natürlicher Vorsprünge waren nur an wenigen Stellen Tritte in den Fels gehauen, und der steile Anstieg ließ Farmer schnell außer Atem kommen. Elora, die vor ihm ging, zeigte keinerlei Ermüdungserscheinungen und ging trittsicher voran. Auch sie hatte eines der dünnen Seile um den Körper geschlungen. Merick und Muriella gaben ihr bestes, kämpften aber bald mit der Erschöpfung und der dünnen Luft. Zum Glück dauerte der Aufstieg nicht sehr lange. Oben angekommen fanden sie sich auf einem schmalen Grat wieder, der über einem gewaltigen, zerklüfteten Talkessel aufragte. Der Anblick verschlug Farmer den Atem. Direkt vor seinen Füßen fiel der Berg fast senkrecht ab, und weit unten konnte er den Spiegel eines großen Sees erkennen, der von einer langen Brücke überspannt war. Die fernen Hänge des Tals waren von tiefen Spalten durchzogen, in deren Tiefe es rot glühte. Die schmale Brücke, auf deren gesamter Länge er Bewegung zu erkennen glaubte, endete an einem riesigen Tor am gegenüberliegenden Berghang.

„Crystwind", verkündete Merick atemlos und trat mit ausgestrecktem Arm neben seinen König an die Felskante. „Einstmals errichtet als sicherer Versammlungsort und Zufluchtsstätte für Magier."

„Wie sicher?" fragte Farmer und suchte mit zusammengekniffenen Augen die Felswand ab, die sich gleichermaßen majestätisch wie bedrohlich auf der anderen Seite des Tals vor ihnen erhob und an die sich das gewaltige Gebäude schmiegte.

„Hmm." Merick rieb sich schnaufend das Kinn. „Die Tore lassen sich nur von innen öffnen."

„Würdet Ihr hineinkommen?" fragte Farmer weiter, ohne den Blick von Crystwind abzuwenden. Auf einigen Mauervorsprüngen meinte er Gestalten auszumachen, stellte aber bald fest, daß es sich um Statuen handelte, die sich bei genauerer Betrachtung als überlebensgroß erwiesen. Die Mauern von Gallians Festung mußten wahrhaft gewaltig sein und schienen unerreichbar weit weg zu liegen.

„Einem Magier stehen andere Wege nach Crystwind offen", antwortete Merick nachdenklich und ließ seinen Blick ebenfalls über die alten Mauern gleiten.

„Dann finde ich auch einen!" sagte Farmer entschlossen.

⁂

Gallian hatte Solana erlaubt, sich auf einen der breiten alten Lehnstühle zu setzen, die sich an einer Wand der Bibliothek aufreihten. Die Krugs hatten ihr an einem Handgelenk eine Kette angelegt, deren anderes Ende Gallian mit einem kurzen Wink auf magische Weise in der Wand verankerte. In freudiger Erregung schritt er nun vor ihr auf und ab, und wo durch die Fenster das Tageslicht in hellen Flecken auf den Boden fiel, tanzte der Staub, den seine Schritte aufgewirbelt hatten, in wirren Mustern hinter ihm her. Seit er herausgefunden hatte, daß es sich bei der Gefangenen um Farmers Frau handelte, war sein Ärger über die verlorene Schlacht und die Krönung Farmers verflogen. Die Frau vor ihm war der Schlüssel zu seinem Sieg. Durch sie hatte er den König von Ehb in seiner Hand.

„Empfindest du es als Glück, am Leben zu sein?“ fragte er und blieb stehen, um ihre Reaktion zu beobachten. „Ich schon!“

Sie schwieg und sah ihn nur voller Abscheu an. Gallian lachte leise und trat näher an sie heran.

„Ich fand das Leben war nie aufregender als jetzt!“

Für einen Moment dachte er, Solana würde einfach immer nur weiter schweigen, doch dann schien sie es sich anders überlegt zu haben und wandte ihm ihr Gesicht zu.

„All die Menschen, die Ihr geraubt habt, warum laßt Ihr sie nicht frei?“ fragte sie und bemühte sich ihrer Stimme einen offenen, ja beinahe freundlichen Klang zu geben. „Soll die Welt nicht erfahren, daß Ihr über unbegrenzte Macht verfügt und barmherzig seid?“

Gallian lachte wieder und schüttelte den Kopf.

„Verstehst du denn gar nichts?“ fragte er aufgebracht und beugte sich zu ihr herab. „Ich bin jenseits von Barmherzigkeit. Ich habe all diese kindlichen Vorstellungen von Gut und Böse überwunden. Ich werde die Welt in ihren Grundfesten verändern! Wo soll es denn hinführen, wenn ich jetzt anfange barmherzig zu sein?“

Solana wich vor ihm zurück und starrte ihn entsetzt an.

„Aber denkt an Euer Ansehen", wagte sie noch einen Versuch, aber ihre Stimme klang nur noch flehend.

„Keine Ausnahmen!" Gallian brachte sie mit einer Handbewegung zum Schweigen. „Für niemanden! Weder für dich, noch für Farmer, noch für deinen jämmerlich winselnden Sohn, dem ich die Eingeweide herausgerissen habe!"

Das war zuviel für Solana. Mit einem Aufschrei, in dem sich Wut und Verzweiflung mischten, schlug sie ihm mit der flachen Hand hart ins Gesicht. Blitzschnell griff er nach ihrem Handgelenk und bohrte seine Finger in ihre weiche Haut.

„Tötet mich!" schrie sie und versuchte ihre Hand loszureißen. „Dann tötet mich doch einfach!" Sie versuchte sich mit aller Kraft seinem Griff zu entwinden und er packte sie unheilvoll lächelnd mit beiden Händen.

Gallian genoß ihren Gefühlsausbruch. Er spürte, daß seine Lippe aufgeplatzt war und ihm Blut das Kinn hinunterlief. Grob hielt er die zappelnde Frau fest und zwang sie ihn anzusehen.

„Ich werde dich nicht töten!" zischte er Solana an. „Du bereitest mir Vergnügen!" Ihre schreckgeweiteten Augen richteten sich auf sein Gesicht und blieben an dem Blutfaden in seinem Mundwinkel hängen.

„Wenn Ihr blutet, könnt Ihr auch sterben", stellte sie mit kalter Stimme fest und hörte auf sich zu wehren. Gallian ließ sie los und richtete sich wieder auf.

„Das mag sein", antwortete er, „aber ich werde nicht sterben, ich habe zuviel zu tun."

Mit einem letzten Blick auf seine Gefangene wandte er sich um und verließ die Bibliothek. Bei allem Triumph über die Falle, die er dem neuen König gestellt hatte, durfte er jetzt nicht unvorsichtig werden. Immer noch stand ein feindliches Heer vor dem letzten Paß nach Crystwind. Er mußte dafür sorgen, daß seine Krugs den

Soldaten von Ehb diesmal zu seinen Bedingungen entgegentreten konnten, denn schließlich konnte es noch eine ganze Weile dauern, bis Farmer den Weg zu ihm gefunden hatte, und er wollte in der Zwischenzeit nicht von irgendwelchen anderen Angreifern gestört werden.

∴

Als Gallian seinen Beschwörungsraum betrat, war er bereits in tiefe Konzentration versunken. Das Bild des Talkessels vor Crystwind überlagerte den Raum um ihn herum und mit einer ausholenden Armbewegung schob er die wenigen Wolken am Himmel über dem Tal zusammen. Er spürte wie Wind aufkam und rief in einer uralten Sprache den Berg an, der mit einem tiefen Grollen unter seinen Füßen antwortete, und aus den glühenden Spalten um den See dicke schwarze Rauchsäulen in den Himmel steigen ließ. Die wirbelnden Sturmböen gehorchten seinen Handbewegungen und formten aus Rauch und Wolken eine dichte, schwarze Sturmfront in der erste Blitze zuckten.

Unter größter mentaler Anstrengung schob Gallian die tiefhängenden Wolkenberge von Crystwind weg und über die Stellungen der Armee von Ehb. Sein Siegeszug konnte beginnen.

∴

Besorgt blickte Tarish in den dräuenden Himmel hinauf. Tiefschwarze Wolken schoben sich vor die Sonne, und er konnte unten im Tal beobachten, wie die scharf gezogene Linie der Schattengrenze sich mit rasender Geschwindigkeit auf sie zu bewegte. In den heranrollenden Wolken war Wetterleuchten zu sehen und in der Ferne grollte der Donner. Es war offensichtlich, daß dies kein normaler Sturm war. Gallian mußte ihn heraufbeschworen haben, und das hieß, daß der Angriff der Krugs unmittelbar bevorstand. Es war höchste Zeit, daß sie sich bereitmachten.

„Verteilt Fackeln und entzündet die Feuerschalen“, wies Tarish ein paar Soldaten in seiner Nähe an, die seinen Anweisungen sofort folgten.

„Laßt Eure Männer die Brandpfeile einsetzen“, fügte er an General Backler gewandt hinzu. „Wir müssen alles versuchen, diese Dunkelheit so gut wie möglich zu durchdringen.“

General Backler nickte und verschwand, um seinen Bogenschützen die entsprechenden Befehle zu geben.

Die Gewitterfront hatte sie jetzt fast erreicht. Erste Regentropfen fielen und der Wind zerrte in kurzen heftigen Böen an ihren Mänteln. Im nächsten Moment war Tarish von Dunkelheit umhüllt, beinahe so, als wäre es auf einen Schlag Nacht geworden. Eine Welle der Unsicherheit ging durch die Reihen der Soldaten, aber er konnte auch erkennen, daß bereits überall in ihren Stellungen die Feuer in den Glutschalen brannten und immer mehr Fackeln zwischen den Soldaten aufloderten.

Gemeinsam mit Hallet und Backler hatte Tarish beschlossen, daß sie den steilen Hang solange wie möglich wie einen natürlichen Festungswall verteidigen wollten. Die ganze Nacht hatten sie die Pioniere Felsbrocken heranschaffen und Bäume fällen lassen, die sie heute den heranstürmenden Krugs entgegenschleudern wollten. Die Bogenschützen hatten sie auf breiter Front direkt am Rand des Abhangs in vorderster Reihe Aufstellung nehmen lassen, damit sie ein optimales Schußfeld hatten. Die schwergerüsteten Speerträger bildeten die zweite Linie, so daß die Bogenschützen hinter sie zurückfallen konnten, wenn der Feind doch den Rand des Tals erreichte. Die Schwertkämpfer waren zur Verstärkung in mehreren Abteilungen dahinter aufgestellt. So konnten sie schnell reagieren, sollte es den Krugs gelingen, ihre Schlachtordnung zu durchbrechen, oder ihrerseits Ausfälle gegen den Feind führen. Zwischen den Ästen der ersten Baumreihen des Waldes, der sich bis dicht an die Talsohle heranschob, konnte man ihre neuen Verbündeten vom Waldvolk ausmachen. Dazwischen hockten praktisch unsichtbar die Späher der königlichen Garde in den Bäumen. Sie hatten den Befehl, gezielt die gesichtslosen Reiter auszuschalten, um die Befehlskette der feindlichen Armee zu stören.

Der Regen peitschte jetzt in Sturmböen auf sie nieder, und Tarish konnte in der Dunkelheit einzelne Lichtpunkte ausmachen, die sich im Tal langsam auf sie zu bewegten – auch einige der Krugs trugen ganz offensichtlich Fackeln. Immer mehr Lichter erschienen in der Dunkelheit, und in den vereinzelt aufzuckenden Blitzen konnte er ein gewaltiges feindliches Heer erkennen, soweit das Augen reichte. Diesmal jedoch schienen sie viel unkoordinierter anzugreifen als bei der letzten Schlacht. Statt einzelner Horden mit unterschiedlichen Angriffszielen, wälzte sich ihnen nun eine einzige, wimmelnde Masse entgegen.

Als die ersten Lichtpunkte sich vor Tarishs Augen in Fackelschein mit einem klar auszumachenden Ziel daran verwandelten, hob er seine eigene Fackel und winkte General Backler damit zu.

Der alte General verstand das vereinbarte Signal und rief den Bogenschützen ihre Befehle zu.

„Schützen! Legt an!“ Die Männer entzündeten ihre Brandpfeile an den überall aufgestellten Feuerschalen und spannten ihre Bögen.

„Und Schuß!“ Die erste Salve löste sich von den Sehnen und flog wie ein Kometenregen auf die Krugs zu, aus deren Reihen sich ein vielstimmiges Schmerzensgeheul erhob, als die Pfeile ihr Ziel fanden. Die Schützen hatten bereits die nächsten brennenden Pfeile auf die Sehnen gelegt und schickten dem Feind auf Backlers Befehl die zweite Salve entgegen.

Tarish winkte mit seiner Fackel zweimal in die andere Richtung, und die Soldaten, die sich an mehreren Stellen am Abhang mit den Felsbrocken und gefällten Baumstämmen postiert hatten, übergossen die großen Stämme mit brennendem Öl und stießen sie mit Hilfe langer Hebel den Abhang hinunter. Als lodernde Feuerwalzen donnerten sie den Krugs entgegen, die den Beschuß der Bogenschützen überlebt hatten.

Achtzehn

Vorsichtig setzte Farmer auf dem zerklüfteten Felsen einen Fuß vor den anderen. Schwarze Wolken zogen sich unten im Tal zusammen und brodelten zwischen den Felswänden, von Zeit zu Zeit zuckten in ihnen gleißende Blitze, gefolgt von rumpelndem Donner, der das Gestein unter ihren Füßen vibrieren ließ. Hier oben jedoch, auf Höhe der Gipfel, schien immer noch die Sonne.

Merick hatte die Führung übernommen und schritt ihnen voraus über den Grat, und obwohl der Wind an seiner Robe zerrte, ging er unbeirrt und sicheren Schritts weiter, bis sie erneut auf einem Vorsprung standen, der diesmal näher an die Flanke des Berges heranreichte. Tief unter ihnen lag Crystwind. Die Fassade der Höhlenfestung konnten sie von hier aus nicht mehr sehen, aber der Magier deutete auf einen dunklen Fleck in der zerklüfteten Felswand.

„Dort oben ist ein Schacht", erklärte er. „Für die Frischluftzufuhr."

Farmer folgte Mericks ausgestrecktem Arm. Ja, dort drüben in den Schatten konnte sich ein Höhleneingang verbergen. Aber wie sollte er dort hinüberkommen?

„Ich werde euch jetzt verlassen", sagte Merick und sah nach Crystwind hinunter.

„Geh bitte nicht allein, Vater!" Muriella legte dem Magier besorgt eine Hand auf die Schulter. Merick ergriff die Hand und drehte sich zu ihr um.

„Falls dieser Wahnsinnige sich einen letzten Funken Verstand bewahrt hat", sagte er mit ernstem Blick, „dann muß ich es herausfinden." Er drückte Muriellas Hand und erwiderte ihren sanften Blick.

Farmer schüttelte zweifelnd den Kopf. „Mit Vernunft ist dem Bösen nicht beizukommen, Merick."

„Dann kann ich ihn zumindest ein wenig ablenken!" erwiderte Merick mit einem grimmigen Lächeln. Er schien fest entschlossen zu sein, sich nicht von seinem Plan abbringen zu lassen, und Farmer wußte, daß er recht hatte. Selbst wenn mit Gallian nicht zu reden war, er konnte ein Ablenkungsmanöver gut brauchen, wenn er in die Höhle des Löwen eindrang.

Schweigend umarmte Merick seine Tocher und nickte Farmer und Elora zum Abschied zu, dann richtete er seinen Blick wieder auf die jenseitige Felswand und erstarrte in Konzentration. Farmer hatte noch nie einen Magier bei der Ausübung seiner Kunst beobachtet, aber er stellte fest, daß seine Vorstellungen von Magie nichts mit der Wirklichkeit zu tun hatten. Merick sagte keine Zauberformeln auf, vollzog keine großen magischen Gesten und mischte auch keine seltsamen Zutaten in einem Kessel zusammen. Statt dessen stand er nur ganz ruhig und versunken da, bis sein bewegungsloser Körper plötzlich von einer fließenden Bewegung durchlaufen wurde. Für einen kurzen Augenblick glaubte Farmer zu erkennen, wie Mericks Kleider und Haut sich auflösten und nacktes, rotes Muskelfleisch und blanke Knochen zu sehen waren, dann wirbelte der Magier als blasse Staubwolke in den Himmel und Crystwind entgegen.

∴

Merick materialisierte in einem Raum mit rundem Grundriß und hoher Gewölbedecke. Die Wände wurden von einer Reihe halber Säulen verziert, die aus der umlaufenden Felswand reliefartig herausgearbeitet und durch hohe Spitzbögen verbunden waren. Unter einem der Bögen führte eine Tür aus dem kleinen Saal. Auf jeder Säule war von den Steinmetzen, die Crystwind einst erbaut hatten, ein Ornament in Form eines komplizierten Knotens kunstvoll ausgearbeitet worden, wobei jeder der Knoten als Halterung für ein prunkvolles Schwert diente. Dazwischen steckten brennende Fackeln in eisernen Halterungen. Merick hatte Gallians Anwesenheit hier gespürt und sich von ihr wie von einem magischen Leuchtfeuer hierher leiten lassen.

Der andere Magier wandte ihm schweigend den Rücken zu, aber als sich eines der Schwerter wie von Geisterhand in Bewegung setzte, wußte Merick, daß Gallian seinerseits die Ankunft des Hofmagiers von Ehb gespürt haben mußte. Ganz langsam schob sich das Schwert aus dem gemeißelten Knoten, bis es plötzlich mit der Spitze voran auf Merick zuflog. Er brauchte nicht mehr als einen kurzen Seitenblick, um seinerseits eines der Schwerter aus einer anderen Halterung zu brechen und den magisch geführten Stich zu parieren. Gallians Schwert fiel klirrend auf den Steinboden des kleinen, runden Saals. Mit einem kalten Lachen wandte Gallian sich zu ihm um. In seinen grünen Augen glühte der Haß.

„Ich wußte, daß Ihr kommen würdet, alter Freund“, begrüßte er ihn ohne jede Freundlichkeit.

„Wir waren einmal Freunde, Gallian“, antwortete Merick bitter, „doch Ihr habt Euch sehr verändert.“

„Findet Ihr?“ fragte Gallian und sein Gesicht verzog sich zu einem hämischen Grinsen. Mit einer schnellen Handbewegung ließ er sein Schwert vom Boden aufsteigen und vor sich in der Luft schweben. Die beiden Waffen hingen jetzt, wie von unsichtbaren Schnüren gehalten, zwischen ihnen im Raum, die scharfen Spitzen jeweils auf die Kehle des Gegners gerichtet. Die beiden Magier standen scheinbar unbeteiligt hinter ihren Waffen, die Arme hinter dem Rücken verschränkt. Langsam begannen sie einander zu umkreisen und die schwebenden Schwerter folgten ihren Bewegungen.

Dann hob Gallian kurz seine Hände und zwei weitere Schwerter brachen aus ihren Wandhalterungen und reihten sich neben seiner ersten Klinge ein. Im nächsten Moment sausten die drei Schwerter gleichzeitig auf Merick zu, der seine Klinge blitzschnell alle drei parieren ließ. Ohne zurückzuweichen rief er sich die letzten beiden Schwerter herbei, die noch an den Wänden hingen, und die sechs Klingen wirbelte durch den Raum und erfüllten ihn mit lautem Klirren.

„Ein Magier schöpft seine Macht aus der Loyalität zu seinem König", sprach Merick seinen Gegner durch die zuckenden Klingen hindurch an. „Ihr aber seid der Feind des Königs und dennoch wachsen Eure Kräfte. Wieso?"

Gallian lachte wieder, doch das tödliche Spiel aus Hieb und Parade in ihrer Mitte brach nicht ab.

„Wie gefallen Euch meine Krugs?" fragte er reptilienhaft grinsend und schlug mit zweien seiner Schwerter Finten von links und rechts, um mit dem dritten einen gefährliche Stich von unten zu führen.

„Sie sind abscheuliche und blasphemische Geschöpfe", erwiderte Merick unbeeindruckt und trat einen kleinen Schritt beiseite, gerade soviel, daß das Schwert, das auf sein Herz gezielt hatte, mit voller Wucht gegen die Steinwand krachte.

„Oh nein!" Gallian hob mißbilligend die Augenbrauen. „Im Gegenteil, sie sind ein sehr erfreuliches Volk, besonders, da sie bis vor kurzem ein Volk ohne König waren. Nun stellt Euch vor, was ich getan habe, mein Freund." Jetzt war er es, der Mericks Schwertern ausweichen mußte, die seine Parade durchbrochen hatten und eins nach dem anderen auf ihn zuflogen.

„Ich wage es nicht, mir Eure frevelhaften Taten vorzustellen!" stieß Merick erzürnt hervor.

„Ich habe mich zu ihrem König gemacht", erklärte Gallian strahlend und sammelte seine Schwerter für einen neuen Angriff, „dem König der Krugs! Und nun diene ich einem König, der meine absolute Loyalität verdient – mir selbst!"

„Genug!" rief Merick mit donnernder Stimme und schickte eine magische Druckwelle durch den Raum, die vier der Schwerter an den Wänden zerschellen ließ. Die anderen beiden Klingen trafen sich in der Mitte des Raumes, wo sie gekreuzt zu Boden fielen. Gallian starrte ihn zornig an.

„Gallian, bedenkt, daß wir beide die letzten wahren Magier von Ehb sind. So erkennt doch, daß Ihr dem Wahnsinn anheimgefallen seid!“ beschwor Merick seinen Gegner eindringlich. Zitternd erhoben sich die letzten beiden Schwerter wieder in die Luft bis sich die beiden Kontrahenten wieder mit ihnen bedrohten.

„Ihr habt keine Vorstellung davon“, zischte Gallian mit unverhohlenem Haß, „wie mächtig dieser Wahnsinn sein kann.“ Mit diesen Worten brach ein bläuliches Feuer aus seiner Klinge hervor und vor Mericks Augen teilte sie sich auf, bis fünf identische Klingen vor Gallian in der Luft hingen. Für einen Moment schien die Zeit in dem kleinen Saal absolut stillzustehen, dann stießen die fünf Schwerter auf Merick herab. Mit äußerster Konzentration führte Merick seine Klinge seitlich gegen die anderen und zerschlug eine nach der anderen. Metall splitterte in der Luft und Gallians Schwerter lösten sich in schimmernden Staub auf, der sich in einem dichten Wirbel sammelte und mit einer plötzlichen Bewegung Mericks Brust durchschlug.

Dem alten Magier stockte der Atem und er fühlte, wie kalter Stahl seine Brust durchbohrte. Mit einem heiseren Seufzer sank er zu Boden. Gallians Schwert steckte hinter ihm zitternd in der Steinwand. Von der Klinge tropfte Blut. Sein Blut.

Gallian trat langsam näher und sah auf ihn herab. Sein Gesicht war zu einer dämonischen Fratze verzogen.

„In meinem Königreich wird es kein Wort für Wahnsinn geben“, sagte er kalt. „Wir werden statt dessen einfach ‚Macht‘ sagen.“

Gallian drehte sich um und ließ Merick hilflos am Boden liegen. Ohne einen Blick zurück verließ er den Saal. Sein höhnisches Lachen hallte hinter ihm durch den Gang.

∴

Farmer sah Merick einen Moment lang nach, dann drehte er sich um und half Elora, die Seile, die sie mitgebracht hatten, miteinander zu verknoten. Der magische Sturm und die schwarzen Wolken unten im Tal waren in die andere Richtung abgezogen und Farmer war sich sicher, daß dies für die Armee von Ehb nichts Gutes verhieß. Sie mußten sich beeilen.

Als die Seile aneinandergebunden waren, wickelte Elora ein Ende um einen kleinen, schweren Felsbrocken, den sie während ihres Aufstiegs ausgewählt und eingesammelt hatte. Mit einem kunstvollen Knoten zurrte sie das Seil fest und überprüfte seine Haltbarkeit. Dann schoß sie das lange Seil in einem großen, sauberen Kreis vor ihr auf dem Boden auf und gab Farmer das andere Ende in die Hand.

„Gut festhalten, sonst stehen wir gleich ohne Seil da." Farmer bewunderte ihre Kunstfertigkeit und die Anmut, mit der sie sich an die Kante des Vorsprungs stellte. Der peitschende Wind störte sie offensichtlich nicht im mindesten, und den Abgrund unter ihr schien sie nicht einmal wahrzunehmen. Noch einmal prüfte sie den Sitz des Knotens mit einem Rütteln. Sie schien mit dem Ergebnis zufrieden zu sein und begann den Stein an einem kurzen Stück Seil über dem Kopf kreisen zu lassen. Nach und nach beschleunigte sie seinen Flug und gab immer mehr Seil, bis der Brocken sie schließlich mit tiefem Brummen auf einer weiten Bahn umkreiste. Ihr ganzer Körper war aufs Äußerste angespannt und Farmer konnte sehen, daß sie alle Kraft in die Beschleunigung des Steines legte, während ihr Blick konzentriert auf eine ferne Felsnadel gerichtet war.

Dann ließ Elora das Seil plötzlich los und der Felsbrocken flog, das leichte Seil hinter sich herziehend, in flachem Bogen auf die Felsnadel zu. Präzise schlug er zwischen den schroffen Felsen der zerklüfteten Spitze auf. Die Waldfrau wickelte sich das Seil um die Unterarme und zog es, ein paar Schritte rückwärts gehend, straff. Nachdem sie sich mit ihrem ganzen Gewicht in das Seil gelehnt hatte, und den in der Felsnadel verkeilten Stein auch damit nicht lösen konnte, sah sie auffordernd zu Farmer hinüber.

„Es wird nicht einfach werden“, sagte sie und musterte ihn abschätzend. „Bist du sicher, daß du den Sprung wagen willst?“

„Ich bin mir sicher.“ Farmer starrte auf die ferne Felswand, in der Merick ihnen die Stelle gezeigt hatte, wo der Lüftungsschacht mündete. Irgendwo dort drinnen wartete Solana auf Rettung. Hoffentlich. „Ich muß nach Crystwind hinein und das ist der einzige Weg.“

„Also gut.“ Elora trat mit dem gespannten Seil noch ein paar Schritte zurück. „Stell dich neben mich und halte das Seil dort gut fest. Wir nehmen jetzt gemeinsam Anlauf und springen dort vorn über die Felskante. Unser gemeinsames Gewicht wird uns hoffentlich genug Schwung geben, daß sich das Seil um die Felsnadel wickelt und wir uns so auf die andere Seite schwingen können, daß du in der Nähe der Höhle landest.“ Farmer nickte. Eloras Plan war waghalsig, aber sie schien davon überzeugt zu sein, daß er funktionierte, und wirkte ruhig und entschlossen. Im Gegensatz zu Muriella, die ihre Vorbereitungen mit immer größer werdendem Entsetzen beobachtet, aber offenbar auch keinen besseren Vorschlag hatte. Stumm verfolgte sie die Szenerie.

Farmer trat neben Elora und ergriff das Seil an der von ihr bezeichneten Stelle mit beiden Händen. Noch einmal überprüfte er seinen Griff um das Seil, dann zählten sie gemeinsam bis drei und rannten los. Als sie über die Kante des Grates sprangen, raste ihnen der Erdboden entgegen. Er hatte erwartet, daß er im Moment des Absprungs zögern würde, daß in diesem Moment die Angst in ihm aufsteigen und ihn bremsen würde, aber der Moment war viel zu schnell vorbei. Jetzt flog er bereits durch die Luft, nur an diesem lächerlich dünnen Seil hängend, das sich, wie Elora geplant hatte, um die hohe Felsenspitze wickelte, die sie jetzt in weitem Bogen passierten. Der tiefste und schnellste Punkt ihres Fluges lag damit bereits hinter ihnen, und Farmer sah die steile Flanke der Feste von Crystwind heransausen. Das dort oben mußte der Höhleneingang sein – er würde ihn nicht erreichen, sie hatten nicht genug Schwung! Er würde einfach in der zerfurchten Felswand einschlagen. Seine Augen suchten fieberhaft die Felsen an seinem wahrscheinlichen Einschlagsort ab. Dann kam der Aufprall. Ohne nachzudenken ließ Farmer das Seil los und flog für einen winzigen Moment haltlos durch die Luft, dann schlug er gegen die Wand und klammerte sich mit aller Kraft an den Rillen und Furchen fest, die er erreichen konnte. Für einen kurzen Augenblick wurde ihm schwarz vor Augen, als der ungeheure Aufschlag ihm sämtliche Luft aus den Lungen preßte, dann jedoch fing er sich und ein kurzes, vorläufiges Glücksgefühl übermannte ihn.

Er hatte es tatsächlich geschafft! Er hatte den Abgrund überquert und die Felswände von Crystwind erreicht, aber er war kurz davor, den Halt zu verlieren und auf dieser Seite des Tals in die Tiefe zu stürzen. Die scharfen Felsgrate schnitten in seine Finger und seine Füße fanden keinen rechten Halt. In einer verzweifelten Anstrengung zog er sich auf einen schmalen Felsensims direkt über ihm und kauerte dort für einen Moment mit klopfendem Herzen. Die Felswand fiel hier fast senkrecht ins Tal hinab. Er war so weit gekommen, den Rest würde er auch noch schaffen. Prüfend betrachtete er eine Weile die Wand über ihm und suchte nach Vorsprüngen und Kerben, dann stieg er langsam und vorsichtig an ihr empor, bis er einen größeren Absatz erreichte und vor sich in den Schatten den dunklen Schlund einer Höhle entdecken konnte.

Erleichtert richtete er sich vor dem Eingang auf und drehte sich um. Er hielt nach Elora Ausschau und entdeckte sie ein ganzes Stück entfernt in der Felswand hängend. Sie hielt das Seil in den Händen und schaute zu ihm herüber. Muriella wartete immer noch auf dem Vorsprung auf der anderen Seite und wirkte sichtlich erleichtert. Farmer winkte kurz, um zu zeigen, daß alles in Ordnung war und machte sich dann auf den Weg in die Dunkelheit der Höhlenfestung hinein.

Was als tiefe Felsspalte oder natürliche Höhle begann, wandelte sich bald zu einem schmalen, sauber behauenem Gang, der langsam aber stetig abwärts führte. Die Luft, die Farmer entgegenschlug, war trocken und stickig, und es war schon bald stockfinster. Langsam tastete er sich voran, bis sich der Gang gabelte. Angestrengt lauschte Farmer in die Dunkelheit, doch es war nichts zu hören. Nach kurzem Zögern entschied er sich für den linken der beiden Gänge, weil er das Gefühl hatte, daß die Luft, die von dort kam etwas wärmer und verbrauchter war. Er mußte sich noch an zwei weiteren Abzweigungen vorbeitasten, bei denen er jeweils den Gang wählte, der ihm wärmer erschien, bevor er einen Lichtschimmer vor sich erkennen konnte. Zuerst fürchtete er, wieder an die Oberfläche gelangt zu sein, doch dann hörte er ein fernes Hämmern und Klopfen und erkannte, daß es sich bei dem Licht um rötlichen Feuerschein handelte. Er preßte sich eng an die kalte Felswand und zog das Erntemesser aus der Scheide. Jetzt war es soweit, er war in Gallians unterirdische Festung eingedrungen und würde sich keinen Fehler mehr leisten können.

∴

Nach dem Verschwinden ihres Vaters hatte Muriella Farmer und Elora mit wachsender Sorge beobachtet. Sie wußte, daß ihr Vater sich in große Gefahr begeben hatte, und Eloras Plan, den König hinüber nach Crystwind zu bringen, schien ihr alles andere als narrensicher zu sein. Einen anderen Weg in die uralte Magierzuflucht kannte sie jedoch auch nicht und so hielt sie den Atem an, als der König und Elora sich an dem dünnen, kunstvoll geflochtenen Seil über den Abgrund schwangen. Sie hoffte inständig, daß Elora wußte, was sie tat. Sie konnte sich nichts Schlimmeres für das Königreich Ehb vorstellen, als daß es seinen neuen König bereits jetzt wieder verlor.

Tatsächlich landete der König ganz in der Nähe des Höhleneingangs in der gegenüberliegenden Felswand und verschwand nach einer kurzen Kletterpartie in den Schatten der Felsspalte. Elora war an anderer Stelle gelandet und beobachtete die Spalte noch einige Augenblicke, nachdem Farmer verschwunden war. Dann schwang sie sich an dem Seil wieder zurück auf die andere Seite, faßte ein ganzes Stück unterhalb der Kante des Grates, auf dem Muriella stand, Fuß und kletterte behende zu ihr hinauf. Die Anführerin des Waldvolks grinste sie verschmitzt an, da ihr Muriellas Zweifel nicht verborgen geblieben waren.

Muriella wollte gerade zu einer Entschuldigung ansetzen, als sie ein furchtbarer Schmerz durchfuhr. Ein kalter Stich bohrte sich direkt in ihr Herz und ließ sie keuchend zurücktaumeln. Ihr Vater! Er war verletzt! Schwer, vielleicht tödlich sogar. Sie spürte, wie Elora sie am Arm festhielt und versuchte, sie zu stützen.

„Mein Vater", stieß Muriella hervor und sah die Waldfrau angsterfüllt an, „er braucht mich." Dann schloß sie die Augen und konzentrierte sich, um Angst und Sorge aus ihrem Geist zu verbannen und ihren magischen Blick nach Crystwind zu richten.

Muriella, hörte sie die schwache Stimme ihres Vaters in ihrem Kopf rufen und sah für einen Moment den Raum, in dem er am Boden lag.

„Ich muß ihm folgen", murmelte sie Elora zu und streifte sanft ihre Hand ab. Die Ströme der Magie, die pulsierend die ganze Welt durchzogen, rauschten auf einmal wie Wind in ihren Ohren, zerrten an ihr und zogen sie hin zu ihrem Vater. Muriella brauchte ihnen nur nachzugeben, sie mußte nur ihrem Körper erlauben sich von der magischen Strömung forttreiben zu lassen.

Muriella!

Noch einmal atmete sie tief durch und sah nach Crystwind hinüber. Dann schloß sie erneut die Augen, konzentrierte sich auf den Raum, in dem sie ihren Vater gesehen hatte und ließ los. Wie ein Strudel saugte der Zauber sie ein, wirbelte sie durch die Luft und durch winzige Ritzen im Fels, und trug sie zu ihrem Vater, der immer noch voller Verzweiflung nach ihr rief.

∴

In der Dunkelheit unter den Sturmwolken rannten die Krugs immer weiter gegen die Stellungen der Armee von Ehb an. Nicht ohne Befriedigung stellte General Tarish fest, daß ihre Taktik aufging. Bislang war es ihnen gelungen, die Masse der Krugs mit den Bogenschützen und Baumstämmen, Felsbrocken und anderen Wurfgeschossen auf Abstand zu halten. Und wenn einzelne Krugs bis zu ihren Reihen hindurchbrachen, hatten die Speerkämpfer mit ihnen leichtes Spiel. Doch bald würde ihnen die Munition ausgehen, und er beobachtete mit Sorge, wie die Krugs aus ihren hinteren Reihen Katapulte herbeischafften und außerhalb der Reichweite ihrer Bogenschützen in Stellung brachten. Diesmal schafften sie gar nicht erst Steine herbei, sondern begannen direkt damit, entgegen der Natur jeglichen vernunftbegabten Lebens, ihresgleichen zu verschießen.

Die ersten zappelnden Krugs schlugen zu kurz in ihren eigenen Reihen ein und brachten den Vorstoß der Kreaturen an einigen Stellen kurzzeitig zum Erliegen. Doch es dauerte nicht lange, bis ihre Waffenmeister sich eingeschossen hatten, und jetzt landete der erste Krug zwischen den Bogenschützen, direkt vor Tarishs Position. Die Männer stoben erschrocken auseinander und versuchten den zuckenden Gliedmaßen der Kreatur auszuweichen. Sofort waren einige Schwertkämpfer zur Stelle und töteten den bereits schwerverletzten Krug. Doch Tarish wußte, daß sie handeln mußten. Die Einschläge der lebenden Geschosse unterbrachen ihren eigenen Beschuß, und sie drohten die Initiative zu verlieren. Das durfte auf keinen Fall geschehen. Auch wenn es riskant war einen Ausfall zu wagen, sie durften den Krugs keine Gelegenheit geben, die gewaltige Masse ihrer Truppen auf einmal einzusetzen.

Schweren Herzens hob Tarish seine Fackel und gab den Befehl zum Angriff. Der Ausgang dieser Schlacht war mehr als unsicher. Lichtzeichen entlang ihren Linien zeigten ihm, daß sein Kommando verstanden worden war und die Truppen bereit waren. Er drängte sich durch die Soldaten und setzte sich an die Spitze einer Abteilung von Schwertkämpfern in leichter Rüstung. Dann zog er seine Waffe und reckte sie in den schwarzen Himmel.

„Für Ehb!" rief er und wie aus einem Mund antworteten ihm die Soldaten in seiner Nähe. Dann stürmten sie durch die dichte Regenwand den schlammigen Abhang hinunter und dem Feind entgegen.

„Zum Angriff!"

Neunzehn

Gallian war in die Bibliothek zurückgekehrt und hatte sich gegenüber von Solana auf einem der alten Stühle mit den kunstvoll geschnitzten Lehnen niedergelassen. Vor den Fenstern verdunkelte der Sturm, den er heraufbeschworen hatte, den Himmel und gleißenden Blitzen folgte dumpfes Donnergrollen. Mit einem zufriedenen Lächeln und schiefgelegtem Kopf lauschte er mit seinen magischen Sinnen in das Gewirr der Gänge von Crystwind hinein. Er suchte zwischen all den Krugs, menschlichen Sklaven, gesichtslosen Kriegern und uralten Geistern, die die alte Höhlenfestung bevölkerten, nach jener unlesbaren Präsenz, der er bisher nur in einer Person begegnet war. Er hatte sich schon mehrfach den Kopf zerbrochen, warum gerade Farmer für ihn ein unbeschriebenes Blatt blieb, war aber zu keiner Lösung gekommen. Auch das königliche Blut, das in den Adern des Bauern floß, stellte dafür keine befriedigende Erklärung dar. Er wußte nur eines: Sein Gefühl hatte ihn nicht getrogen. Ihre Schicksale waren eng miteinander verbunden, und heute würde er Farmer selbst entgegentreten. Er würde ihn ein für allemal vernichten und damit auf einen Streich die Herrschaft über das Reich gewinnen!

Gallian zuckte wie elektrisiert zusammen. „Er ist da“, sagte er mit einem Mal und sein Lächeln wurde breiter. „Wie ich es erwartet habe, ist er gekommen, um dich zu retten.“ Er beobachtete aufmerksam die Reaktion Solanas, als er sich langsam erhob. Sie spürte, daß er recht hatte, und in ihren Augen mischte sich die Hoffnung auf Rettung mit der Angst um das Schicksal ihres Mannes. Gallian lachte hämisch.

„Gut! Weshalb sollten wir diesen Kampf noch länger hinauszögern?“

∴

Muriella! Die verzweifelten Rufe ihres Vaters zogen sie an wie eine helle Flamme die Motte in der Nacht. Ein unwiderstehlicher magischer Sog ließ sie körperlos über das Tal und durch Felsen und Gestein wirbeln, bis sie schließlich jenen kleinen Saal erreichte, in dem ihr Vater schwerverletzt am Boden lag. Das Gefühl, als sie sich wieder materialisierte und ihre magische Sicht wieder zu der des Fleisches wurde, war unbeschreiblich.

Keuchend taumelte Muriella die ersten paar Schritte auf ihren Vater zu, als sie wieder festen Boden unter den Füßen verspürte. Sie hatte sich noch nie dematerialisiert und mußte jetzt gegen Wellen der Übelkeit ankämpfen. Es fiel ihr schwer sich zu orientieren.

„Muriella", hörte sie die leise Stimme ihres Vater. „Du bist wirklich hier!" stöhnte er unter Schmerzen, aber Freude und Erleichterung waren ihm deutlich anzumerken. Merick lag auf dem Rücken und in seiner Brust konnte sie eine furchtbare Wunde erkennen, beinahe als wären Tausende von Nadeln in sein Herz gebohrt worden. Blut tränkte seine Robe und den dunklen Reiseumhang. Hastig kniete sie neben ihrem Vater nieder und ergriff vorsichtig seine Hand, deren Finger sich kalt und seltsam zerbrechlich anfühlten und ihren Druck nur schwach erwiderten.

„Ich weiß nicht genau, wie ich hierhergekommen bin, Vater", stieß sie hervor und kam sich im selben Augenblick so dumm vor.

Doch ihr Vater lächelte und versuchte sie anzusehen, ohne den Kopf zu bewegen. Sie beugte sich tiefer zu ihm herab. Tränen stiegen ihr in die Augen.

„Wie konnte ich nur ein solcher Dummkopf sein", flüsterte Merick und lachte kurz. „Vergib mir, Magierin!"

Muriella starrte ihren Vater durch den Schleier ihrer Tränen an und schüttelte verständnislos den Kopf. Doch der Blick ihres Vaters war ganz sanft und voller Vertrauen. Sie spürte, wie er versuchte mit seiner kraftlosen Hand die ihre fester zu drücken.

„Nimm meine verbliebenen Kräfte, meine Tochter."

Bevor sie etwas erwidern konnte, schloß Merick die Augen und dann spürte sie, wie ihn noch einmal Kraft und Lebensenergie durchströmten. Er klammerte sich plötzlich mit festem Griff an sie und uralte Magie umhüllte sie pulsierend. Der ganze Raum um sie herum schien auf einen Schlag dunkler zu werden, als würde die magische Energie, die von ihrem Vater auf sie überging, das Licht der Fackeln aufsaugen. Im nächsten Augenblick war alles vorüber. Wie geblendet sah Muriella sich um. Ihr Vater lag jetzt reglos auf dem Steinboden, sein geschundener Brustkorb hob und senkte sich nicht mehr und seine Hand war erschlafft und zu Boden gesunken.

Überwältigt von Trauer und Fassungslosigkeit kniete sie auf dem kalten Steinboden. Tränen rannen ihr über das Gesicht und sie ergriff wieder seine Hand. Im Moment seines Todes hatte ihr Vater ihr das gegeben, was sie schon so lange begehrt hatte. Doch jetzt würde sie alles aufgeben, wenn er dafür zu ihr zurückkehren könnte. Mit gesenktem Kopf schluchzte sie auf und die Welle der Trauer drohte sie zu überwältigen. Doch ihr blieb jetzt keine Zeit für ihren Schmerz. Die Kräfte ihres Vaters hatten ihre magischen Sinne um ein vielfaches verstärkt. Sie spürte die Macht dieses Ortes mit aller Eindringlichkeit, sah das Geflecht magischer Verbindungen beinahe gegenständlich vor sich, mit denen Gallian seine Diener kontrollierte. Er selbst war ein magisches Leuchtfeuer, das im Zentrum der Verbindungen pulsierte wie eine Spinne in ihrem Netz. Und da war noch etwas anderes, eine andere mächtige Präsenz, die jedoch vor allem mit der Erde und dem Land verbunden war. Das mußte der König sein! Er bewegte sich auf Gallian zu, und bald würde es zum Kampf kommen. Erschrocken richtete sie sich auf. Der König brauchte ihre Hilfe. Sie war die einzige Magierin, über die das Reich Ehb noch verfügte und die ihrem König dienen konnte.

Sie sah noch einmal zärtlich auf ihren Vater hinunter. Seine Gesichtszüge hatten sich entspannt und er lag jetzt beinahe friedlich da. Sie würde zurückkehren und dafür sorgen, daß er neben ihrer Mutter bestattet werden würde. Eine letzte Träne rann aus ihrem Augenwinkel und sie drehte sich rasch zur Tür.

Vorsichtig betrat sie den Gang, der aus dem Saal führte. Er war ebenfalls von Fackeln erleuchtet und mündete nach einem kurzen Stück auf eine Kreuzung. Die aus dem Berg gehauenen Gänge wirkten auf Muriella alle gleich, und sie versuchte sich mit ihren neu erwachten magischen Sinnen zu orientieren.

Hierher Farmer, hier entlang, komm zu mir. Das war Gallians magische Stimme! Er wußte also bereits, daß der König hier war. Muriella konzentrierte sich und wählte den Gang, der sie in Gallians Richtung führte. Sie konnte nur hoffen, daß die labyrinthischen Stollen von Crystwind nicht zu verwinkelt waren, und sie den Magier auf diese Weise finden würde, bevor es zu spät war.

∴

Vorsichtig rüttelte Bastien an dem rostigen Eisenring, durch den die Kette seiner schweren Handschellen lief. Der Ring war mit einem langen Anker in der Felswand befestigt, die jedoch an dieser Stelle ziemlich brüchig zu sein schien. Er spürte, wie der Anker sich leicht bewegte und verstärkte seine Bemühungen.

Jerom, sein Mitgefangener, dessen Handschellen mit dem anderen Ende der Kette verbunden waren, hatte sich so hingesetzt, daß er Bastiens Bemühungen vor den Augen der vorbeikommenden Krugs verbarg. Sie wurden nicht ständig bewacht, aber die Gänge waren recht hell erleuchtet und immer wieder kamen die Krugs, die sie angekettet hatten, zurück und brachten neue Gefangene. Bastien war froh, in Jerom einen Verbündeten gefunden zu haben, der genau wie er an Flucht dachte und auch bereit war, etwas dafür zu riskieren. Da sie durch eine nur wenige Schritte lange Kette miteinander verbunden waren, hätte er sich sonst wohl auch alle Fluchtpläne aus dem Kopf schlagen können.

Der eiserne Anker ließ sich jetzt langsam und knirschend drehen. Es war ein etwa fingerdicker Metallstift mit einer Öse am Ende, die den großen Ring hielt, durch den ihre Kette gezogen war. Das kratzende Geräusch von Metall auf Stein erschien Bastien unendlich laut, aber weder die vorbeieilenden Krugs, noch die anderen Gefangenen schienen es zu bemerken. Bastien fürchtete sich nicht nur davor, daß ihre Fluchtvorbereitungen von den Krugs bemerkt wurden, sondern wollte auch vermeiden, daß sie die Aufmerksamkeit der anderen Sklaven erregten. Er konnte sich noch zu gut daran erinnern, was geschehen war, als sie sich in das Lager der Krugs geschlichen hatten, um Solana zu finden.

Dann war es geschafft. Er konnte den langen Metallstift langsam aus der Wand ziehen. Feiner Staub rieselte aus dem Loch. Bastien schob den Anker schnell wieder an seinen Platz und legte Jerom die Hand auf die Schulter. Der hagere Mann nickte leicht, ohne sich umzudrehen. Er mußte ungefähr in Bastiens Alter sein und hatte wie das Mädchen aus Gloucern sein Haar mit einem Tuch zurückgebunden. Jetzt mußten sie nur noch den richtigen Moment abwarten.

Dieser kam schneller als erhofft, als zwei Krugs einen neuen Gefangenen brachten. Der kräftige Mann ließ sich mit mürrischem Gesichtsausdruck in ihre Richtung stoßen, und Bastien erkannte, daß er noch nicht gefesselt worden war. Er und Jerom warfen sich einen kurzen Blick zu, dann ging alles sehr schnell. Jerom packte einen der Krugs plötzlich am Schwertarm und riß ihn von dem neuen Gefangenen weg. Der erkannte seine Chance und versuchte seinerseits, sich dem Griff des zweiten Krugs zu entwinden. Bastien hatte den Ring mit einem Ruck aus der Wand gezogen und war aufgesprungen. Jerom folgte ihm auf der Stelle und gemeinsam rannten sie mit straff gespannter Kette zwischen sich auf den zornig grunzenden Krug zu, der mit seinem Schwert bereits ausholte. Bevor es der Kreatur jedoch gelang nach Jerom zu schlagen, rissen sie sie mit der Kette von den Füßen und stürzten sich auf sie. Jerom brachte das Schwert des Krugs an sich, während Bastien ihm den großen, rostigen Schlüsselbund von Gürtel riß. Hastig begann er, die Schlüssel an dem Schloß der Kette zwischen ihnen auszuprobieren. Inzwischen hatte der neue Gefangene seinem zweiten Bewacher das Schwert entrissen und ihn ebenfalls niedergestreckt.

Kaum hatte Bastien den richtigen Schlüssel gefunden und sich und Jerom von der Kette befreien können, da tauchten auch schon die nächsten Krugs auf. Bevor diese überhaupt die Lage erkannt hatten, stürzten sich Jerom und der Neuankömmling mit erhobenen Schwertern auf sie. Bastien hetzte zu dem ängstlichen Mädchen zurück, das in einer Ecke ihrer Zelle kauerte und mit weit aufgerissenen Augen die Kämpfe beobachtete. Schnell öffnete er das Schloß an ihren Handschellen.

„Na los!“ rief er und rüttelte sie an der Schulter. „Lauf!“

Endlich schien sie zu begreifen, was los war und rappelte sich auf, während Bastien bereits die Ketten des nächsten Gefangenen löste und diesem die Schlüssel in die Hand drückte. „Schnell, mach die anderen los!“

Mit drei schnellen Schritten war er bei einem gefallenen Krug, riß ihm ein schartiges Kurzschwert aus dem Gürtel, und stürzte sich auf den nächsten Angreifer. Hinter sich hörte er, wie immer mehr Gefangene rasselnd von ihren Ketten befreit wurden. Die Krugs hatten nicht mit soviel Widerstand gerechnet und kamen bisher nur vereinzelt angelaufen. Sein Gegner hatte alle Mühe, Bastiens schnelle Hiebe mit seiner schweren Keule zu parieren und wich langsam vor ihm zurück. Mit einem plötzlichen Sprung stieß Bastien mit dem Schwert unter der Deckung des Krugs hindurch und bohrte ihm die Klinge in die Kehle. Der Krug sackte mit einem gurgelnden Röcheln zusammen und seine Keule rollte über den Steinboden.

Keuchend sah Bastien sich nach den anderen um. Die meisten Gefangenen waren inzwischen von ihren Ketten befreit worden und drängten sich ängstlich in dem kurzen Stollenende zusammen. Einige der Mutigeren hatten den toten Krugs die restlichen Waffen abgenommen und in den Kampf eingegriffen. Trotzdem mußten sie zusehen, daß sie von hier verschwanden.

„Beeilt euch", herrschte Bastien die anderen an, „nichts wie weg von hier!"

Für den Moment hatten sie alle Krugs niedergestreckt. Jerom war zu einem kleineren Gang hinübergelaufen, der schwächer erleuchtet war, und ihren Beobachtungen zufolge von den Krugs auch weniger benutzt wurde. Deshalb hatten sie ihn bereits im Vorfeld als Fluchtweg ausgewählt.

„Da entlang, schneller!" trieb er die anderen zur Eile an. Nach einem kurzen Blick zurück folgte auch Bastien ihnen und gemeinsam liefen sie den schmalen, leicht ansteigenden Gang entlang. Sie konnten im Moment nur hoffen, daß sie auf diesem Weg an die Oberfläche kommen würden.

Doch bereits an der nächsten Abzweigung trafen sie auf weitere Krugs, die neue Gefangene brachten. „Los, wir müssen sie befreien!" schrie Bastien und drängte sich zu Jerom nach vorne. „Gemeinsam können wir es schaffen!" Mit dem Mut der Verzweiflung griffen sie die Krugs an. Sie hatten nur wenige Waffen, aber die befreiten Sklaven wollten unter keinen Umständen wieder in Gefangenschaft geraten und so rissen sie die Fackeln von den Wänden, sammelten Steinbrocken vom Boden auf oder stürzten sich mit bloßen Fäusten auf den Feind.

∴

Mit gezogenem Erntemesser schlich Farmer durch die Gänge. Als er auf die erste brennende Fackel in einer Wandhalterung gestoßen war, hatte er kurz überlegt, sie mitzunehmen, hatte den Gedanken dann aber wieder verworfen. Eine Fackel würde ihn nur behindern, und er wollte so wenig Aufmerksamkeit wie möglich erregen. Tatsächlich waren die Gänge seitdem immer relativ hell erleuchtet gewesen, und er konnte sich auch nicht vorstellen, daß Gallian ausgerechnet in einem dunklen Stollen auf ihn wartete.

Kurze Zeit später war er dann dem ersten Krug begegnet. Er hatte die Kreatur bereits vor einer Wegbiegung grunzend näherkommen hören, und sie eng an die Wand des Tunnels geschmiegt erwartet. Als der Krug um die Ecke gebogen und in sein Blickfeld getreten war, hatte Farmer sich mit einem schnellen Schritt in seinen Rükken gestellt, ihm mit der einen Hand den häßlichen Kopf zurückgerissen und mit dem Erntemesser die Kehle durchschnitten. Der Krug war ohne ein weiteres Geräusch zu Boden gesunken.

Von jetzt an versuchte er noch aufmerksamer und vorsichtiger vorzugehen. Es war allerdings unmöglich, in dem Gewirr kleinerer Gänge und größerer Tunnel die Orientierung zu behalten. Farmer hatte entschieden, sich an einfachen Dingen zu orientieren: Wann immer es zur Wahl stand, hatte er den Weg genommen, der weiter nach unten führte, und er hatte versucht, immer größere Gänge zu wählen. So würde er hoffentlich bald das Zentrum von Crystwind erreichen. Er konnte im Moment nur hoffen, daß er Gallian auch dort finden würde. Die größeren Tunnel waren allerdings auch die belebteren, und so mußte er manchmal auf kleinere Gänge ausweichen, versuchte aber, durch sie den Haupttunneln zu folgen.

Inzwischen mußte er dem Zentrum der Anlage sehr nahe gekommen sein. Er hatte bereits mehrfach in eine gewaltige, verwinkelte Höhle hinabschauen können, in der es an vielen Stellen rot glühte. Unzählige menschliche Sklaven schienen dort unter der Aufsicht der Krugs Erz zu schürfen und zu verhütten. Waffen wurden geschmiedet und andere Gerätschaften gebaut, von denen Farmer nicht sagen konnte, was sie darstellen sollten. Hier mußte er noch besser aufpassen, um den Krugs auszuweichen, die überall herumliefen. Wenn Gallian sich irgendwo in diesem gigantischen Felsendom aufhielt, würde er ihn nicht erreichen können, ohne die Aufmerksamkeit unzähliger Krugs zu erregen. Der Magier mußte doch auch irgendwo Quartier bezogen haben. Doch wie sollte er es finden?

Hierher Farmer! Hörte Farmer auf einmal Gallians bekannte Stimme flüstern und wirbelte erschrocken herum. Doch dann erkannte er, daß die Stimme nur in seinem Kopf erklang. *Komm zu mir.* Er spürte jetzt auch genau, aus welcher Richtung der Magier ihn rief. *Hier entlang.*

Für einen Moment zögerte Farmer. Aber was blieb ihm übrig? Offenbar hatte Gallian seine Anwesenheit bereits auf magischem Wege gespürt, aber daran konnte er nichts mehr ändern. Er mußte darauf gefaßt sein, daß der Magier versuchen würde, ihn in eine Falle zu locken, aber Gallians mentalen Rufen zu folgen schien die einzige Möglichkeit zu sein, ihn zu finden. Farmers Finger schlossen sich fester um den Griff seiner Waffe. Langsam begann er, in die Richtung zu gehen, aus der ihn die Stimme gerufen hatte. Der kleine Stollen führte wieder nach oben.

∴

Vollkommen durchnäßt schlug sich General Tarish vor seinen Männern durch die Reihen der Krugs. Der Boden war vom Regen und unzähligen Füßen so aufgeweicht, daß sie bis zu den Knien durch den Schlamm wateten. Mit einer schnellen Bewegung riß Tarish seinen rechten Ellbogen hoch und stieß ihn einem Krug ins Gesicht. Mit einem wütenden Wimmern taumelte die Kreatur zurück und Tarish grub seine Klinge mit einem wuchtigen Hieb tief in ihre Schulter. Sofort wirbelte er herum und schlug einem zweiten Angreifer den Kopf ab.

Der Kampf wogte jetzt schon eine ganze Weile hin und her. Seit die beiden Heere sich ineinander verbissen hatten, veränderte sich die Frontlinie zwar ständig, aber es war den Krugs nicht gelungen, ihre zahlenmäßige Überlegenheit in die Waagschale zu werfen. Die Truppen von Ehb hatten das Gelände zu ihrem Vorteil nutzen können und der schlammige Boden nahm jedem Ansturm schnell den Schwung. In den vielen kleineren Scharmützeln, die jetzt an dem umkämpften Abhang ausgebrochen waren, konnten die Menschen meistens mit Entschlossenheit und Siegeswillen die Oberhand behalten.

In einiger Entfernung konnte Tarish schemenhaft erkennen, wie General Hallet eine Abteilung Speerkämpfer geordnet zurückweichen ließ, und den Feind hinter sich her unter die Bäume lockte. Dort schnappte die Falle zu. Die Kriegerinnen des Waldvolks ließen Ranken aus den Baumkronen herabschießen, die die überraschten Krugs in die Höhe rissen und gegen die Baumstämme schleuderten, während Hallets Männer sie von außen einschlossen.

Doch er hatte keine Zeit, das Schlachtfeld weiter zu beobachten. In einem grellen Blitz entdeckte er einen der gesichtslosen Reiter, der vor seiner Truppe zwischen den Krugs aufgetaucht war. Der schwergepanzerte Krieger hatte scheinbar Mühe, gleichzeitig sein Pferd und die Menge der brüllenden Krugs unter Kontrolle zu halten. Das Gewitter und der rutschige, unebene Boden taten ihr übriges. Diese Situation mußten sie ausnutzen.

„Folgt mir, Männer!“ rief Tarish seinen Schwertkämpfern über den heranrollenden Donner zu, und warf sich mit hochgerecktem Schwert den Krugs entgegen, die sich dicht um ihren Anführer drängten. Von einem Moment zum anderen war seine Truppe in einen gnadenlosen Nahkampf verwickelt. In einer verzweifelten Anstrengung wirbelte Tarish sein langes Schwert herum, um ihnen Raum für ein weiteres Vorstoßen zu schaffen und seine Männer folgten ihm mit lautem Geschrei.

Auch Tarish schrie und mit einem gezielten Stoß rammte er dem nächsten Krug sein Schwert bis zum Heft in die Brust. Nachdem er seine Klinge mit einem Ruck wieder herausgerissen hatte, blieb das Wesen noch einen Augenblick am ganzen Leib zuckend vor ihm stehen, bevor es in sich zusammensackte. Geistesgegenwärtig griff Tarish mit der freien Hand nach der kurzen Axt des Krugs und schleuderte sie mit aller Kraft auf den gesichtslosen Reiter. Mit einem dumpfen Knall, der sogar über den Lärm der Schlacht zu hören war, blieb sie im Rücken des dämonischen Kriegers stecken. Der Treffer schien ihn zwar nicht zu Fall zu bringen, aber durch die Schwertkämpfer ging ein Jubelschrei, und sie stürzten sich nun mit noch größerer Verbissenheit auf den Feind.

Zwanzig

Farmer war über eine enge Wendeltreppe weiter nach oben gestiegen und ging nun voller Anspannung den schmalen Gang entlang. Krugs war er nicht mehr begegnet, ja, es schien beinahe so, als hätten sie den Befehl erhalten, ihm aus dem Weg zu gehen. Auch Gallians Stimme hatte er seit der letzten Abzweigung nicht mehr vernommen, und sein Gefühl sagte ihm, daß ihr Zusammentreffen kurz bevorstand. Am Ende des Gangs konnte er durch eine offene Tür in einen größeren Raum sehen, in dem es seltsam hell war, gerade so, als wäre der Raum von Tageslicht durchflutet.

An der Tür angelangt, ließ er seinen Blick mißtrauisch durch den hohen Raum schweifen. In der einen Wand sah er zwei Fenster mit hohen Spitzbögen – sie mußten sich also hinter der Fassade über dem Eingang nach Crystwind befinden. Auf halber Höhe lief eine Galerie an den Wänden des Raums entlang, auf der dicht an dicht schwere Regale voller alter, verstaubter Bücher standen, und auch der ebenerdige Bereich war vollgestopft mit Bücherregalen, Schreibpulten und hohen Lehnstühlen.

„Farmer!“ Solanas vertraute Stimme ließ ihn herumfahren, und er entdeckte seine Frau auf der anderen Seite des Raums. Sie war von dem Stuhl aufgesprungen, auf dem sie gesessen hatte, konnte ihm aber nicht entgegenkommen, da sie mit einer Hand an der Wand festgekettet war. Sie war blaß und ihre Kleidung war zerrissen, doch sie war scheinbar unverletzt und Farmer dankte den Göttern, daß es so war. Ohne weitere Überlegung lief er zu ihr hinüber und sie fielen sich in die Arme. Für einen wundervollen Moment, der viel zu schnell zu Ende ging, preßte Farmer seine Frau an sich und spürte mit jeder Faser seines Körpers wie sie sich an ihn schmiegte.

Er wußte nicht, wie er die letzten Tage ohne sie überstanden hatte und voller Glück atmete er ihren vertrauten Duft ein.

Das Rasseln der Kette an ihrem Handgelenk riß ihn wieder in die Welt zurück, und er löste sich widerwillig von ihr.

„Schnell, spann die Kette über die Stuhllehne“, wies er sie an und holte mit seinem Erntemesser weit aus. Mit einem hellen Klirren zersprang die Kette, als er die Klinge niedersausen ließ. Solana war frei. Hastig ergriff Farmer ihre Hand und drehte sich um.

„Du hast mir große Sorgen bereitet“, erklang da Gallians Stimme über ihm. Als er nach oben schaute, sah er den Magier auf der kleinen Brücke stehen, die die Galerie zwischen den Fenstern verband. Er trug einen langen kragenlosen Mantel aus schwarzem, kunstvoll gepunztem Leder und ein grausames Lächeln umspielte seine Mundwinkel. Der Blick aus seinen dunklen Augen, in denen es bedrohlich funkelte, schien Farmer durchbohren zu wollen.

Farmer stellte sich schützend vor Solana und hob, in Erwartung eines Angriffs, sein Erntemesser. Gallian breitete mit einer übertriebenen Geste die Arme aus, erhob sich in die Luft und schwebte langsam von der Galerie herab, um in der Mitte des großen Raums zu landen.

„Wie ich höre, bist du nun König“, fuhr er mit gespielter Freundlichkeit fort. „Aber zwei Könige, die sich um ein Königreich streiten? Das ist wohl noch nie gutgegangen!“

Farmer hörte nur mit einem Ohr zu und suchte mit den Augen die Wände der Bibliothek ab. Doch es war sinnlos, der einzige Weg hinaus führte an Gallian vorbei. Er mußte ihn in einen Kampf verwickeln und hoffen, Solana damit Gelegenheit zur Flucht zu geben.

„Wie häufig aber stehen sich Könige im Zweikampf gegenüber? Mann gegen Mann?“ sprach Gallian weiter. „Wie oft haben sie die Gelegenheit, selbst das Blut ihres Feindes zu kosten?“

„Willst du nun kämpfen ...“, unterbrach Farmer die selbstgefällige Ansprache des Magiers und machte einen Schritt auf ihn zu. „... oder mich zu Tode reden?“

Gallian lachte laut auf, doch dann gefror seine Miene. Mit einer ausholenden Geste schleuderte er knisternde, bläuliche Blitze aus seiner linken Hand, die Solana einhüllten. Sie schrie entsetzt auf, und bevor Farmer sie festhalten konnte, hob Gallians Zauber sie in die Luft und schmetterte sie gegen eines der Bücherregale, vor dem sie stöhnend liegenblieb.

Voller Sorge sah Farmer zu seiner Frau hinüber, aber ihm blieb keine Zeit sich um sie zu kümmern. Mit der rechten Hand hatte Gallian sich aus einer Ecke des Raums ein Schwert herbeigerufen. Pfeilschnell flog es durch die Luft und landete sicher mit dem Heft in seiner Hand. Der Magier lachte laut auf und sah Farmer herausfordernd an.

Mit einem wütenden Aufschrei stürzte Farmer sich auf ihn und ließ eine Folge schneller Hiebe auf ihn niederprasseln. Gallian parierte jeden einzelnen Angriff, wurde aber offenbar von Farmers Schnelligkeit und Kraft überrascht. Mit angespanntem Gesichtsausdruck wich er ein paar Schritte zurück. Sofort setzte Farmer ihm nach und band Gallians Paraden mit ein paar tief geführten Angriffen von rechts, um blitzschnell herumzuwirbeln und in einem weiten Kreis über den Kopf einen Schnitt auf Gallians Kehle zu führen.

Wie Farmer erwartet hatte, gelang es Gallian nicht, seine schwerere Waffe rechtzeitig hochzureißen, um die Klinge des leichteren Erntemessers abzuwehren. Im letzten Moment warf sich der Magier nach hinten und fiel mit seitlich ausgestreckten Armen rücklings zu Boden. Doch anders als bei einem gewöhnlichen Gegner gab es keinen schmerzvollen Aufprall und auch keinen damit verbundenen Vorteil für Farmer. Gallian verlangsamte seinen Sturz bis er letztlich eine Handbreit über dem Boden schwebte, und nach einem kurzen Antippen des kalten Steins mit der freien Hand schnellte er wieder in die Höhe und landete sicher auf der Galerie. Eine schnelle Bewegung seiner linken Hand ließ eines der schweren Schreibpulte auf Farmer zurasen, der im letzten Moment in die Höhe sprang und sich rücklings über Pergamente und Federkiele abrollte. Wieder auf den Füßen, starrte er wütend zu Gallian hinauf.

„Du kämpfst mit Zauberei?“ fragte er abfällig. „Wie ehrenhaft!“

Gallian brach in lautes Gelächter aus. „Hattest du wirklich erwartet, ich würde mich um Nichtigkeiten wie Ehre und Moral scheren?“

Statt einer Antwort hatte Farmer begonnen, das nächststehende Bücherregal zu erklettern und schwang sich über die niedrige Brüstung auf die Galerie. Ohne ein weiteres Wort griff er Gallian erneut an und jagte ihn mit ein paar schnellen Hieben auf der schmalen Galerie um die Bibliothek herum. Doch inzwischen hatte Gallian sich auf Farmers Kampfstil eingestellt und wich geschickt einem unsauber geführten Streich aus. Das verschaffte ihm die Gelegenheit zum Gegenangriff und jetzt war er es, der Farmer mit seinen Hieben zurücktrieb.

So ging es einige Male auf der Galerie hin und her, bevor Gallian einen wuchtigen Hieb von Farmers Erntemesser mit seiner Parierstange abfing und sie beide dicht voreinander stehend mit verkeilten Waffen um die Oberhand rangen. Schließlich gelang es Gallian, Farmer rücklings auf die Galerie zu schleudern, und bevor er sich wieder aufrappeln konnte, war der Magier auch schon über ihm und preßte seine Waffenhand mit einem Fuß schmerzhaft auf den Boden nieder. Mit triumphierender Miene umfaßte Gallian mit beiden Händen das Heft seines Schwerts, um es tief in Farmers ungeschützte Brust zu stoßen.

∴

Was General Tarish kaum für möglich gehalten hatte, war zur grausamen Wahrheit geworden: Es waren derart viele Krugs aus Crystwind heraus und durch den schmalen Paß in das Tal gequollen, daß sie wie eine unaufhaltsame Flutwelle die Hänge des Tals hinaufdrängten und die Stellungen der Armee von Ehb auf ganzer Länge schlicht überrannt hatten. Die Bogenschützen hatten kein freies Schußfeld mehr, die dichten Schlachtreihen der Speerkämpfer waren aufgebrochen worden und die Schwertkämpfer zwischen den Bäumen versprengt. All das in nahezu undurchdringlicher Dunkelheit, da der immer stärker werdende Regen und die Abertausenden von Krugs die Fackeln und Feuer zum Verlöschen gebracht hatten. Nur die grellen Blitze tauchten das Schlachtfeld immer wieder einmal für einen kurzen Moment in ihr gespenstisches Licht. Am ganzen Talrand und im umliegenden Wald kämpften die Soldaten von Ehb um ihr nacktes Überleben.

Tarish schlug sich jetzt allein durch das Gedränge und hieb und stach auf alle Krugs ein, die in seine Reichweite kamen. Es erforderte äußerste Konzentration unter diesen Umständen Freund von Feind zu unterscheiden – alle Kämpfenden waren inzwischen von Kopf bis Fuß mit Schlamm bespritzt – und selbst wenn er eine Gestalt als eigenen Kameraden erkannt hatte, hieß das noch lange nicht, daß das umgekehrt auch der Fall war und der andere ihn nicht angriff.

Deshalb war Tarish besonders froh, als er vor sich zwischen den Kämpfenden die lange Mähne General Backlers entdeckte. Mit einem Aufschrei des Erkennens begann er sich in Richtung des alten Generals durchzukämpfen und erkannte nun auch General Hallet, der Seite an Seite mit Backler focht. Gemeinsam trieben die beiden alten Haudegen die wimmelnde Masse der Krugs zurück und sammelten weitere Soldaten hinter sich.

Tarish hatte die beiden fast erreicht, als einer der dämonischen Krieger sich rücksichtslos durch die Reihen der Krugs drängte, direkt auf die beiden Generäle zu. Tarish verdoppelte seine Bemühungen, zu ihnen durchzubrechen und schrie ihnen aus voller Kehle eine Warnung zu.

Doch es war zu spät. Der Gesichtslose fegte den Krug beiseite, dem Backler gerade sein Schwert in die Brust gestoßen hatte und entriß dem General damit seine Waffe. Der Krieger war riesig, mindestens einen Kopf größer als Backler, und jetzt packte er den General mit der freien Hand und rammte ihm mit der anderen sein Schwert durch den Leib. Tarish erkannte Backlers schmerzverzerrtes Gesicht und sah wie sein Freund fiel und hinter den Reihen der Kämpfenden verschwand, als der Krieger sein Schwert zurückzog.

Auch General Hallet hatte Backlers Tod hilflos mit ansehen müssen, mehrere Krugs hatten sich zwischen die Generäle gedrängt. Doch jetzt hatte Hallet sie überwunden und stürzte sich mit lautem Gebrüll auf den gesichtslosen Krieger. Dieser hatte den Angriff jedoch kommen sehen, wich Hallets Schwert geschickt aus, und ließ ihn mit voller Wucht in seine gepanzerte Faust rennen. Wie ein gefällter Baum stürzte auch Hallet zu Boden und verschwand aus Tarishs Blickfeld. Er konnte nur noch sehen, wie der Krieger sein Schwert hob und mit aller Kraft niedersausen ließ.

„Nein!" Tarish stieß einen Schrei voll ohnmächtiger Wut aus und kämpfte sich verzweifelt voran. Im nächsten Moment traf ihn ein furchtbarer Schlag von hinten auf den Schädel. Sofort stürzte er vornüber und landete auf allen Vieren im tiefen Schlamm. Benommen versuchte er den schmerzenden Kopf zu wenden, um nach seinem Angreifer Ausschau zu halten und erkannte einen weiteren gesichtslosen Krieger. Es fiel ihm schwer, das Gleichgewicht zu halten und er war nicht in der Lage, sich mit gewohnter Schnelligkeit zu bewegen, weshalb der Krieger leichtes Spiel mit ihm hatte. Seine gewaltige, gepanzerte Pranke landete in Tarishs Nacken und drückte ihn mit dem Gesicht in den Schlamm. Verzweifelt bäumte er sich gegen den eisernen Griff auf, doch es war hoffnungslos. Er spürte wie ihm kalter Schlamm in Nase und Mund eindrang und versuchte verzweifelt den Atem anzuhalten.

∴

Bastien war sich sicher, daß sich die Nachricht von ihrer Flucht inzwischen unter den Krugs verbreitet haben mußte. Sie hatten noch einige kleinere Gruppen von Gefangenen befreien können und dabei soviele Waffen erbeutet, daß nun alle wehrfähigen Männer unter ihnen bewaffnet waren. Seit einiger Zeit jedoch hatten sie sich ohne Widerstand durch einen der etwas größeren Tunnel bewegen können. Je länger sie auf keine weiteren Krugs stießen, desto mehr wuchs Bastiens Mißtrauen, aber hier unten zu bleiben kam nicht in Frage. Also marschierten sie in äußerster Anspannung weiter und hofften auf ihr Glück.

An der nächsten Kreuzung wurden sie jäh enttäuscht. Aus den drei Gängen, die vor ihnen lagen, kamen den entflohenen Sklaven drei Gruppen schwerbewaffneter Krugs entgegen, und als Bastien sich hastig umsah, entdeckte er, daß sie von einer Gruppe gesichtsloser Krieger verfolgt wurden. Dies war also der Ort an dem ihre Flucht zu Ende sein sollte. Besorgt sah er zu Jerom hinüber, der seinen Blick ernst erwiderte. Sie selbst waren bereit ihr Leben zu opfern, aber das konnten sie nicht von allen ihren Begleitern verlangen, schon gar nicht von den Kindern.

„Laß uns versuchen, in der Mitte durchzubrechen", schlug Jerom leise vor, aber unter den Flüchtlingen war Unruhe ausgebrochen und keiner beachtete ihr Gespäch. „Das erwarten sie nicht, und ich glaube, dort habe ich die wenigsten Krugs gezählt."

„In Ordnung", Bastien nickte, „aber wir müssen schnell sein, damit die anderen die Chance zur Flucht haben." Er wies auf die Gruppe der verängstigten Frauen und Kinder.

In aller Eile teilten sie den anderen Bewaffneten ihren Plan mit, und nachdem alle grimmig zugestimmt hatten, setzten sie sich wieder an die Spitze der Gruppe und näherten sich der Kreuzung ohne weiteres Zögern. Die Krugs waren kurz vor der Kreuzung in ihrem jeweiligen Gang abwartend stehengeblieben, die furchtbaren Krieger mit den leeren Helmen jedoch verfolgten sie weiter mit gleichbleibendem Abstand.

„Wenn ich das Kommando gebe, lauft ihr geradeaus weiter und haltet erst an, wenn ihr keine Krugs mehr hört oder seht", flüsterte Bastien der jungen Frau aus Goucern zu, deren Namen er immer noch nicht kannte. „Sag das allen weiter!" Sie nickte ängstlich, folgte seiner Anweisung und erklärte den anderen Flüchtlingen den Plan.

Jetzt hatten sie die Kreuzung fast erreicht, die Krugs hatten sich noch immer nicht gerührt. Noch ein letztes Mal sah Bastien sich nach ihren Verfolgern um, nickte seinen Mitstreitern dann aufmunternd zu, und schrie:

„Lauft!"

Sofort rannte er los, das erbeutete Krugschwert fest umklammert. Jerom und die anderen waren dicht neben ihm und mit vorgehaltenen Waffen stürmten sie ungebremst in die Gruppe der Krugs hinein, die sie bereits erwartete.

∴

Mit einem triumphierenden Lachen stieß Gallian zu, aber Farmer zog im letzten Moment die Knie an und ließ seine Füße mit aller Kraft gegen die Brust des Magiers schnellen. Die Wucht des Tritts schleuderte Gallian zurück und ließ ihn fast seine Waffe verlieren. Mit einem Sprung war Farmer wieder auf den Beinen und setzte seinem Gegner nach, der auf die kleine Brücke vor den Fenstern zurückwich. Hier hatte er zu beiden Seiten Platz und konnte sein längeres Schwert besser zum Einsatz bringen. Doch dazu ließ Farmer es nicht kommen. Noch bevor Gallian zum ersten Schlag ausholen konnte, drang er mit einer Serie von rasend schnell geführten Hieben auf ihn ein. Gallian wehrte die immer schneller werdenden Angriffe mit sparsamen Bewegungen seines Schwerts ab, duckte sich plötzlich und stach nach Farmers Beinen. Dieser wich dem Stich mit einem waghalsigen Sprung nach oben aus und landete mit gespreizten Beinen auf dem Geländer der kleinen Brücke, jeweils mit einem Fuß auf jeder Seite.

Gallian lachte hämisch und führte einen schnellen Streich nach oben, den Farmer jedoch mühelos parierte. Farmers Klinge umtanzte im Gegenangriff Gallians Schwert in einem blitzenden Wirbel und mit einem schnellen Schlag des Hefts auf das Handgelenk des Magiers entwaffnete er diesen. Gallians Schwert flog im hohen Bogen von der Galerie und landete klirrend auf dem Steinboden der Bibliothek. Ohne Zögern führte Farmer einen senkrechten Hieb auf Gallians Kopf, doch dieser fing die Klinge des Erntemessers gedankenschnell zwischen seinen flach zusammengepreßten Händen ab. Mit übermenschlicher Anstrengung versuchte Gallian die frisch geschliffene Klinge von seinem Kopf wegzuschieben, während Farmer die Waffe mit aller Kraft herunterdrückte. Ein winziger Blutstropfen erschien an der Stelle, wo die Klinge Gallians Kopf berührte und lief langsam über seine Stirn.

Der Magier schrie vor Wut und Schmerz und drehte die Klinge in einer plötzlichen, ruckartigen Bewegung zur Seite, was Farmers Kraft ins Leere laufen ließ. Gallian nutzte seinen Schwung, um ihn herumzuwirbeln und mit einem Stoß in den Rücken von der kleinen Brücke zu stürzen. Mit einem dumpfen Knall landete Farmer neben Gallians Schwert auf den Steinfliesen, und ein wilder Schmerz raste durch seinen ganzen Körper. Doch trotz seiner Benommenheit kämpfte er sich sofort wieder hoch.

„Du wirst meiner Rache nicht entgehen", stöhnte er und kam taumelnd auf die Füße.

Gallian starrte ihn nur mit kalter Wut an, dann breitete der Magier die Arme aus und schwebte von der Galerie herab. Wieder schoß bläuliches Feuer aus seinen Fingern. Diesmal breitete es sich zuckend und knisternd über die alten Bücherregale aus, wo sich die schweren Folianten von den Borden hoben, für einen kurzen Moment in der Luft tanzten und dann auf Farmer zurasten. Schützend riß er die Arme vors Gesicht, doch die Bücher trafen ihn nicht, sondern begannen immer schneller um ihn herumzuwirbeln. Immer mehr Bücher sausten herbei und Farmer war in einem Strudel mächtiger Folianten und uralter Zauberbücher gefangen. Hilflos sah er sich um, doch es gab kein Entkommen. Gallian streckte die Hände nach oben und der Strudel wurde noch schneller und enger und hob Farmer in die Höhe. Langsam schwebte er hinauf bis unter die gewölbte Decke der Bibliothek.

Für einen Lidschlag ließ Gallian ihn dort oben hängen, dann senkte er die Hände und Farmer stürzte ungebremst auf den Boden hinab. Die schweren Bücher prasselten mit lautem Poltern auf ihn nieder und bevor Farmer sich noch rühren konnte, hatte Gallian bereits wieder die Hände auf die Bücher gerichtet. Funkensprühend wirbelten sie auf und vier besonders große und schwere Bände schnappten nach Farmers Armen und Beinen und hielten sie, großen ledernen Klammern gleich, am Boden fest.

Verzweifelt warf sich Farmer gegen seine magischen Fesseln, aber er konnte sich nicht losreißen. Die anderen Bücher schoben sich unter seinen Rücken, drückten ihn nach oben, und richteten ihn schließlich auf. Wie an eine Wand aus Büchern gefesselt, stand er Gallian nun gegenüber, eingehüllt in das bläuliche Feuer, das aus der ausgestreckten Hand des Magiers strömte.

Aus dem Augenwinkel konnte Farmer erkennen, daß Solana langsam wieder zu sich kam, und trotz seiner verzweifelten Lage fiel ihm ein Stein vom Herzen.

„Welche Art von Rache willst du jetzt nehmen, Farmer?“ rief Gallian ihm über das Flattern und Rauschen der Buchseiten zu. Sein Schwert flog ihm in die Hand.

„Die Rache eines Vaters?“ Gallian hob das Schwert und richtete seine Spitze auf Farmers Kehle.

„Die Rache eines Ehemanns?“ Langsam kam Gallian näher.

„Oder die Rache eines Königs?“ Der Magier stand jetzt so dicht vor Farmer, daß die Spitze des Schwerts schon fast seine Haut berührte.

Plötzlich erschien Muriella in der Tür der Bibliothek, ihr Gesicht eine einzige Maske des Zorns. Mit einem Blick schien sie die

Situation zu erfassen und richtete ihre Hände auf den magischen Bücherturm. Rote Blitze zuckten aus ihren Fingern und Farmer spürte, wie ein mächtiges Beben durch die Bücher ging.

Mit einem Wutschrei wandte Gallian sich um, warf das Schwert beiseite und schickte Muriella einen blauen Strahl magischen Feuers aus seiner Rechten entgegen, die Linke immer noch auf den gefesselten Farmer gerichtet.

In tiefster Konzentration riß Muriella ihre linke Hand herum und wehrte Gallians magischen Angriff mit einem Schild aus roten Flammen ab. Dann schoß sie auch ihm ihre roten Blitze entgegen.

Rotes und blaues Feuer erfüllte den Raum und in der Luft knisterte es von den unzähligen, magischen Entladungen. Jedes Haar an Farmers Körper hatte sich aufgestellt und mit wachsendem Entsetzen blickte er zwischen Gallian und Muriella hin und her. Die beiden Magier standen vollkommen reglos im Raum, die einzige Bewegung ging von dem magischen Feuer aus, das aus ihren Fingerkuppen brach und zwischen ihnen und Farmer wogte.

Aber nein, da war noch eine Bewegung. Solana kroch außen um Muriella herum und dann weiter, bis sie hinter Gallians Rücken verschwand. Farmer konnte für einen Moment nicht erkennen, was sie dort tat.

Plötzlich richtete sie sich hinter dem Magier auf, sein achtlos beiseite geworfenes Schwert in den Händen.

„Du hast die Rache einer Mutter vergessen!“ schrie sie und rammte Gallian seine eigene Klinge tief in den Rücken.

Ungläubiges Erstaunen erschien auf Gallians Gesicht, das sich schnell zu einer schmerzhaften Grimasse verzog. Er stieß einen markerschütternden Schrei aus und griff sich an die Brust. Die bläulichen Flammen verpufften augenblicklich in einer heftigen Entladung, und die Bücherwand hinter Farmer brach zusammen. Auf einmal zielten Muriellas Zauber ins Leere und mit einem überraschten Schrei brach sie zusammen, während auch ihr Zauber mit einem letzten Knistern verlosch.

Keuchend zog Solana das Schwert aus Gallians Brust, der sich auf der Stelle zu ihr umdrehte. Sein Gesicht war noch immer schmerzverzerrt, Blut sickerte aus seinem halbgeöffneten Mund, und in seinen Augen loderte der Wahnsinn. Mit einer überraschend schnellen Bewegung riß er Solana sein blutiges Schwert aus den zitternden Händen.

Mit einem verzweifelten Sprung stürzte Farmer sich auf sein Erntemesser, das zwischen den herumliegenden Büchern hervorblitzte. Er bekam den Griff zu fassen, rollte sich ab und war mit zwei langen Schritten bei Gallian, der sein Schwert bereits zum Hieb nach Solana erhoben hatte. Farmer parierte den Schlag mit dem stumpfen Rücken des Erntemessers, tauchte unter Gallians Schwert hindurch, und führte einen langen Schnitt gegen den Hals des verwundeten Magiers.

Gallian erstarrte in seiner Bewegung. Das Schwert entglitt seiner Hand, die in einer kraftlosen Bewegung an seine Kehle fuhr, aus der über die ganze Breite des Schnittes hinweg rotes Blut schoß. Seine Augen wurden glasig und mit einem gräßlichen Röcheln knickten ihm die Knie unter dem Körper ein und er stürzte zu Boden.

Einundzwanzig

Mit einem Schrei stolperte Bastien rückwärts zu Boden und riß verzweifelt das schartige Schwert zur Verteidigung nach oben. Aus dem Augenwinkel sah er, wie Jerom mit blutender Schulter an der Felswand zusammensackte. Ob es jemand von den anderen geschafft hatte zu entkommen, konnte er nicht sehen. Der gesichtslose Krieger stand jetzt direkt über ihm und holte zu einem letzten, vernichtenden Schlag aus.

Doch der Schlag kam nicht. Der Krieger erstarrte mitten in der Bewegung und brach dann auf der Stelle zusammen. Ein klebrig glänzender Schleier schwarzen Rauchs stieg aus seinem leeren Helm auf und verschwand mit einem schrillen, unmenschlichen Schrei in der Felsendecke.

Entgeistert sah Bastien sich um. Auch die anderen gesichtslosen Krieger waren zusammengebrochen. Die Krugs schienen jegliche Angriffslust verloren zu haben und stolperten orientierungslos zwischen den Menschen umher, manche von ihnen fielen sogar auf alle Viere und trotteten schnaubend durch die Gänge davon.

„Was ist passiert?“ stieß Bastien fassungslos hervor und zog sich langsam an der Tunnelwand auf die Füße. Die Frage war an niemanden Bestimmtes gerichtet. Erleichtert sah er, daß die junge Frau aus Gloucern unverletzt aus einer Nische in der Wand kroch, und daß auch Jerom noch am Leben war. Mit zitternden Knien ging er hinüber, um ihm aufzuhelfen. Er hätte es nicht ertragen, heute noch mehr Freunde zu verlieren, auch wenn er sie erst seit ein paar Stunden kannte.

„Komm, hilf mir, ihn zu stützen“, sagte er zu dem Mädchen, das herbeigeeilt war, als sie ihn erkannt hatte. Sie nickte und reichte

Jerom vorsichtig ihre Hand. „Ich bin Rayna“, sagte sie und lächelte Bastien zaghaft an.

∴

General Tarish war kurz davor das Bewußtsein zu verlieren, da verschwand auf einmal der eiserne Griff in seinem Nacken. Mit einer letzten Anstrengung riß er den Kopf aus dem Schlamm und sog gierig Luft in seine Lungen. Sofort verschluckte er sich an dem Matsch, den er noch immer im Mund hatte, und ließ sich hustend und spuckend auf die Seite fallen.

Als er nach einigen Augenblicken wieder halbwegs Luft holen konnte, tastete er im Schlamm nach seiner Waffe, fand aber nur den Schaft eines Speeres, auf den gestützt er sich schwankend aufrichtete, um nach Feinden Ausschau zu halten. Erst jetzt bemerkte er, daß es endlich aufgehört hatte zu regnen und es langsam heller wurde.

Die Krugs schienen jedes Interesse am Kampf verloren zu haben. Einzeln oder in kleinen Rudeln bewegten sie sich grunzend und ziellos über das Schlachtfeld, und er erkannte, daß es den anderen überlebenden Soldaten ähnlich erging wie ihm. Fassungslos standen sie im tiefen Schlamm, aus dem überall die Körper der Erschlagenen ragten, und sahen sich ratlos um.

Irgendwo in der Ferne ertönte ein Ruf. Es klang wie ein Jubelschrei. Der Ruf wurde wiederholt und von anderen Stimmen aufgegriffen, dann wurde er auch an Tarishs Ohr getragen.

„Lang lebe der König! Lang lebe König Camden!“

∴

Muriella wußte nicht, wie lange sie in der Bibliothek von Crystwind gelegen und in Gallians gebrochene Augen gestarrt hatte. Er war ganz in ihrer Nähe zusammengebrochen und sie hätte nur die Hand ausstrecken müssen, um ihn zu berühren. Die Erinnerung an die Treffen mit ihm schien unendlich weit weg zu sein. War das überhaupt derselbe Mann? Hatte sie denselben Mann in ihrer Kammer willkommen geheißen, der ihren Vater getötet hatte?

Ja, das hatte sie. Sie durfte nicht verdrängen was passiert war. Ignoranz und Vergessen würde sie von nun an bekämpfen, wo immer sie sie antraf. Sie wollte weder die Fehler ihres Vaters wiederholen, noch ihre eigenen.

Langsam richtete sie sich auf. Die Bibliothek war vollkommen verwüstet. Die wertvollen Bücher waren zum Teil zerrissen und zerfetzt worden und lagen im ganzen Saal verstreut. Wenn all das hier vorüber war, würde sie den König bitten, sie die Bibliothek wieder herrichten zu lassen. Der Himmel vor den hohen Fenstern wurde langsam heller, und die dunklen Wolken, die Gallian heraufbeschworen hatte, wurden vom Wind rasch auseinandergetrieben. Vor dem Fenster stand der König mit seiner Frau. Muriella erinnerte sich an ihre mutige Tat und freute sich darauf, sie kennenzulernen. Aber jetzt war dazu nicht der richtige Zeitpunkt. Ohne einen weiteren Blick auf Gallians Leichnam drehte sie sich um und verließ leise die Bibliothek.

∴

Mit klopfendem Herzen schloß Farmer seine Frau in die Arme. Im Gegensatz zu ihrer letzten Umarmung wußte er nun, daß alles vorbei war. Sie waren in Sicherheit. Solana schmiegte sich eng an ihn und schlang die Arme um seinen Hals. Sie küßten sich lange und immer wieder.

Schließlich lehnte sich Farmer in der Umarmung ein wenig zurück und sah Solana tief in die dunklen Augen, die ihn mit einer Offenheit und so voller Liebe anblickten, daß es ihm den Atem nahm.

„Es gibt da etwas, das ich dir schon lange sagen wollte“, sagte er mit sanfter Stimme, und die Wärme, die in diesem Moment durch seinen Körper strömte, trieb ein Lächeln auf seine Lippen.

„Ich liebe dich.“

Auch Solana lächelte jetzt.

„Es gibt auch etwas, das ich dir sagen möchte, Farmer“, erwiderte sie leise. „Du wirst wieder Vater werden.“

Sie zog ihn wieder an sich heran, und küßte ihn lange und leidenschaftlich.